双 城 迹

谭霍培 著

成都时代出版社
CHENGDU TIMES PRESS

图书在版编目（CIP）数据

双城迹 ／ 谭霍培著. —— 成都：成都时代出版社，
2025．5. —— ISBN 978-7-5464-3649-4

I．I247.5

中国国家版本馆 CIP 数据核字第 2025R92D83 号

双 城 迹
SHUANGCHENG JI

谭霍培 ／ 著

出 品 人　钟　江
责任编辑　李卫平
责任校对　李　佳
责任印制　江　黎　陈淑雨
装帧设计　成都九天众和

出版发行　成都时代出版社
电　　话　（028）86742352（编辑部）
　　　　　（028）86763285（图书发行）
印　　刷　雅艺云印（成都）科技有限公司
规　　格　145mm×210mm
印　　张　9.375
字　　数　210 千
版　　次　2025 年 5 月第 1 版
印　　次　2025 年 5 月第 1 次印刷
书　　号　ISBN 978-7-5464-3649-4
定　　价　56.00 元

自　序

　　二十世纪八十年代末的一个冬天，十岁的我踏上空荡荡的列车，突然离开温润的成都到凛冽的北京生活。

　　从三岁到十岁这段时间的成都留在记忆中，就成了一个波澜壮阔的横断面，那是一个物质精神都骨感，但与自然和传统都更接近的年代。我没有经历它地域文化的"和平演变"，也一直有意无意地避开各种侵蚀和污染，因此这个横断面就成了我脑中那个时代成都生活的一个缩影和背影，遗世而独立。

　　来到北京生活的我，面对的是一个全然不同的世界，我四处寻找进到这个世界的切入点，各种好奇、纠结、畏缩、憧憬、迷茫、欣喜。这种作为局外人角度的猛然间的高密度观察和审视，也在我记忆中形成并锁定了关于那个时代北京生活的一个横断面。

　　这两个断面的对立造就了我的尴尬和敏感，以及成功融入后的自信。这两个断面天然不能耦合，除非由我自己来做。有了这种耦合能力的我，可以留下或离开，可以长期生活在别处，我又成了这两座城市的旁观者。

在这个过程中，中国在发生巨变，我见证了这两座城市巨变的细节。我是这两座城市的主人，也是过客。我看着成都从一座移民城市，变成了新移民城市，充满了狂喜、失落、包容和无限的可能性；我从漠视它，到离开它，到欣然离开它，再到重新认识，并回归它的怀抱，最终明白"再也回不去了"的现实。

我又看着北京从一座原住民城市（相对来看）变成了移民城市。对于天生自带优越感的原住民来说，其中的茫然、阵痛、忧伤，甚至不忿，可想而知，但也带来了惊喜和新版本的优越感。我从仰慕它、触摸它、依赖它，到突然陌生，到毅然离别，个中自是五味杂陈。

我同时有两个母语，天然地会去寻找两种文化的冲突点，去做对比并试图得到解释。本书不企图展示这两座城市或整个时代的全貌，只是吃力地从两个断面中，截取一些片段，以纪念我们曾经拥有的，目送正在失去的，并相信未来会更好。

目 录

一、隐在闹市的菩萨

　　文殊院是成都北门上的一座佛寺。成都话里，"北门上"指的是在城里面的，且靠近北城门的一片区域。从文殊院往东一直走到大路上，往南一拐是草市街。再走上二十米，路右手有一家餐馆，门头顶着一块白漆匾额，上嵌榜书用的是当时时髦的白色泡沫材料，表面覆一层红色有机玻璃，手写行书"馨怡餐厅"四个大字，立体醒目。大字上方还顶着两个黑色小字"国营"。那时吃饭不太讲创新，而是讲正宗，一般的馆子只能戴个"正宗"的帽子，馨怡餐厅是隶属成都市西城区第二饮食公司的国营餐厅，这块崭新闪亮的牌匾上，"国营"二字代表的官方权威，是比"正宗"还正宗的

1

身份标识。

馨怡餐厅里，有位鼻子上顶着两片厚重玻璃、文绉绉笑眯眯的"三哥"，常穿一身深蓝色中山装，几个口袋被揉成一团团的人民币、印着锦江宾馆图案的粮票、火柴、香烟，家里、单位和自行车的钥匙等日常生活、工作必需品撑起，呈立方体状挺拔地突出着。左胸口袋别着一支卡其色上海产永生牌铱金笔，袋口露出银色笔帽夹，看着像个文化人，竟没有半分伙夫的气质。

除了气质，三哥倒还是挺食人间烟火的，上至"官家老爷"，下至贩夫走卒，打尖儿的、路过的，三哥都热情攀谈、照顾周到，聊的自然都是对方感兴趣的话题。稍一空下来，就钻到隔壁的干杂店^①，掏出口袋里那一团小面额人民币，压平几张，叠在一起，换上一包最廉价的云南产春城牌无过滤嘴香烟。

那时的香烟没有封塑料膜，他需要用手捏一捏烟盒，鉴别一下水分干了没干，烟丝还新不新鲜。选出一盒手感松软的春城，撕开烟盒锡纸一角，用两根手指并在一起，敲两下烟盒封条另一头没有撕开锡纸的位置，就有两三根烟跳了出来。抽出其中一根，捏住一头，另一头在手背上弹一弹，弹去几根没有被烟纸裹紧、游离在外的多余烟丝，划上一根火柴点燃，慢速喝上第一口，再吐出那没被弹掉的漏网的几根。深吸一口，然后让蓝色的烟雾和那点小小的困乏一起，从鼻孔双管齐下，喷涌而去。

一根烟工夫，三哥就可以和干杂店老板，就头一天的国内外大

---

① 干杂店，川语，即干货、杂货店，相当于现在的小卖店。

事和本地消息进行一次粗略的信息沟通和意见交换。当然，兴致高且不忙的时候，还要从餐厅里把自己那个茶叶在杯中悬浮高度能够达到杯身百分之八十五以上的酽茶杯捧上，再从干杂店的玻璃橱柜里弄一包干胡豆①、天府咸干花生或八号花生米，半躺半坐在干杂店门口那舒适的马架子②上，摆③上一个下午茶时间。

为了多挣点奖金贴补家用，三哥有时就住在店里守夜。晚上把钢丝床④铺好，并不急着躺下，而是站在店堂中心，在只有二三十瓦的昏暗的两头荧光粉已经老化发黑，时不时还需要搬个板凳站上去拧几下启辉器才能不再跳闪的日光灯管下，捧着一本一九八〇年吉林人民出版社出版的《政治经济学小词典》，或者是封面上绘着一个穿燕尾服绅士背影的、一九七八年人民文学出版社出版的小说《基督山伯爵》，一头扎进去就是大半夜。三哥天生没愁事儿，躺下就着（zháo），每一分钟都是深度睡眠，一晚只需要睡四个小时就能满电。

一大早起来，把木条门板一块块卸下来，等店员们陆续开工后，三哥就跨上一辆二六型号的蓝绿色峨眉牌自行车出门，车后架上横着一个长圆形带手提把手的大竹筐，竹筐边沿有一些猪肉、棒骨之类滑过时磨蹭上去的变得乌黑的油腻，竹条缝隙里还随机夹着一两段莴笋或芹菜的残叶。三哥毫不在意，双腿前后摆动，半悬空

---

① 胡豆，川语，即蚕豆。
② 马架子，四川常见的可调整椅背倾斜角度的竹制躺椅。
③ 摆，此处指川语的摆龙门阵，聊天之意。
④ 钢丝床，川语，折叠弹簧床。

半杵地地向前滑行，滑到斜对面就是北东街菜市场了。

三哥不仅是馨怡餐厅的主任，也兼任采购员，上午主要的工作就是采买中午和晚上的食材和其他所需。馨怡餐厅从西门上的八宝街路口搬过来几个月了，一切业务都已经理顺，三哥又回到了轻松自在的状态。

馨怡餐厅门口的便道上，也轻松自在地生长着一排法国梧桐，它几乎被种满了全成都所有能通行汽车的街道。夏天时，道路两边树冠相接，就变成浓暗的林荫道，骑着自行车快速通过，就觉得头顶的阳光像高频的脉冲信号，刺眼的光线一闪一闪。这法国梧桐其实不是法国品种，甚至连梧桐都不是，而是一种貌似梧桐树的、学名叫作"悬铃木"的树种，因为被法国人种植到上海而被误会成了法国特产。

这悬铃木被种到云南昆明后，一棵棵都变得笔直而高大，每一片树叶都向更高的海拔争取更猛烈的光合作用；但它们一旦被种到成都，就落得低矮粗壮、依里歪斜、玩世不羁，一张张巴掌般的叶片是向空中伸了无数次懒腰后留下的手印。成都的悬铃木像是知道自己在盆地气候中的处境，反正上面的阳光也不多，努力长高没有太大必要，不如顺应环境，只需要增大自己的采光面积，胸怀伟博，等光线自找上门，慵懒休闲地过活就好。

到了周末，三哥的车前杠会坐上一个名叫霍培的男孩子，这个男孩子就是小时候的我。三哥当然就是我的父亲。他会先带我到菜市场路口的名小吃郭汤圆给我买一碗店里的特色洗沙汤圆，看着我吃完，然后再去逛菜市。三哥不爱吃甜食，但爱汤圆，三哥一直说，郭汤圆比赖汤圆好吃到哪儿去咯。①

郭汤圆的开放式厨房隔间通透，一览无余，灶上几口黑色铸铁大锅，灶前几个厨师手脚麻利，随时被投到锅里的每四颗一组的汤圆，恍惚间好像被嵌上了只有厨师才能看见的辉光管发光数字，开始了各自八分钟的精准倒计时。时间一到，服务员离开锅灶时，双手就捧上了一个摆满了汤圆碗的白色镶蓝边的长方形搪瓷面铁托盘。白衣飘过——虽然有时候这白衣和托盘，会让我想起自己发烧被带到三医院急诊科时，治疗室桌面上摆着一排冰冷铁针头的那一只，但当汤圆碗被甩到桌子上，同时相随的几滴热汤飞到桌面时，马上就会被拉回现实。

每个碗里的汤圆晶莹圆巧，浸润在煮汤圆的原汤中，拈起一只咬下去，糯米混合了一定比例粳米的汤圆皮，软糯不粘牙，里面是猪油的腻滑和赤小豆混合白糖的甜香，囫囵吞下后再喝汤就算圆满。汉语中的"好吃"，本意就是能很顺利地吃下去的意思，这四粒汤圆吃起来就很顺利，尽管很烫。

我对菜摊上摆的东西兴趣不大，但喜欢坐在三哥的自行车前杠上听他跟市场上的摊贩们讨价还价、交换食材选择的经验心得。他们的对话中，充满了"二刀""五花""前夹"等联络暗号，三哥总是习惯性地在一捆捆菜的根部，用大拇指指甲盖掐上一掐，似乎是前面那些语言暗号的配套手势。

---

① 好吃到哪儿去咯，川语，大概意思是郭汤圆甩出赖汤圆好几条街。郭汤圆和赖汤圆都是成都名小吃。

每个买菜的成都人都是行家，指端总是会灵敏地回传正确的反馈信号，这菜是老是嫩，是否过季；眼睛一瞟，就能找到哪一块是做回锅肉最适合的二刀肉，哪一块是做粉蒸肉用的五花肉，哪一块是炒菜最嫩的前腿夹缝肉。

还有就是看靠近菜市场路口木车工的作坊，一个老师傅坐在门口，慢悠悠地车着各种圆柱形的物件。像我三道街家里那二楼民国风檐廊扶手用的立柱，就是这样的木工店里车出来的。另外还有桌椅的木腿、算盘珠子等，也都做。最重要的是，他会车出几十种形状有细微区别的钮钮儿①，上端圆柱形接下端圆锥形的木头，底端嵌入一颗轴承用的钢珠后，就可以旋转起来，再拿鞭子一直抽打，让它保持旋转，北京叫"抽汉奸"，成都叫护钮钮儿②。钮钮儿全部都会被漆成粉红色，这个颜色成了钮钮儿约定俗成的本色，不管是小玩具摊还是干杂店，老远就可以看到有没有拴成一串串的耀眼的钮钮儿卖。

那个年代，成都的男孩子不离身的除了铁环以外，就是这钮钮儿。随身都要拿一根小竹棍，前端系一条棉绳，棉绳头上系一个结，防止长期的抽打让棉线散开。运气好的还能找到一根废弃的汽车马达皮带，抽丝剥茧地拉出里面一根根棕红色的尼龙丝线——特别结实耐用，抽打起来有一种脆亢有力的声音和快感。

老师傅还会车一个奇怪的器具，是用整木挖出来的，上宽下窄

---

① 钮钮儿，即陀螺。
② 护钮钮儿，即抽陀螺。

的圆柱形木桶，木桶内部上端有一个比圆柱直径略小、深一寸的六边形孔槽，这个孔槽是个蒸模。蒸模底部有个圆孔一直贯通到木桶底部，使用的时候，上面会冚①一个球形顶面的盖子，盖子上有个竖直向上的圆柱把手，适合手握操作。这个木桶，是蒸甑甑糕②所使用的甑子，而草市街上的甑甑糕正是成都最有名的。

甑子，是传统蒸食物器具。成都最常见的是蒸饭木甑，甑子里腰位卡一块竹箅子作为蒸格。先把大米在水里煮上十多分钟，吸饱水，然后从锅里捞起，盛到木甑子里蒸熟。那煮过米的水就成了米汤，单独用饭盆盛出来放在一边。刚刚在外面跑累了的小孩子一回到家，抢过温热的米汤，先咕咚咕咚喝上一碗暖胃，再等着吃散开成一粒一粒的同样香甜的甑子饭。米汤表面遇冷会凝成一层像豆浆表面形成的豆油皮一样的薄衣，小孩子把它含进嘴，会想到糖果。那时的糖果与外面的玻璃糖纸之间就有一层这样的相同材质的米制薄膜。

而蒸甑甑糕用的甑甑③，则是一种特制的甑子，和一般甑子的不同之处在于它底部的进气通道非常狭窄，可以增加蒸汽压力，使它的烹饪过程只需要短短的十几秒钟。木车工师傅车的这个甑甑，是给他门口正冒着雾气的甑甑糕小摊定制的。

我站到小摊旁边，一边排队下单一边观看。这甑甑糕，用的是

---

① 冚，川语，kǎng，盖的意思。
② 甑甑糕，因为"甑"字使用率低，"甑甑糕"在成都大多被俗写成"蒸蒸糕"，读音也成了蒸蒸糕。甑甑糕很多地方都有，在满汉全席菜单里叫作甑儿糕。
③ 甑甑，成都话对小的东西惯用叠词，甑甑就是小甑子的意思。

一份糯米、十份大米，浸泡一宿，磨细炒熟过筛做成粉子，用一份豆沙、三份红糖、半份油做成馅，还要用十份白糖、一份半粉子混合成糖面子。在围成一圈的孩子们的期待中，甑甑糕师傅先在木桶中的六边形蒸模内舀上一些粉子，加豆沙馅，再铺满粉子，最后加一层糖面子，盖上盖。甑子中蒸汽旺盛的时候就上汽蒸。十几秒后，把盖子取下放在一边，取出蒸模，把蒸模屁股的圆孔搭在盖子的木柄端，轻轻一顶，一个松软甜绵，像果冻一样的甑甑糕就摇晃了出来。

甑甑糕吃下肚子，我的兴趣就转移到了菜市场对面文殊院所在的那条巷子上。这一整条巷子就是点缀着各色百货的玩具市场，这里有更多的玩具。从草市街刚一拐进来，就是男孩子们的武器库。有一种木柄小枪，把萝卜切成厚片，用枪头那铁皮做的枪管一插，就可以把一段圆柱形萝卜留在枪管里，作为这萝卜枪的子弹。当然也可以用洋芋①当子弹，之所以不用洋芋、也不把它叫作洋芋枪，是因为萝卜获取更加便利②。过年前的冬天里，川西坝子那扔下种子就长东西的肥土之上，到处都是冒出来的、插上吸管恨不能就可以吮出汁的萝卜，多到和水一样便宜。

快过年了，每个摊位上面都挂满戏脸壳③，有孙悟空、猪八戒、哪吒之类，都是中国古典故事里的明星。摊位下面摆满兔儿灯。这是一种兔子形状的纸灯笼，灯笼里插根蜡烛，前面有根绳子，下面有四个木轮，到了晚上，点亮了，看起来朦胧喜庆，小孩子牵起来

---

① 洋芋，即土豆。
② 便利，四川一些地方把便宜称为"便利"，是低廉的婉转说法。
③ 戏脸壳，川语，脸谱面具。

到处跑。到了春天就是卖风车、风筝之类的。成都的风车形状像一个车轮，从轴心到竹环外圈间，辐射状地拉起十二根红蓝黄绿粉渐变，以粉红色为主的彩色纸条。即将要告别冬天的成都，还有几分阴沉湿冷，很需要这样的温暖色调。

成都的街巷生意最好的永远是小吃摊。小吃摊总是在路边，插布在各色铺面之间的空当里。吸引我的还有那可以夹果酱馅的蛋烘糕。蛋烘糕和成都很多小吃一样，都是现场加工，很有观赏性，至少对于孩子来说是这样。孩子最喜欢的游戏就是模仿大人，说不定看得仔细了，有样学样，等有机会就可以实操一把。

蛋烘糕其实是饼，不是糕，不用米制而能称为"糕"的小吃很少，似乎是川味独有。把熬制过滤好的红糖浆液、鸡蛋液和发面浆调入面粉，加水搅拌一千下以上，放百分之三的苏打粉，等它表面出现鱼眼泡泡，发酵到位，就成了蛋烘糕的面糊。制作的时候，把一两面糊倒入锅底直径约十厘米、锅沿约一厘米高的铜质小平锅——说是平锅，实际中心有点球形隆起，这样摊出来的蛋烘糕中心薄、边沿厚，内心空虚，方便填入馅料。手端起小铜锅的把手，左右转上一圈，蛋烘糕就成型了，盖子略盖，一分钟后揭盖加入馅料，将饼对折出锅。饼边厚糯，中心薄酥，糖甘蛋香，不同的馅料赋予了它不同的身份头衔，有樱桃小姐、水晶女士、玫瑰夫人、金钩大侠、洗沙散人……就像是野比的机器猫[①]，口袋里什么都能装下。

---

① 野比的机器猫，"野比""机器猫"分别是"大雄"和"哆啦A梦"的老译名。

再往前走，离文殊院越来越近，两边店铺的商品就换成了各种佛像、僧服、念珠、香炉、草香、蜡烛、蒲团，还有冥币、纸钱、元宝、寿衣、花圈、骨灰盒，关乎生死升天大事的装备一应俱全。那个时候不懂，为什么有佛教用品的地方还兼有白事用品，不知道文殊院里那只悬在房檐下的匾额刻着的"人天津梁"是什么含义，也不知道天王殿背面佛龛里的接引菩萨两侧对联"长伸手接娑婆客相随同路，久立地等世上人打伙偕行"是什么意思，更不知道极乐世界其实并不是一个大大的游乐园。

到了文殊院红色院墙外，就是整条街的核心地段了，这么好的口岸①，肯定要留给效益最好的生意，那就是可以预测未来的行业。产业大一点的，总要在文殊院的红墙根下弄个小桌子，用红布一铺一围，上面写着相面、起名、算命、官运、学业、风水等，背后写着"天机泄漏处"几个大字；手里拿个小本本，游走拉客的先生也不少，围着路人缠着说"看个相嘛"，如果你摆摆手摇头走开，相面先生还会在后面关切地喊上一句"相貌不错，把胡子留起嘛"，好像不甩下这句话就如鲠在喉、空留遗憾似的；听到的人，好像不调转回头问一句"为什么我要留起胡子？"，也如鲠在喉、空留遗憾似的。卦命行业和各种信仰一样，承担起了一部分疏通心理问题的作用，很多婆媳关系、兄弟矛盾都是在这里被劝导和化解的。哪有什么可预测的未来，把自己调整好，明天自然就会不同。

坐在"半仙"们前面一排，离行人更近的一个群体，是规模宏

---

① 口岸，川语，指店铺所处的位置。此处特指用商业价值来衡量的位置。

大的民间珠宝制造业。每个从业专家都有一个扁担挑子，一头是一坨铁砧子，另一头是一个带风箱的炉子。扎满鸡毛密不透风的风门在黑箱子里一拉一推，炉火火苗就变得蓝中透粉，粉中透白。把一根银条放到火上的坩埚里，立刻化成一摊液体。可以来料加工，也可以从摊上选择材料。总能见到摊前有人拿起一枚"袁大头"，用兰花指中的拇、中二指夹住银圆的中心，放到唇前，猛力一吹，迅速立到耳边认真倾听，看它小小的震动，是不是能够力拔山兮气盖世，带来像大海或山谷一样空旷悠远的回声。选出一个来，切下一角，投入那扁担挑子上的火焰山，化为一只小小紧箍，拿起来往手指上一套，似乎也像斗战胜佛孙行者一般，赋予了自己一个崇高的愿景和使命。

穿插在打戒指的金工匠人之间的，有一些小臂上戴着已经发白的蓝袖套①的修鞋和擦鞋的师傅。修鞋的师傅会把张了嘴的最常见的三接头皮鞋，用手摇补鞋机一针一针地缝合起来。小男孩总会盯着他缝鞋用的那一捆线——这就是街上孩子嘴里提到的马达线，它平时一般都是潜伏在汽车马达的皮带里，那可是护钮钮儿的利器。

顾客们一屁股坐到擦鞋摊的扶手椅上，把脚搭上小脚凳，话多的开始摆各种刚听来的小道消息，话少的就闭目养神片刻，或者发会儿呆，看着一块毛巾像洗澡时搓背一样往复拉来扯去一阵，然后起身蹬上锃亮的皮鞋，走起来发出或清脆或刺耳的咔哒咔哒的金属声。像马掌要钉马蹄铁一样，为了减少磨损、延长寿命，那时的

---

① 袖套，北京叫套袖。

皮鞋底都要让修鞋师傅钉上元宝形的黑色铁掌，走一段时间，它就会被磨成亮银色，与柏油马路和水泥地面摩擦碰撞，声音也变得更亮。

过了文殊院大门再向西的半条街，就是全球麻将牌交易中心。全球的麻将集中在成都，成都的麻将集中在这条街。这里一个个麻将牌盒都翻开盖子袒裎①相见，里面的砖块牌像士兵一样整整齐齐地躺着，大多数麻将牌都有自己的番号，有的叫"一饼"，有的叫"三万"，有的叫"九条"，衣服上写着黑色红色中文字的是"军官"，分别负责东西南北中五方面军的组织指挥工作，几个身穿绿马甲的负责发放军饷，职务叫"发"，还有几个什么都不干的闲人，自然就叫"白板"。

麻将摊上，最有质感的是竹骨麻将。这是最传统的麻将，正面是动物的骸骨材质，背面剔出梯形截面的凸条，插到后面一块打磨光滑的竹片上同是梯形截面的凹槽内，天衣无缝，就成了一块古老的、成都闲散市民修筑"万里长城"的基本单元。最时髦的则是绿色、蓝色背板的塑料麻将，除了质感不同以外，它还有一个特点，就是大。传统麻将一般是大拇指大小，适手易抓；塑料麻将则一个赛一个大，像老人手机的字体一样，可以让资深麻将们看得更清，摸得更准，出牌更有分量。塑料麻将用的盒子也是塑料材质，上面一般都用烫金工艺，印着一只亲昵拥抱着一把竹子的大熊猫，旁边写着"成都旅游""四川旅游"或者"中国旅游"的字样，似

---

① 袒裎，因此处表现身体姿态，故使用"坦诚"的原词。

乎宣告着，麻将从这里走向四川，走向中国，走向了世界。

俗世繁荣和福祉靠的是资金和自由的推动，物质的、精神的需求在这条街不断地被交易和满足，这里是红尘滚滚的人间烟火。而红色的庙墙中段的街南面，有个格外显眼的黄色照壁，和它对面的山门一起，形成了一个开放却又相对封闭的空间，有点像成都古城门的月城①。置身其中，虽然还不算进到城里，但却已不在城外。

照壁中间的一段高出一截，整体呈凸字形，与山门呼应。照壁正中有"文殊院"三个字，左右对联为文殊院第一代方丈慈笃海月禅师手书。照壁旁的左右红墙，等距疏离地各书着"阿弥""陀佛"四字。从照壁对面的文殊院山门一脚踏进去，就从凡间来到了佛国，从尘世切换到了净土。

当然，这种切换并不那么直截了当，总是有些渐变的过渡。刚才在外面听完相面先生一番开导后，走路轻快的孃孃②；手里提着有熊猫图案，写着"中国旅游"字样盒子的大爷；手指勾着一个拉着兔儿灯、握着萝卜枪、戴着猪八戒戏脸壳，却看不到戏脸壳后面正流着清鼻子③的小朋友的太婆；还有一双双锃光瓦亮、咔哒咔哒的黑色三接头皮鞋们，此时正朝着立着高大木条栅栏，像衙门一般威严，叫作"天王殿"的文殊院山门，左右两路鱼贯而入，不理会佛寺顺时针绕行的规矩。

---

① 月城，也叫瓮城。
② 孃孃，"孃"实际就是"娘"字的另一个写法，孃孃在现今川语中主要指阿姨，故用另字以示区别，读 niāng。
③ 清鼻子，成都话，指清鼻水。

从山门殿内的弥勒佛旁走过，一抬头就看到两扇门后，分别藏着怒目威严的四大金刚和努着鼻子的"哼"和张着嘴巴的"哈"二将。那些穿着铁掌皮鞋的人们，有的意识到了什么，就把脚步放轻，收住那世俗的金属叫嚣；有的没有意识到，仍然大刺刺地咔哒咔哒。

　　走着走着，外面的叫卖声隐退了，小孩的哭闹声消失了，打戒指的高亢声不在了，挑选麻将时动物骨头和竹子之间哗啦哗啦的撞击声没有了，铁掌敲击地面的回声显得似乎有点不大协调，大刺刺的人们也意识到了什么，压慢自己的步伐，缓步往前。这古老院落的深沉寂静软得像棉花，吞噬了所有的喧嚣。

二、邂逅什刹海

多年后，那个古老院落外面被清理得干净而安静，里面反倒变得喧嚣。这种变化是逐渐完成的，但对我来说却显著而突然。自从一九八七年离开成都去了北京生活以后，基本上只是每年，甚至每两三年回成都一次。成都的变化像一部片段丢失的纪录片，片中，两个城市交替成为故乡或乐土，像路过一条斑马线，亮色的线条是北京冬天悬着炽热太阳的蓝天；暗色的线条是成都冬天的雨夹雪和满地的植物暗绿。两条线之间不全是反差，也有重叠。

昨晚夜宿成都，换了床不容易睡着，人在床上像时钟的指针一样旋转，天还没亮干脆就起来了。一开窗，满面潮润，外面的雨水盖住了地平线上所有植物生发的气味，一部分水隐入地下，像陈年记忆，埋藏并发酵，一部分暗暗往空中升腾，像当下掺杂着陌生感的好奇。回身走到镜前洗漱。人说"少不入川"，镜中人已过而立，理论上已经脱离了这个禁忌，这是一张这片土地替我挑选的脸孔，浓眉高额、眼窝深陷，脸庞逐渐圆润，把头发向后被（bēi）[①]梳，准备出门先去那个清凉院落中的古老庙宇，寻找阔别了好几年的重叠和反差。

这样远距离的地理切换像是做梦和梦醒，似乎离开成都的几年都是在做梦，现在总算醒了，或者相反。这给人一种随时在质疑现实世界的真实性，以及在梦里突然醒悟的双重感觉。可分明自己的脑子又蓦然空空如也，完全想不起来北京的细节，干燥的空气、灰色的街道、朋友的名字、迷惘与风发，瞬间都变得模糊。

经历了头一年的灾难和援助，成都变了面目，城市里的一切看起来都太过崭新。为了配合城市的新高度，悬铃木大都被替换成了更挺拔的树种，浑身冒出矜持饱满的叶片，不肯轻易枯萎散落、铺洒路面，比起我不认识它们来说，它们更觉得我是陌生的。夹竹桃、万年青、美人蕉、紫罗兰已经不再常见，即使那些没变的东西也好像从依靠变成了屏障，摊贩们，以及店铺门口摆放的桌椅器具因为涉嫌侵犯了行人的路权而只能隐秘或间歇地存在，清油[②]炼制时的生涩味道也被过滤成了牛油混合香料的甜腻。在这里，我的欣喜

---

① 被，按古音读bēi，即头发向后覆盖状。
② 清油，即菜籽油。

和焦虑正在重叠。

北京有紫禁城，成都以前有皇城；现在北京有个"鸟巢"，成都也有了"小鸟巢"，而且是一群。几年之后，这群"鸟巢"附近还建成了亚洲最大的单体建筑。在它脚下行走的人们，背影看起来渺小单薄，像是为了拥有更多的物质和更宏大的叙事而放弃了些什么重要东西后落魄的样子，但他们似乎并不知觉，不然他们怎么会同时又很雀跃呢。当然，不知觉是幸福的。

走进一座新建的大厦，手往电梯按钮一伸，都会缩回来一下再重新下手，这里密密麻麻的，几乎都是三十个以上的按钮，像是一盘正在布局的大棋；而北京各种电梯里的按钮数量，似乎平均也就只有成都的一半。后发制人的成都楼群，像是在自己城市的各个角落竖起了无数水泥碑，标志着对过去生活义无反顾的掩埋，或是对以往记忆遗址的纪念。成都越来越像北京，也越来越像国内其他任何一座城市，令人混淆到生出一种世界大同的目标已经指日可待的错觉。

这时候的我，陷入一种容不下欣喜、忧伤和解释的静默，只想找一个自己记忆里熟悉的地方，找找回家的舒适和安全感，享受这样的静默。虽然这样的地方还有，但越来越少，比如文殊院和鹤鸣茶社。回成都的第一天，总要先到这两个地方落落脚。

记忆库像装满各种食物的冰箱，饿了时，总想要跑回家打开冰箱，找冷藏室里新鲜的食物，或者翻找冷冻室里更结实和更深层的能量。有些当时不感兴趣的东西，冻久了，被挖掘出来，竟成了新宠。

儿时很少喝的茶，在此时也像是被重新发现了。从文殊院出来，又到了鹤鸣茶社，点上一碗茉莉花茶、几颗咸干花生。吹开茶碗里水面上的浮叶，把嘴噘成太上老君紫金葫芦嘴的形状，像收服孙悟空一样，浅浅地吸掉表面一层茶汤，习惯性地嚼两口溜进嘴里的叶片或茶梗，再用舌尖把它顶到唇边，用两根手指拈起来，放到一边。

天光被几丛翠绿虚竹和黄桷树细碎的叶片挤碎，像金币或是芝麻一样被撒在无数茶桌和竹椅上，和茶园上空的说笑、坚果破壳、茶碗磕碰声掺和在一起，喧哗而骚动，却又是一番静中取闹。

在成都，只要能容下一张茶桌两把竹椅，就会有人坐下来喝茶，寺院或公园也都乐于应景。从手边提起一只艳红或是艳绿的塑料保温暖壶，拔掉木塞，滚水一冲，青绿的叶片、黄绿的茶汤、白中透黄的茉莉花瓣，就在里面逆时针旋转。除了"碧潭飘雪"，不知道还有什么样的名称能配得上这样的奇景。真正讲究的茉莉花茶里面是没有茉莉花的，但有花的，却是民间主流。

空气中，采耳大师、算卦大师，还有售卖蛋烘糕、凉粉、豆花、锅盔的流动烹饪大师们各种重叠的叫卖、嬉笑、吵闹声，一开始像一圈幕布把我阻隔在外，慢慢地又消失不见，因为它很快唤醒了我头脑里的另一套语言和思维系统，另一个我开始融入并感到安逸。

竹靠椅伸出的一圈扶手和自己的双臂重叠，抱着自己的身体，有了安全感，就把双臂伸出来，十指交叉抱住脑勺，这是个适合思考那些值得思考的事物以及完全琐碎无用的事物的姿势。看看茶碗，看看绿荫下的湖面、周围的人、周围隆起的高楼，也接受着周围高楼对茶铺和自己的围观。听着龙门阵和搓麻将牌的悦耳噪声，脑子里开始胡思乱想。

想着昨晚还在北京，现在已经坐在了成都的茶铺里，空间距离已经不是问题，只有时间才是永远的阻隔，再不复习几遍的话，记忆可能就溜走了。想那二十世纪八十年代，这两个城市之间可是要摇晃三四十个小时才能够互相抵达的。

那是一九八七年一月二十八日晚上，不是我能把日期记得这么清楚，而是因为那天是大年三十，很容易就可以查到。大年三十，对中国人来说，是一年中最重要的一天。三嫂，也就是我的母亲，带着我和姐姐，坐在从成都冬天开往北京冬天的火车上，车厢里其他座位上只有零星的几个人。

每年春节，中国都会发生大规模候鸟式的人员迁徙，大多数身在外乡挣钱养家的人，兜里会揣着一年挣下来的微薄盈余，赶在大年三十之前回家过年，只为享受除夕仅仅几个小时的短暂团聚。哪怕在火车上一路只能坐在过道的地板上或者站着，甚至从车厢人群中间挤到厕所需要花上半个多小时，仍然挡不住人们似箭的归心。

然而，三嫂、姐姐和我却赶在最重要的这个晚上上了火车，因为这一天的火车票最好买，也不会被"黄牛"溢价，便宜。更可能的是因为对我们来说，这不是短暂匆忙的回家看看，而是一去不回，既然来日方长，也就不计较一时。

到北京站已经是大年初一的午夜时分，我被三嫂叫醒下了车，只觉得一阵兴奋，空气如冰却双颊似火。走出车站，回头一看，身后有个模糊但恢宏的建筑，像个城堡，正在夜色里隐匿。

天出奇的晴朗，晴朗得让我第一次知道，原来夜晚也可以用晴朗这个词来形容。来自成都的孩子，记忆中基本没有这种冬夜，成都冬天的天空不仅云层厚得像大地，而且低得像是压在了地面上，在这被压缩得有限的天空中，还总弥漫着毛毛细雨，透着寒湿。

身后这"城堡"的气场强势，虽然没有光线，但在比它更浅淡的天色的衬托下，含糊间可以感知它的轮廓，那是左右伸展足有两百多米的怀抱，整体像欧式，又不算欧式。局部的塔楼和屋顶是中国古典式样，俗称"大屋顶"，透着一种奇怪的风情，又有点似曾相识，似乎和成都市中心那个方方正正的"万岁展览馆"有丝丝缕缕的联系。这种中苏结合的旋律，在不同的时空演奏，和人民大会堂、中国历史博物馆等建筑遥相呼应。记不起来在什么地方，可能是看过的书或杂志里，我了解到了关于忧伤的北京的一些故事，它的城墙和很多建筑被人藏了起来。而此时的这个城堡，竟然让我产生了一种怪诞的猜想，那些消失的古老建筑的砖木会不会就被包裹在这些洋气的砖皮底下？不然好端端的，它们又去了哪里？

公交末班车已经没有了，三嫂说，往前走走，我们去坐夜班车。夜班车是专线，白天没有，只在夜间运行，覆盖的范围很小，只能坐到某个距目的地近一些的地方再换成步行。火车站对面是刚刚建成的国际饭店，外墙被光线笼罩，明亮挺立，一路走过去，止步在饭店门口的车站。夜班车久久未来。

这楼身像是一截嵌着茶色玻璃的、立着的三棱尺,肩膀上顶着飞碟形脑袋,整体像一个张开怀抱的人形。这是个奇异却很通用的美式造型,它在北京城里还有几个相像的兄弟,名字分别叫长城、昆仑、西苑,以及两年后才会出生的华润。阳光自信的"三棱尺",与"城堡"遥遥对峙,似乎在宣告一个更新的时代已经来临。

长安街就横在眼前了,宽得离谱,几乎和北京站的宽度一样。成都从没有这么宽的马路,甚至没有宽得过它一半的马路。路边华灯排列密集,灯上的一个个灯盏排列也密集,柏油路面在反光,像水面的倒影。成都也没有这么亮的马路。没有风,但很冷,干燥而刺痛,这是完全不同于成都的气味和感受。我用力地呼吸,幻想会有雪的味道。作为南方来的小孩子,以为过年只要到了北方,一出火车就可以看到满头雪花的房子和树,见不到的话,能闻到也好。

三嫂拦下一辆银色的丰田皇冠,对老百姓来说,这车很高级,其他城市几乎不得见,它是一线城市已经提前进入现代化的重要标志。出租车载着我们开始穿行北京城,往西往北,再往西再往北,沿阶梯状的路线前行。绿灯行没什么奇怪,红灯竟然停下来等待,没有车的深夜里也要等,这可是成都没有的规矩,我脑补着成都人会在路边啧啧称奇的画面。

一路飞驰,马上要到天安门跟前了,车子却在南池子右转,竟和天安门完美错过了。我坐在后排,把身体贴到车的左边车窗,努力伸长脖子,但连影子也没能看到,只好缩回来,想象着蓝天白云下鲜红的天安门,想象着天安门后面升起的一轮巨型的红太阳,它的光辉关照了中国的一切。我还不辨东南西北,不知道太阳是不可能从天安门后面升起的，因为那是北方。

　　继续向北沿着紫禁城绕向城北，路过隐约暗红色的鼓楼，再往西到德胜门箭楼。箭楼把自己的灰色筒瓦、绿色剪边、重檐歇山顶、八十二个箭窗统统收在暗处，身上无光，黑森森地端坐，又是一座"城堡"。这"城堡"和北京给人的感觉一样，硕大、沉稳、神秘。

　　我外祖母福芳的家，就在离这儿不远的院子里。下车时，三嫂递出一张"大团结"，从司机手里拿回了两张"拖拉机"和一张"纺织厂"。①"大团结"是第三套人民币中的最大面额，这一趟的车资是人民币七元五角，奢侈到相当于当时普通人两三天的收入。

　　北方的冬天，院子里每个家庭的外屋就是天然的冰箱。三嫂进了福芳的家门，把一捆从成都带来的代价只相当于一张"拖拉机"加一张"纺织厂"的绿叶蔬菜，顺手放到了外屋。当然，它们到了北京，身价已经成数倍地上涨了。不仅三嫂会从成都带蔬菜到北京，就像客厅里空荡荡的桌子上需要一瓶鲜花一样，这绿叶蔬菜，是成都到北京所有列车每一节车厢的旅客行李标配。和它们一起同行的，还有在列车卡座之间的小桌板上很多写着"郫县豆瓣"的小竹篓子，上面一般会覆盖一张菱形红纸，再用麻绳绕上一圈打个结。火车一启动，站在车窗外送行的三哥会看到小桌板上的小竹篓在惯性造成的猛然顿挫中，按列车行驶相反的方向顽固地一颤，然后又被无形的某样东西一拽之后，就不再犹豫地一路向北了。当

---

① "大团结""拖拉机""纺织厂"分别是十元、一元和五角纸币上的图案。

然，这豆瓣篓是其他旅客的，三嫂只带了蔬菜，因为北方人福芳还接受不了有辣味的食物。

第二天一大早起来，三嫂要陪福芳去早市买菜，我还没睡醒，却也被三嫂给拽了起来，三嫂说，一起去逛逛，有很多好看好玩的呢。

出门一看，这世界被颠覆了。虽然昨天夜里看到了晴空，却仍然难以相信，这冬天的白天真的挂着大太阳，透明的空中，透明的光线猛烈直接，云突然溜走，风踩了空，掉到地上，好在摔得不重，让人暂时感觉不到它的凛冽。令人不解的是，不就是因为太阳藏起来冬眠了才有冬天的吗？我浑身上下的每一条肌肉纤维，不觉有了一种被人谑称为蜀犬吠日的冲动。有记忆以来的世界观里，只要有太阳就是夏天，就是热、淌汗、背心裤衩、趿拉板、冰棍汽水、五边形的竹编摇扇，还有树上唧唧叫的知了和地下唧唧叫的蛐蛐。可这北京太奇怪了，大火球下面，每个人却裹着羽绒服，裤脚下面还能看到被套在里面的棉裤或毛裤露出的红色、绿色、黑色、卡其色的边，再加上阳光包裹在身上，暖和，却不热。

福芳家紧挨什刹海。什刹海在北京的西城，当年，它大多重要的部分都是满族人的地界，是一座没有围墙的"满城"，而这片水，是"满城"的花园。福芳家附近有两个市场，一个是半隐形的，在什刹海的后海边，名字叫早市；另一个干脆就是隐形的，范围从德胜门外的冰窖口一直延伸到德胜门内，再到什刹海后海边，名字叫晓市。

先说这看得见的早市，不光是好玩，简直就是新鲜。后海西沿每天早上都是一个快闪菜市场，到了九点就要收摊，得赶早来赶紧逛。北京人喜欢秩序，可不像成都人那么喜欢一直热闹着，而对于成都人来说，买菜的卖菜的都图个便利，再说了，哪有没卖完菜就收摊的道理。

我跟着福芳和三嫂钻了进去，随人潮向前涌动。菜市场对我来说实在太熟悉了，坐在三哥自行车的大梁①上，不知道在菜市场钻进钻出了多少遍。可这里，有点不一样。

成都冬天的菜市场，上空飘浮的都是人声，以讨价还价为主旋律。北京冬天的菜市场，上空飘浮的是白气，由每个人唇前挂着的时隐时现的那一朵汇聚而成。成都冬天的背景总是毛毛细雨，由于每一粒水珠过于细小，它们并不是垂直加速度的自由落体，而是呈不规则的立体曲线，漫天舞动，飘忽徐缓，像浓到极致的雾。随着太阳爬向天空，温度升高，让冷空中的每一粒水珠与更多的水珠汇聚，变得凝重，坠得愈疾愈密，成为名副其实的雨。落到地面的积水，和进城农民脚底板以及蔬菜根茎上带来的泥巴混合，地面泥泞，走路沾泥带水。而北京冬天的背景是风，不论是大还是小，总之是硬线条的风，硬得像乒乓球拍，容不得半滴水珠的悬浮。泼洒到地面的积水，被风一吹，还没来得及泥泞就立刻固化，变白，成了一层薄冰。

冬天的北京早市，菜的品种不多，只是不断地在每个摊位循环

———————————

① 大梁，北京叫大梁，成都叫前杠。

24

重复。除了白菜以外，这里流通的主要是西红柿之类的反季节大棚菜，价格贵，是白菜的几倍、十几倍。我终于明白为什么四川人喜欢带各种白菜以外的蔬菜上北京了，北京人稀罕这个，而且外地来的应季菜肯定比大棚菜的品质更好。市场这时候卖的白菜大概两三毛钱一斤，甚至更贵。而刚刚入冬，白菜供应量最大最便宜时，只需要三四分钱一斤，所以北京人都要预先在家里囤上几百上千斤，以防价格波动，这一个冬天的主菜就算解决了。大白菜一般都会堆积在院子里，上面搭块塑料布，露天放置也没问题，住楼房的会堆在阳台上。根据时间的推进，动态调整计划，有序地把它们吃掉，似乎只要吃完最后一棵，春天就回来了。

这市场上卖菜的老板们，大都操着不太标准的，带着河北腔、河南腔，以及油、肉不分的山东腔的普通话，或者是昌平、顺义、平谷口音的北京话。而这平谷话最有意思，它仅仅是发音一声二声的字和这四九城①里的北京话正好调一个个儿。所以，要想翻译平谷话，只需要把所有发一声的换成二声，把发二声的换成一声，其他不做任何调整就行了。

买菜的则大都操着一口流利的京片子，我本来觉得自己懂，毕竟三岁时也曾经一口稚嫩的京腔过。可听着听着，感觉好像在听切口，买菜的拿起一个番茄，"这兄②柿（西红柿）多儿③钱一

---

① 四九城，北京皇城有四个城门，内城有九个城门，故北京人常用"四九城"指北京城墙内的城区部分。
② 兄，北京话吃字，"西""红"连读接近兄的发音，但还是有差别。
③ 儿，多少钱的"少"被连读吃字，读音似 ér，实际更接近少的韵母 ǎo。

斤？""内①土豆呢？"这兄柿和土豆是什么意思？听来听去，再一问三嫂，终于明白了，原来这菜的命名和成都竟然有所不同。

算上其他季节的菜在内来说，成都的番茄，北京叫西红柿，洋芋叫土豆，花菜叫菜花，蒜薹叫蒜苗，蒜苗叫青蒜，韭黄叫蒜黄，芫荽叫香菜，红萝卜叫胡萝卜，灯笼海椒叫柿子椒，慈姑儿②叫荸荠，胡豆叫蚕豆，四季豆叫扁豆，青黄豆叫毛豆（而真正的毛豆和扁豆，竟然没有），瓢儿白叫油菜（真正的油菜，竟然也没有，油菜的精华油菜薹，就更加没有）。更奇怪的是，卤肉在北京叫熟食，而其他一切做熟的食物并不被称作熟食。我开始在脑子里互译转换。等后来再回到成都，又改不回来了，想要成都的花菜，却按北京说法说成要菜花，后来发现菜筐里多了把韭菜花。当然，这是后话了。

番茄，按字面意思理解应该是外国版茄子。在成都的时候就觉得奇怪，成都的茄子形状像放大的香蕉，怎么看也和番茄搭不上界；然而到了北京就明白了，这北京的茄子从形状来说，就是番茄的放大版。可北京人却不叫它"茄"，而叫它"柿"。

话说回来。更无奈的是，很多菜竟然从"这个世界"消失了。韭菜花、苋菜、软浆叶③、蕹菜、豌豆颠儿④、二金条、竹笋、紫豇豆、六棱丝瓜、扁灯笼海椒、茭笋⑤、莴笋、芋头、厚皮菜、大头

---

① 内，指"那"，在这里按北京话发音习惯读 nèi。
② 慈姑儿，成都把深色皮的地果（乌芋），误称成带顶芽的另一种植物白地果的另一个名字"慈姑"。
③ 软浆叶，即落葵。
④ 豌豆颠儿，北京叫豌豆苗，在食用时，和成都豌豆颠儿的生长阶段和状态有些区别。
⑤ 茭笋，茭，四川按古音读"gāo"，常被讹写成"高"。茭笋即茭白。

菜、菜脑壳^①……这些都是菜中鲜品，本应是菜世界的全部，可它们全都不见了。不过好在这个"新世界"的人，根本不知道世界上有这些菜存在，不需要像我一样想念它们。

没有了枇杷、樱桃、酸角、拐枣、蜜橘，地瓜也没有了——北京没有地瓜，也没有其他东西霸占它的名字，不过听说在东北，红薯抢占了"地瓜"这个名字，我只能庆幸去的不是东北。橘子没有了，广柑没有了，取而代之的是一种没见过的柑橘类水果，个个都独立套着透明塑料袋，上面印着像窗花剪纸一样的红色的字，写着"芦柑"——似乎正在证明着，它是新来的，北京很多人可能还不认识它。

莲花白变成了圆白菜，它们应该是卷心菜这个类目里的兄弟，一个扁胖大，一个圆滚小，一个像灯笼裤松垮，一个像健身裤紧绷，而无论是水分还是回甜，圆白菜之于莲花白，都有所不及。直到十多年后，北京的食材江湖上才出现莲花白，不过它的名号被叫成了"包菜"。突然间所有的饭馆都有一个菜叫"手撕包菜"，可见当时这个菜并不是因为品质不如圆白菜所以没有，而是真的没有。

说到豇豆，这里只有一种成都常用来做泡菜的紧瘦型豇豆，另外胖一点的白豇豆和紫豇豆也都不存在了。黄瓜从黄绿色变成了深暗的邮政绿，上面还带了刺儿，颜色不发黄，那还能叫黄瓜吗？对，它的花是黄色的，总算说得过去。

---

① 菜脑壳，即菜头。川语中，头叫脑壳。菜头包括儿菜、棒菜等。

当然，还是有很多没见过的新鲜玩意儿。有种萝卜是干巴巴、淡绿色的皮，切开一看，里面是深粉红色，内外反差巨大，就像一块外表丑陋的石头，切开一看，里面的心竟是翡翠。它的心看着像红心火龙果的瓤，虽不苦涩，吃起来却辣口，微有回甜。卖萝卜的菜农一边拿把小刀切下一小片往嘴里送，一边喊道："心儿乐美①，心儿乐美，又甜水又足啊。"

　　令人兴奋的是，这市场有这样一种在成都见不到的东西，半人多高的一根木棍，上半截扎着草垛子，草垛子上插着很多竹签，每根竹签上都穿着一串黄色透明糖衣包裹着的鲜红色的山里红②。山里红是山楂的变种，在北京也叫红果，红果冰棍的红果。这一串山里红，在类似成都糖饼那样的熬好的糖稀里面裹上一转，等这层透明的外衣冷却凝固，就成了冰糖葫芦。咬下去，甜完了之后就是酸，酸得人嘴咧开，腮帮子冒涎水，只想再咬下一口糖衣，用甜来弥补。

　　沿着后海西沿③往南走，过一个小桥再往东，画风一变，左手北面的岸完全袒露，整个湖面被一圈方条水泥望柱和铁质栅栏做成的链子锁着。北方给人的想象是大漠黄沙，冰天寒地，可这沿岸裸露的柳树用掉光了叶片的软枝，冒出来像喷泉一样的线条，像春天、初夏或南方一样和顺。我在成都从没见过柳树，一向被认为阴柔的成都，城里的街边都是硬朗雄奇的悬铃木，可这本应硬朗雄奇的北

----

① 心儿乐美，即心里美，"里"在此处按北京话习惯读lè。
② 山里红，北京话读作山lè红。
③ 沿，北京话读yànr，即岸边。

方，却向柔韧如水的柳条服了软。

北京的天很高，比成都的天高，风一路从西伯利亚长途扑来，毫无阻力，肆无忌惮，空气和阳光被它吹得冷了硬了，就从天上掉下来，砸到什刹海湖面变成冰。人们把它大块大块地切开，堆砌到北海公园，变成房子和城堡。里面尽管被穿进了各种彩色荧光灯，红的，橙的，黄的，但即便是暖色，也依然透着冰冷。春天一到，要仰仗重新活过来的柳条，次第燃烧出自己叶片的粉绿，才能把冰搅融。

从这里一直到后海南岸的小花园，依次还有早市的其他功能板块，包括各种生活服务秀：理发铺、裁缝铺，以及小商品批发、跳蚤旧货、古董文玩、花鸟鱼虫等不同功能的小市场。如果你是住在附近棠花胡同的北京大爷，那你早上出来的遛早儿活动大概是如下路线：

你首先溜达到糖房大院胡同的早点摊，点上一碗炒肝、俩糖油饼。这糖油饼，先在面粉里加盐、碱、矾、鸡蛋、水，和好面，刷油醒面做油饼的面团坯子。取出其中一块，配同比例的白糖，把糖搓到面里，再加干面粉和油一起揉，就成了糖面。把油饼面团切成小块面剂子，用擀面杖擀平后覆一层糖面，再擀成近似圆形。下油锅之前，用擀面杖在上面间隔均匀地敲出两个小洞，手提起来，糖面朝下，两百度高温下锅，炸酥成锅盖拱形再翻面，在面筋收缩的作用下，两个小洞炸好后就变成了两只直不愣登的大眼睛——它们当然是为了增加受油面积，让孔的边缘容易炸脆。有糖的一面棕红，没糖的一面金黄，蓬松甜酥。行话叫糖盖面，这糖的面积要盖过面，才是正宗。

就炒肝吃，一般选没有糖面的白油饼，味道不混搭，但愿意要那层糖皮儿，那就按喜好来。这炒肝说是肝，实际主要是肥肠。肥肠用文火炖好后，洗净切成寸段，和其他猪下水，以及起点缀和正名作用的猪肝片一起，放入熬好的口蘑汤中，加熬好的黄酱、酱油、蒜末、盐，煮开后用绿豆淀粉勾稠芡，最后再撒一层蒜末。

让外地人觉得神秘的豆汁，这里却没有。喝豆汁主要是南城人的习惯，北城很少，最近也得去钟鼓楼找。把绿豆倒进石磨孔里，转出来的粉浆经过沉淀后，颜色亮白、细腻的淀粉被选去做粉丝；混含杂质的粗浆煮熟再过滤出来的，发酵发酸后就拿来做豆汁，留下的渣滓做麻豆腐。豆汁被送到鼓楼墙根底下的豆汁摊，锅后面的人不停地扬汤止沸，小火慢熬，让锅里保持冒细泡，汤色灰中透绿，为的是充分融合、渣子不沉淀。豆汁本是下脚料，虽被认为是富含蛋白质的营养品，但难掩一股淡淡的酸馊味儿，需要再加两个焦圈和一小碟花椒油热淋过的水疙瘩咸菜丝，一番中和、压制或是搭配，这传统怀旧的早餐就算齐了。

说回到油饼摊儿。吃完油饼、炒肝，你就往市场走，看见有人正拿起一棵白菜，连着扒了两三层皮，递给菜贩约①重量。有人拿起一个西红柿询价，菜贩说，一块两毛钱一斤，这西红柿又被放了回去。有人接过菜贩递过来的一片心里美，一边嘎嘣嘎嘣嚼着，一边挑了几个放到秤盘上。还有人一边吃着芦柑一边往前走，这剥下来

---

① 约，北京话音 yāo。

的皮就随手扔到了菜摊旁边。早市一散，就会有人过来迅速清场，这几块果皮就会消失，就像它从来没有出现过一样。

你又寻见炸好的豆腐泡，就拣它十来个，再来一把宽粉条，预备作晚饭食材。昨天家里炖好的猪肉，今天再加水煮开，搁点冬储大白菜、豆腐泡、粉条进去煮透——水不能加太多，这白菜自己还会出些水。炖好盛上一小盆儿上桌，就上馒头吃，末了（liǎo），用馒头把肉汤蘸干净。或是熥上一张昨天烙好的饼，来碗棒子面粥，配上一碟雪里蕻炒黄豆、一碟拌心里美，就是一顿标准的北京冬日晚餐。这棒子面粥，可以像喝面茶一样，在粥的表面淋上薄薄一层芝麻酱，再稀稀拉拉地撒上一层精盐，喝的时候用勺子扎^①，每一勺子都要扎上粥和芝麻酱，味道才香。

提着晚饭食材往前走，挤到了理发摊，挑一把宽大的椅子坐下，修个国民圆寸。遇上有手艺的老师傅，就可以半躺下来，脸上被热毛巾捂上片刻，一把像草垛子一样的刷子，在肥皂上转来蹭去，摩擦出一团白色泡沫，再抹到脸上，涂成圣诞老人，一把刚刚在皮质快刀带上蹭了几下的剃刀，寒光一闪，脸上就光溜溜的，可以清爽三两天。

你被人流推着，再往前走上一小段，过了一个小桥，突然一下慢了下来，人少了，视野也开阔了。可以慢慢地走过小商品批发市场，顺便添置一把涂满大漆的防霉木筷子，两只玲珑瓷工艺的青花

---

① 扎，北京话，意为"舀"，但动作与舀略有区别。舀的动作是横向为轴转动工具，然后向上舀出，扎则是转动后，工具贴到碗边再向上，有勺子在碗内壁刮擦的过程。大力搅转舀出也算是"扎"。比如扎冰激凌。不需大力的就叫"盛"。

碗——碗壁上有星星点点的好多米粒状透光的颗粒，据说是景德镇的新工艺。在旧货跳蚤市场上选上两本旧字帖，一本颜真卿的《颜勤礼碑》，一本东汉《曹全碑》。

到了古董文玩摊，就把菜往地上一撂，好好蹲下来踅摸踅摸，看看有什么漏可以捡捡，什么盔犀鸟的头骨、汉玉象牙犀牛角、天珠蜜蜡红珊瑚，都不用看，能在这地上摆着，它就真不了。再一看，发现了一对河北产的红狮子头核桃，品相不错，价格也不贵，你就赶紧下了手，握在左手手心里，搓来转去，准备用手心冒出的油脂，给它由外到内的深层次滋养。这油脂渗透进去，饱和后再返出来，显得油润温暖，文玩界的行话叫煲浆①。煲浆的意思，原本是指土砂锅经过米汤面汤煲煮后，米面成分在锅体内部碳化形成碳小粒，与锅结为一体，使其不再渗水并变得润泽的一场开锅大典。这颗核桃也即将开始这个被照顾并反馈主人的过程。十指连心，没事儿常揉揉核桃，一定可以活血强心。当然，大多红狮子头都是挂在枝上时就被上下夹板整过形的，嗨，你心想，这也无所谓，反正自己也不是专家，顺眼就行。

走到花鸟鱼虫市场，这能抗冻的金鱼，家里还养着好几条，也就不看了。再往前又安静下来，这是一片松树林，你找长椅坐下来歇歇脚。隔壁院儿的老张老王老李老刘悉数到场，在林子里谈论说笑。旁边有人在朝着水面咿呀吊嗓子，有人怀抱拉扯着呜呜咽咽的

---

① 煲浆，这个词后被文玩界借用，把一开始把玩磨合的过程叫煲浆，后变成磨合状态的形容词。

胡琴，有人在跟松树较劲，打撺悠儿，有人推磨一般打着太极，也有围成一圈的一众人正在吆五喝六地切磋格斗术或者意拳。

邻居老姜正在这儿练功。他每天天没亮就跑到这树林子边上的墙根底下，用一个木讷凝固的交谊舞起势一样的姿态，给自己罚站，数九寒天也只穿一件薄薄的衬衣。他端的是撑抱式，两腿横向展开，两足尖向前平行，与肩膀同宽，脚底板踩着地，却要在心里默念这脚心里包裹了一只鸡蛋，不能踩碎，也不能让它滚走。膝盖微曲，肚子放松沉坠，自然鼓起。屁股微坐，要像坐在一个大皮球上，不能坐倒，这个皮球要似有似无。双臂平举环抱，低不过脐，高不过眉，胸微含，松肩坠肘。掌心向内，像抱着球，腋下半实半虚，也像夹着球，每一个指头缝里，都要想象有一个圆球形软而易碎的东西，夹紧但不能破碎。整个身体是静的，意念中却是一直在各种较劲，和鸡蛋较劲，和皮球较劲，和寒风较劲，和地心引力较劲。

老姜是意拳泰斗王芗斋先生的嫡传徒孙，在圈里有一号，高个儿，经常穿一件军绿干部服，头皮空旷，胡子密实，一尺多长，花白卷曲，比中年版的齐白石只少了一个圆框眼镜。他身体清瘦，夏天光膀子时肋骨凸显，可这嘴里的一口纯浓京腔却底气浑厚，声震四壁，精气神和单薄的身板完全不成正比。平日在家里练功，不自觉一声狮吼，壁上两幅没有装裱的，只是用糨糊松松垮垮固定了四个角的对开宣纸被震了一震，一纸上用古文象形字书"遊于藝"①，

---

① 遊于藝，简化字为"游于艺"。

另一纸以行草书"前不见古人，後不见来者，念天地之悠悠，獨愴然而涕下"。大半生游于艺而怀才不遇的老姜，此时练的是师爷传给师父、师父传给他的意拳功法三十式中的第一式。

意拳也叫大成拳，最适合北京人练，因为北京这地方墙根多，城墙根儿、皇城根儿、院墙根儿，总之，找个墙根儿背靠着一站，避①风才好练功。这拳可以强身健体养生静气，也可以实战。通过日常修炼，可以把全身上下的力量统一集中在一条胳膊上发力。身体有如一坨年糕，有阻力有韧性，一转一旋之间可以把对手黏住，让对手失去重心，或者六面支撑圆活，一旦触敌，就力汇一处，瞬间爆发。

大成拳、太极拳、中国的书法，思路都是一致的，就是画圈。画圈才有长力，连绵不绝，形成一个势，积蓄弹性，寻找突破点。老姜到了十二三岁时，他师父才开始正式传授功夫，薄发需要厚积，入门就是这撑抱式，几十年不变。这个姿势，可以让经脉更贯通，血液奔流下，心脏作为身体的发动机，阻力更小，肾脏作为身体的油箱，能更顺畅地提供能量。能量燃烧，在体内游走循环，心肾相交、水火相济，身体很快就热了，大冬天的，老姜虽然只穿一件汗衫②，头发根和脚底板却都在冒汗。

你告别老姜，来到老张老王老李老刘站成一排的地方，顺着他们的目光打望过去。那些松树上高高低低地吊着一溜鸟笼和鸟架，

---

① 避，北京话读古音 bèi。
② 汗衫，北京话，指衬衫。

有圆柱形靛颏笼、画眉笼，宝箱形的丘子笼，长方形的红子笼，拱门形的曲架。一帮老炮围着一个百灵鸟，正端详研究。你虽然也是和他们一样老的老头儿，可打小也没玩儿过这营生[1]，并不懂什么叫百灵十三套，也分不清这西城区和东城区的百灵专业技能有哪些细微的差别，只能看看热闹，听听听不懂的术语和鸟语。

你准备往回走时，市场已经散了，完全袒露出了什刹海后海的真容。举目往西往北再往东，这后海尽收眼底，眼睛像切换到了大广角。北面有个小半岛，上面一座三层中式古典楼宇，是后海的"定海"神针——望海楼。如果眼光能越过望海楼，再往东北方向看的话，还有一红一灰、前矮后高两座古典建筑和望海楼呼应，这是见证古城阳光流动的钟鼓楼。再往远看，这湖水竟似乎一眼望不到边。无边的北京城，就静静地泊在什刹海的岸边。你此时也一起泊在什刹海的岸边，思索着它的前世今生。

传说什刹海[2]得名于湖畔的十座古刹，官方说法是因位于糖房大院胡同的什刹海寺而得名[3]。一般来说，什刹海银锭桥以西，湖的西北一段俗称后海，而实际上整个什刹海也叫后海，这是相对于北中南海和紫禁城来说的，因为后海在它们的后方。

紫禁城是北京城的中心，也是权力的中心，可住起来并不舒服，所以皇上很多时间是在紫禁城西侧的皇家园林办公。园林围绕着人工改造出来的一面湖水而建，整面湖的西北角接一条高梁河，

---

① 营生，本义指赖以为生的工作，此处的含义为东西、玩意儿。
② 什刹海，《燕京岁时记》作"十刹海"。
③ 见《北京名胜古迹辞典》，北京市文物事业管理局编。

引来北京城西边玉泉山的泉水，往南经一条运河连接通州，再去往苏杭。

为了配合园林的意趣，这片湖被设计成了不规则的形状，从南往北，有几次束腰般的分割，最南面的叫南海，往北第一次束腰后是中海，再次被一座长拱桥束腰后，就是北海。在北海北端尽头，这湖用一条沟渠暗穿一条马路之后就成为什刹海。这什刹海经历了银锭桥的一次束腰，就又分成了南边的前海和北边狭义的后海。

后海西头还有一条沟渠，穿过德胜桥，把水引向德内大街西面的一个小湖，名叫西海。这里曾是北京城里几个内海接驳玉泉山的总源头。以前还有活水进城的时候，水先流到积水潭西北角的小土山，山脚下有一个与都江堰离堆思路类似的石螭把水左右分流，不过这个分流并不会分出内外江，而只是为了放缓水流，让泥沙有时间沉淀，减少什刹海湖水的浑浊。

没出正月都是年，从后海早市回到家，福芳开始继续做各种过年的例行美食。我们娘儿仨没有赶上大年三十的饺子，这天福芳就安排先包顿饺子。北京饺子馅最常见的无非就是韭菜猪肉、韭菜鸡蛋、白菜猪肉、茴香猪肉之类，冬天基本是白菜领衔主演，因为白菜便宜、存货多。白菜切细剁碎，放盐腌出水分，用纱布包裹，挤干。这个工作比较费力，人多的家庭，甚至要把纱布包丢到洗衣机的甩干桶里甩干。当然，这机械化参与的阵势也能说明，饺子在北京那可不是小吃，而是大餐。

白菜混合三肥七瘦的肉馅，加酱油或黄酱水、姜末、香油，也可以再磕两三个鸡蛋，增香增嫩，让馅更抱团。至于四川人把高汤搅打到馅里的做法，北京人好像都没听说过，也想都没想过，难道有肉和香油还不够香？至于胡椒面与肉的结合之妙，似乎也没有引起北京人足够的重视。当然，白菜和猪肉的结合，特别是茴香做馅之妙，成都人也暂时没有发现。成都主流水饺是净肉馅，茴香也只是做鱼时用来调调味，或者拿来和它生长周期有密切交集的胡豆一起炒成茴香豆。

话说回来。主食都依靠粮店，而粮店是国营单位，尽管北方吃饺子多，却也不提供现成饺子皮。米面油酱以外，能提供点儿发面饼、馒头，以及没菜就不容易下咽的玉米面贴饼子的，都属于增值服务。想想成都的粮店有人烙春卷、打又酥又香的糖锅盔，顿觉奢侈。因而，在北京，一包饺子就要全家出动，饺子皮全都得手擀。福芳自然负责最核心的工作，准备面团。软面饺子硬面汤，在这面粉上慢慢浇水，用筷子搅匀净，才下手和面，如果絮状面疙瘩的水分布不够匀，揉起来面团就黏手。黏手如果总靠撒簸面①解决的话，等不黏手了，面团也就硬过头了。

揉到面光手光盆光的"三光"境界后，醒一醒，防止面团收缩。然后，三嫂拿出松软的面团，搓成长条，弯成"U"字形，用手按住滚动九十度，刀一切，就是两个面剂子，往回滚动九十度，再切一刀，这样滚动的目的，是为了之前的两个剂子不会和后面两个剂子挨上而发生粘连。一轮滚动之后，就又多了两个四角粽子形

---

① 簸面，即干面粉，常被写成扑面、补面等。

的面剂子。在剂子上撒上籤面，团成圆形，双指下按，就出现并排留着两个手指印的饺子皮坯子。擀皮的时候，左手指尖轻捏面皮中心，控制转动面皮，再擀再转，右手搓动擀面杖配合擀压下半截面皮，擀出来的皮子边沿上翘，整体呈一个窝状。

三嫂曾经在成都饺子界打拼过，自然是高手，可以捏出二十多种不同花边，这次是家里自己吃，就按北京的方法，皮子对折，把半月形的边缘中心点按紧，咧开的口子分两次收拢压实。包好的饺子摆在高粱秆做的盖帘板上，排成同心圆。三滚饺子两滚面，下锅后，水滚了泼一小碗凉水，重复三次，饺子就熟了。也可以把浮在水面上的饺子，用笊篱捞一个起来，快速地用指尖一按，能迅速回弹恢复原状，就熟了。

北京的饺子味道都在馅里，不需要像成都的水饺那样拌调料，煮熟后裸身上桌直接吃，或者蘸点醋再咬一口生蒜瓣，借着这酸辣劲儿，更下饺子。北京人吃的这种辣，四川人一般还真不太接受。赶上劲儿大的蒜，一口下去，舌头和上颚俱疼，但来得快去得也快。辣椒没有这么狠，但更耐久。这口味倒和地域性格吻合，北方人生猛，打架厉害，但打仗一般；南方人打架略逊一筹，可打仗却厉害，耐久。

我一边吃着饺子，一边开始观察。桌上，每个人的手并不像成都人左手扶着或者端着碗，而是把左手放在腿上，桌上是见不到一只左手的。一时也想不出答案，我就切换研究课题，开始关心南北语言差异。

成都话也属北方语系，自然大体和北京话一致，这窗子叫窗户，门还叫门，都没什么差别。桌子还叫桌子，椅子还叫椅子，奇怪的是，在北京，没有靠背的凳子，也叫椅子。娃娃叫成"鞋（hái）子"①，鞋（hái）子②读成了"斜"。掉了变成了丢了，而丢了却变成了扔了。抄手改叫馄饨，圆子改叫丸子，汤圆改叫元宵。街边的窨沟叫下水道，家里的脸帕叫毛巾，铺盖叫被子，水瓶叫暖壶，杯子③叫缸子，扫把叫笤帚，渣滓叫脏土，拖把叫墩布，碗刷叫炊帚，漏瓢叫笊篱，瓢根儿④叫勺，煎锅叫饼铛，潲水叫泔水。当然，还混杂了一些来自福芳老家深县⑤的名词，肥皂叫胰子，馒头叫卷子。

　　春节主要在于过大年三十，为了重新凑上北京大年夜的热闹，我的记忆往往会直接剪接到第二年的除夕。

　　除夕这晚，外面的爆竹声不断，而且要持续到过完正月十五才会罢休。串联好的爆竹叫鞭炮，拆下来的爆竹在成都叫火炮，在北京叫炮仗⑥。我自认是火炮高手，来了北京才知道自己没见过什么世面。这火炮在成都以两种为主，一种是下面插着一尺长竹签，嗖一声往天上蹿几十米开外才一声爆裂的冲天炮，远距离点火，人很安全。而有点危险性、猛一点的叫电光炮，寸许长，铅笔粗细。左手掏出来一个电光炮，右手用草香点燃往空中一扔，砰的一声，让路

---

① 鞋（hái）子，此处指成都话中"孩子"的读音，成都话里，鞋读"hái"。
② "斜"，鞋的普通话读音 xié。
③ 杯子，此处专指马克杯，即带把手类型的。
④ 瓢根儿，四川话，即勺子，含义为拖着长尾巴的瓢。后被附会为"调羹"，与本义不符。
⑤ 深县，现深州市。
⑥ 炮仗，"爆竹"字音的讹变。

人惊得一跳。更让人欲罢不能的玩法，是把电光炮塞到任何可以塞的地方，比如砖缝、沙洞、一个空子弹壳、蜂窝煤的通气孔，甚至把萝卜、土豆挖个洞塞进去，就是要看看它在不同场景中的威力，和被它破坏后的惨烈场面。

可到了北京，就不敢这么玩儿了。比起南方人，用力过猛的北方人的确不怎么雅致，放炮也不例外。北京玩的炮，名字听起来就更生猛，麻雷子、二踢脚①，都是硬货。往天上蹿的叫蹿天猴，音量相当于一个冲天炮加上三个电光炮的分贝。这二踢脚，其实成都就有，叫双响，但体量小，而北京的可不一样，粗得像章丘大葱，或者说就像是雷管，半尺长，把它垂直放在地面就是半截擀面杖，从底部引线点火后，只听沉闷的"定"的一声，就升了天，到得半空又仰仗宽阔音域，如惊雷一般"当"的一声。这半截擀面杖里藏了两个火药腔，并没有什么不同，只是第一响时，和厚德载物的地球产生了局部的共振，而显得特别浑厚，放飞到了天行健的空中，瞬间撑破了充盈的空气包裹，显得脆硬空灵。相同的因，碰到不同的环境，产生了不同的果，并预示着好事成双，惊人的好事。

更惊人的场面出现了。有人在院门口点了一枚二踢脚，地面不太平整，引线刚刚燃烧完，突然横倒在地，向斜刺里弹出，冲着他自家墙根去了，顶到墙上，把矮墙上半截的窗户玻璃足足震碎了三块，又反弹到了院里闲置的一口水缸壁上，嘣的一响，从上斜下，半人多高的水缸，裂开了一道闪电形的缝子，直通缸底。古人说，

---

① 二踢脚，本为二梯子，讹称为二踢脚。

打破砂锅纹①到底，这水缸也是一样。想当年，司马光砸缸，都得拉上几个小伙伴，而这一个二踢脚，就有这么大威力。

比起成都火炮礼花的此起彼伏、温馨点缀，北京的炮仗烟花实在是雷奔电闪、闹腾嚣张，午夜十二点整，达到了白热化的高潮，似乎所有的声光电，还有钞票，都在这一刻集中爆发了。大筒大筒的烟花飞上天，跑偏的和跌落的火星，落在了屋顶的脊瓦、筒瓦，还有瓦间的水泥上，顺便也光顾了一下屋顶补漏的油毡。

烟火除岁一结束，院子一下空了，所有人都钻回屋里吃刚刚煮好的饺子——新年伊始，吃了饺子宴才算过年。饺过三盘，菜过五味，院里又沸腾了。跑出房门一看，院子尽头的邻居家火光冲天，令四周正在天上飘洒的烟花都显得暗淡无光。原来这油毡基底是布料或毛植纤维，不阻燃，一溅上烟花的火星就着了。众人吆喝着，纷纷端出铝锅、铁锅、搪瓷脸盆、塑料盆，有人直奔街口有公共电话的小店砸窗摸电话报警，院内也临时组建了一支应急灭火抢险队。奈何院子是个窄胡同，最好的方案是排成一列，从后方往前线一盆一盆地传水泼水，先尽量控制火情。万幸消防车很快也到了，抢险及时，只有一家被烧，没有殃及池鱼。

第二天，跟着消防队来的调查组一起，钻到这家房里一看，门窗已然完全通透的几间屋，四维上下南西北方，全都成了焦炭。房梁在上，受火苗的舔舐关照最多，变成一坨坨看似寸断的木炭疙瘩，比它顶着的瓦片还黑。床静静地躺着，大衣柜静静地立着，窗

---

① 纹，问、纹的古音均为 men，因此古人用"纹"来谐音"问"。

下的写字台，写字台上的双卡录音机、旁边一排录音带、一个笔筒和里面的笔，形状都在，但都被涂满了黑色，面目不见，只剩下无声的轮廓。同样是毁灭，历史上的一些遗迹如果被这样保留下来，也许就会成为凝固了时间和物质的一种保护。

好在这家人过年去了别处，而且还有先见之明地买了财产保险，拿到了赔偿。一段时间后，房子重修了，一切回归正常。这大杂院，一家挨着一家，你的事儿就是我的事儿。家里没人，出了什么事儿，有别人能给帮忙照应。有这么多人照应，多大的事儿都能很快被解决。就像南方人保持的宗族生活一样，都是底层的命运共同体。

经历了一场欢喜和一场惊喜，后面几天院里消停了，一直消停到正月十五。正月十五这天，我跟着家里的中老年妇女们出城买元宵。那时候北京城还小，出二环路就算出城。虽说是出城买个元宵，其实没多远，绕过德胜门箭楼，过了护城河桥几十米，看见右手一家国营饭馆就到了。

按风俗，成都一般是大年初一早上吃汤圆，可实际那时候的习惯是元旦吃——都是过年，元旦也是新年。北京却很执着，一定要在正月十五这一天吃。这一天，元宵摊儿定然是人满为患，我以为元宵就是北京人对汤圆的称呼，可挤进去一看，原来还真不一样。

只见饭馆门口一字排开的桌子上摆着几个柳编大笸箩，这笸箩的平面投影形状像是汉钟离手上的芭蕉扇，每个笸箩后面站着一个店员，身穿白大褂，头戴小白帽，像是一排大夫正在街头摆摊义诊，可这义诊不是看病，而是摇元宵。

大笸箩里放的都是磨细的浆米面，糯米在北京叫浆米①，在成都叫酒米②，"大夫"们从身后抓起一把切成色（shǎi）③子大小和形状的固体山楂、豆沙、黑芝麻、白糖玫瑰馅，放到漏勺里，在盆里飞一下水，蘸得这些"色子"浑身潮湿后，投到大笸箩里，"大夫"们像摇婴儿摇篮一样摇动笸箩和自己的身体，等馅上的浆米粉粘瓷实以后，就再蘸一次水，一共蘸三水，等每一颗的身价达到八十克拉，也就是十六克左右，这元宵就成了。让人好奇的是，这正方体的馅，怎么三下两下就能滚成圆形的元宵？于是我把身子贴到最前面，连着看了好几场，终于明白了：不管你有多少棱角，只要舍得把身上弄脏，摸爬滚打得多了，自然就能成就中国人追求的内方外圆的境界。

　　买上两斤随机混合馅，即六十个元宵，准备晚饭时间开煮，每一口都不知道是什么馅的未知感，让人心生期待。这元宵煮出来一看，和成都汤圆确有不同。成都汤圆软塌塌的，为了和其他汤圆和谐共处，都把自己变形成顺应周围邻居的模样，非常随和。一口咬到心，馅也软塌塌地往外流。而北京的元宵，表皮是靠粘来的，不如手搓的汤圆那么油润光滑，个个都结实挺立，很有咬劲。让人不太适应的是，馅料虽然已经略微软化，团结在馅心周围的浆米层却很硬，像饺子皮没煮熟而出现的白口。

　　我那时并不知道，其实成都北大街的郭汤圆最开始就是做元宵

---

① 浆米，即用来吊浆的米，糯米的别称。
② 酒米，即酿酒的米，亦指糯米。
③ 色子，也叫骰子。

起家的，成都话叫滚货汤圆，就是因为这样的口感没有被成都人接受，才调整成了吊浆粉子，可在全是"滚货汤圆"的北京，就没得选择了，不如欣然随俗。而人的口味和忆旧，就是这样的奇怪，一开始接受不了从汤圆到元宵的过渡，可很多年以后再回到成都，却又念起北京元宵里那层白口的生涩感。

过完年，回归平常日子，福芳又要张罗每天的馒头花卷包子了。面团发酵得差不多，福芳就让我去"晓市儿"买点碱。出门拐上两个弯，按福芳指明的位置到了糖房大院——这"大院"实际上是一条胡同，因以前是糖果手艺人的聚集区而得名。到这里一看，空空荡荡的，只有一个小商店，和它门口每天只有在早上才会出现，而此时已经被收拾一空的油饼油条摊本摊。这小商店空间其实不小，可东西是真少，最流行的零食话梅糖、话梅肉、酸三色、麦丽素、大大泡泡糖之类占了一小半面积，碱面、甜面酱、黄酱等副食占次要位置，其他地方空空荡荡，货架上稀稀拉拉立着几瓶浓缩橘子汁、利乐装摩奇饮料，刚刚舶来中国的果珍、高乐高，以及用墨子政治哲学理念命名的义利果料面包。义利面包中的果料就是果脯粒，外地人都知道北京特产有果脯，但北京人自己吃果脯的地方，可能也只有这义利面包里面的果料了。

我还是更喜欢去鼓楼西大街那家国营商店，从糖果等零食到被子、拖鞋、碗、玩具、作业本、服装布料，什么都有，满满当当到要溢出来的感觉，店面宽敞，生意也好。店内摆成"门"字形的半圈柜台，每间隔一个柜台，半空中就有一根铁丝连到收款员带玻璃围挡的座位上方，像悬在电车线路上空的电缆。

购物仪式正式开始，首先在柜台前，请售货员把货物递到眼前，一番挑肥拣瘦，选好东西让她开票，票开好后，售货员拿起一个铁票夹，夹住小票，举起胳膊，把夹子上的圆孔挂进头顶上方铁丝吊挂的活动铁钩，然后气沉丹田，内功外发，把夹子像纸飞机一样投出去，这小票就顺着铁丝轨道"航行"到了收款员的宝座上空。顾客赶紧追过去付款，收款员攥着一个微型皮搋子模样的东西，用力地往小票上"哷"地一拍，就可以拿着盖着鲜红印章的"官方文件"去柜台取货了。

　　回到家，我对福芳说，糖房大院只有个小商店，说是商店都不怎么像样，更别说"小市场"了，压根没见着呢。福芳说，晓市可不是小市场，挺大的，以前在德外①，后来因为打仗就挪到德内②，晓市最热闹的地方在糖房大院，所以都管那儿叫晓市，现在没晓市了，大家还习惯这么叫。

　　根据启市和散市的时间不同，北京有晚市、夜市、鬼市和晓市。福芳说的晓市，启市时间在夜日交替的寅时，更确切的名字叫鬼市，鬼鬼祟祟的鬼。而晓市的晓，指的是五六点钟卯时的破晓时分，后来就演变成现在的早市了。不过，至于称之为早市还是鬼市，不光看时间，还要看内容，早市交易内容主要是果蔬禽肉，鬼市交易内容却是不愿见光的杂货，所以还是按老规矩叫。

　　且说这福芳提到的晓市，启市时黑灯瞎火，货主买主像鬼影一

---

① 德外，指德胜门外一带。
② 德内，指德胜门内一带。

样出现在市场，交易过程也神神秘秘。因为来这儿的货主大都磨不开面子①，有没落贵族变卖家产的，有赌钱输了偷卖家当的，有太监官员从宫里撮搂②出宝贝的——据说当年限量版的永乐大典都是被一页一页撕下来，夹在怀里、袖中拿到晓市，或者后海另一头的烟袋斜街给卖掉的。当然还有"梁上君子"的"战利品"。另一边，来晓市的买主，不光是店老板来进货、文人来挑案头清供、搞收藏、寻失物的，还有些是家境窘迫，来淘换点旧衣服穿的穷老百姓。这市场成了北京城各界人士捡便宜或隐秘刚需的所在之处。

货主拿块布翻两翻抖两抖，往地上一铺，占上五尺见方的一块地盘，把货从提箱、包袱里掏出来，在布上摆开，就往后边一站。迷迷糊糊看见路过一人，腰间似乎有些鼓凸，料想是那黄白之物。此人走到摊子跟前眼里一亮，货主就觉得有门，蹭到对方身边扯一把袖子，抬一下下巴，扬一下眉毛，嘴皮子都没翻开，喉结一动，就嘟哝出两个字："睃睃③？"当然，天色还黑，对方哪里能够辨出他热情似火的微表情，只觉得货主的眼光像擦了根火柴，自己眼睛也亮了一下，听见招呼，就知道对方上赶着，价格好谈，蹲下来看看，凭借时不常来逛逛鬼市练就的一双慧眼，昏暗中觉得是真有个宝贝，一边指着一边站起身来，说："多少？"货主心说"别走啊"，伸出手来，把买主手拉到自己的宽袖子里，用三根手指的压力表示了一个价钱；买主伸出两根手指，给对方施加了更小一点的

---

① 磨不开面子，北京话，此处含义是"不愿意露脸、不好意思"。
② 撮搂，往回拿，往回揽，往往有挖墙脚、占便宜之意。
③ 睃睃，lōu lōu，北京话，看一眼之意。

压力。货主掂量，觉得还行，高过自己的心理底线，故作迟疑，再做放血割肉的忍痛状说："成！"

三、从箩筐到少城

　　生意到了北京人手里，常被搞得像鬼市交易一样神神秘秘。成都就不太一样，北京的侃大山到了成都叫摆龙门阵[①]，这摆，就是把东西摆到明面上，说话开诚布公的意思，符合成都人的性格，明人不说暗话，做起生意来比较敞亮。

　　此时，鹤鸣茶社正热闹，茶客扎着堆儿闲散喝茶，有人过来见缝插针，吆喝着招揽擦皮鞋的生意。有人拿着手术夹手术钳一般

---

①　摆龙门阵，本意是"像摆阵一样把东西摆出来"，后引申为把话明说之意，成都话里为讲故事、聊天之意。

的全套家伙什儿，敲得叮嘈作响，采耳按摩。拿几个碗几根棍玩杂耍的，举着一米多长壶嘴的铜壶耍江湖把式的，轮番串场。又有人挑着热豆花挑子钻进来。茶客对这些上门生意并不厌烦，而茶社和隔壁小吃店，也没有人轰赶挑担小贩。和气生财，指的不是买卖双方恭敬客气，而是生意场上大家都只做自己擅长的勾当[①]，气息通畅，构建互生互惠的和谐商业生态系统。

把碗盖往茶船上一立，喊一声"茶留起"，就去吃饭，茶倌自然不敛茶具。北京人无法想象和理解的是，这一份儿茶钱，在成都能喝上一天，无论是老板和茶倌，都觉得理当如此，不会有半分的嫌弃。回来落座，再提起暖水壶，把空了半盏的盖碗掺满开水，剥几粒花生，继续思想。花生是三哥最喜欢的零食，喝起酒来，不管是带壳的不带壳的，也不管炒的煮的、生的熟的，他都会本能地开启朵颐模式，腮颊上的咬筋不紧不慢地闪动，一直延伸到太阳穴，这满肚的花生甚至能害他到消化不良。想到爱吃花生的三哥，就想到了装着花生的那两个箩筐。

直到很多年后的今天，我的大姑母桂芳都还记得，那时候的她坐在一副竹扁担挑着的前面那一只箩筐里，身体随着箩筐一摇一摆，不时能够闻到飘荡在空中，也同样一摇一摆的一股新鲜花生的香气，连同它外壳上红色泥土的潮湿味道，都是香的。

很多年以后的今天，我也在想象，一九五○年的一天，成都东

---

① 勾当：担当、料理事务。本意无褒贬。

南方向龙泉山的泥巴路上，一个年轻小伙子挑着一对竹箩筐，高挽裤腿，足蹬一双系着麻绳的手编稻草鞋，一颤一颤地稳步缓行。他的装束看起来和当时进城卖菜的农家小伙没什么分别，只是他的竹筐里装的不是萝卜青菜，前面的筐里是两岁多的桂芳，后面的筐里是还不到一岁的三哥——也就是我的父亲。这个挑担子的小伙子，是我素未谋面的表舅爷。扁担前后还彳亍着一众宗亲，一路向成都进发。路上的这一群人，从此就再也没有回过自己的家乡。

两只箩筐的底面上铺着厚厚的花生。新鲜的花生仁，饱满地撑胀了外壳，是硬的，但花生却随着路途颠簸和娃娃的摇晃而摩擦滑移，似乎变软了，增加了两个娃娃旅途的舒适感，同时也成了桂芳在路上的零食。

生花生放到嘴里，衣是涩的，肉是甜的，但显然甜多于涩。花生碰撞，发出哗哗的声响并同时释放着香味。三哥一辈子爱吃花生的习惯，不知道是不是那时候被这一路的味道启蒙了的。有书上说，西藏没有花生，藏族人碰到花生很喜欢，就把它叫天堂果。成都平原被称为天府之国，天府就是天堂，三哥和桂芳正坐在天堂果堆里，去往的地方比天堂还好，那里就是成都。

三哥的父亲名叫志诚，母亲名叫素蓉。在这之前，志诚亲兄弟四个已经先在成都落稳了脚跟，素蓉不久前寻过去，把新家安顿好了，这才让亲戚们带着娃娃过来。

话说成都东南方向一百二十里外的乐至县，出东门外十二里，有个地方叫螺蛳坝。这里的行政地名叫太极乡，今天它被归到了石佛镇，乡中心在放生村，村里有个玉皇庙。太极、石佛、放生、玉皇，从这些名字来看，螺蛳坝应该是被佛道二教滋润眷顾着的。然而民国末年的螺蛳坝，却是佛祖和玉皇大帝也无暇顾及。

沱江，途经乐至西边的资阳，从北向南穿流而过；而涪江，途经乐至东边的遂宁，由北往南蜿蜒而去；乐至却正好尴尬地夹在资阳和遂宁之间，县内没有大江大河，只有二十多条季节性的小溪流，雨多成灾，雨小断流。没有丰富的水产，只有一些多壳少肉的螺蛳。民间说法叫下雨两边流，无雨吃水愁。肥水都流给了左右两个友邻县市，而久旱缺水，庄稼歉收，成了乐至的硬伤。加上民国末年外忧内患、粮价飞涨，生活几乎没什么出路。

志诚四兄弟商量之下，决定闯荡省城。成都那时候虽然也不太平，但毕竟是通衢之地，比起老家肯定要好得多。不久后，四个人就跟斗扑爬①地到了成都，寻到了成都的"满城"。

"满城"，是清朝康熙年间在成都的西城垣内新建的一个小型独立城区。这"满城"的含义，并不是"全城"的意思，也不是"圆满的城"，更不是"令人满意的城"，而是"满族人的城"。满城也被叫作"少城"，少（音shào）在汉语里就是小的意思，相对于成都大城，它面积很小。

少城是八旗官兵驻防成都和安置家眷的永久性兵营，成都人把这兵营里两三万人的旗人群体叫"满巴儿"——它只是一个俗称，无关褒贬，只是老百姓私下不喜用官家老爷们的尊称讲故事。这些

———————————

① 跟斗扑爬，四川话夸张说法，形容急急忙忙、跌跌撞撞的样子。

人按身份等级，分布在少城的八条官街和三十三条胡同中。是的，这些巷子都按北京的习惯称作胡同，忠孝胡同、吉祥胡同……而且还像北京的东四头条、东四二条一样，少城里有仁里头条、仁里二条。后来被推倒重建过的宽窄巷子，就是当时少城里并不起眼的兴仁胡同和太平胡同。

少城是个禁城，和外面汉人的成都县、华阳县，形成了两个平行世界的格局，里面是属于它自己的京腔京韵、提笼架鸟、猪肉粉条。长久以来，老百姓都无缘进去一探究竟。他们并不知道这里面是一座有乡村气息的皇家花园和田园，有水塘、菜园、竹林、花丛、巷道、阡陌，独立门户的四合院、三合院、川西民居，在这里和谐共处。

然而到了一九一二年，宣统退位，铁杆庄稼①绝收，旗人们开始变卖家产，古玩字画、珍奇摆件这些长物先脱手，后面就轮到生活用品、珠宝首饰、硬木家具，再后面连衣裳鞋帽也留不住了。第二年，少城的城墙干脆被推倒，家底所剩无几的遗老遗少们，开始转让房产地产，用换来的银圆勉强维持自己的消费习惯和最后一点尊严。

民国来了。军阀、教授、艺术家等社会名流登场亮相，少城成了成都新的政治文化中心。旗人转让给新生权贵们的院子，有的就被改成了公馆。公馆里的太太们迅速融入成都本地文化，开始了上流休闲生活。每天自然醒，一边打扮一边打发用人出去约牌友、烟友、佛友、茶友、酒友。有的宅子里高屋轩窗，几明花香，侧桌上

————————————

① 铁杆庄稼，比喻按身份领取粮饷的制度，即铁饭碗。

52

摆着红漆嵌螺钿团花纹攒盒，九个格子里，摆着冬瓜蜜饯、蜜枣、蜜桂花生糖、玻丝糖、金钱酥、椒盐桃片，切成小块的川式芡实糕、芙蓉糕、玫瑰糕、鲜花饼。也有的宅子堂内幽暗，烟枪齐举，闲客踱步，麻将碰撞，随时被啐到空中的瓜子皮表现着桌上人物在乌烟瘴气中仍能保持闲情逸致的良好心态。小孩吵嚷，大人吆喝用人，然后继续操练麻将这一中国独有、在四川发扬光大且后继愈加兴旺的健脑项目。不管是优雅还是混沌，麻将都是生活的中心。而不管是哪一种生活，这些太太们对吃食的追求都是一致的。

麻将打上几圈下来，饭点儿临近，太太们自然就把话题移到了美食之上。客人问，咱家厨师有没有什么新菜，做来尝尝？主人说，已经没有什么新花样了，准备换个新厨师，街上又有新馆子开张，试过菜了，还不错，打牌要紧，我们从街上端点菜①回来吧。下人小哥领命，挽袖撸腿，奔长顺街而去。

长顺街，是整个少城的主干街道。少城的街道按营房排列，布局像鱼骨，长顺街是中间的脊骨，两边很多条胡同像脊骨分岔出来的一对对刺骨。少城这条鱼身上的皮被撕掉后，引来一双双筷子重戳轻拈，好在民国的新鲜血肉很快贴补了上来，这里又重获新生，重新开始多金。四川各路庖厨好汉以市场需求为导向，纷纷进驻长顺街，一时间群神荟萃，当然，是食神的神。

公馆小哥出胡同抵拢倒拐②就到的长顺街，成了美食一条街，辉

---

① 点外卖，成都话老说法叫"端点菜"，不是自己端，而是饭馆遣人送来。
② 抵拢倒拐，川语，走到头拐弯。

煌的时候，整条街上有两百来家馆子。

　　话说昨晚，一只画眉鸟一不小心溜到了城外，今天一大早天刚刚亮，就趁着城门打开，迅速钻了进来。要说成都的城墙也没有多高，不过对于不善于远飞高飞的画眉来说，还是没有必要冒这个挑战极限的风险。再说，半夜有点雾气，还有可能迷失方向找不到路，于是昨晚就蜷在城门角上的墙洞里忍了一宿。

　　冬日即将来临，昆虫越来越少，这鸟儿正在到处找寻各种杂草籽、果实，收藏在位于少城某个宅院的墙缝砖洞中，准备作为越冬的口粮。跟着这鸟儿一起进城的，还有刘家四兄弟，他们也是来觅食、寻找活路^①的。

　　鸟儿向前飞着，在低空中鸟瞰这个古老而生活淡朴的城市。四川盆地被北面的大巴山、东边的三峡、南面的云贵高原和西边的青藏高原包裹，盆地西部空旷，东部排列有平行岭谷，整个盆地近似信封状。成都位于这个盆地的西缘，成都城四面城墙高耸，虽不是横平竖直、正南正北，但总体还算四四方方，像个大信封中的小信封。

　　以麻雀飞行的高度，自然发现不了这两只"信封"。它从南门进城，飞飞停停，向北行进中，就会看到城中央还有一小圈城墙，这是已经改成了贡院的蜀王府。这蜀王府是朱元璋为儿子蜀王朱椿修建的，负责监造的太监用仅次于皇宫的规格，历时八年，把它建

———————————

① 活路，在川语中就是工作的意思，北京叫营生。

成了小号的紫禁城，一派皇家风范，被成都人称为"皇城"。

穿过蜀王府南门为国求贤的石牌坊，掠过围墙里包裹着的成都老城至高点明远楼，向左转往西，会看到另一小圈只剩下断续如虚线的颓废墙根，这里面就是少城。

鸟儿看到的一切，就是这座城市的全部面貌了，整座城市实际就是由一个个类似少城格局的各个街坊复制粘贴而成，房顶的青瓦和青苔连成一片，像悬在半空中的一面翠湖。这里从来都不是兵家必争之地，能够摧毁破坏它的，竟是奇怪的思维和逻辑。多年后，皇城莫名其妙地分崩离析，被这片湖泊淹没，它的微微发肤浮出水面，化作了构成这面湖水的鳞片，只是偶尔闪动一点令人叹息的反光。除此，这座城市并没有从历史中带来什么值得远眺、仰望的标志性建筑，也没有附属于建筑或独立的值得深刻解读的历史事件或故事。几处名胜多是后人依据想象发挥新建或重建的纪念物，名人们留下的也是诸如涤器、当垆之类的生活故事。浸在这片湖泊里的人，只是在生活，这是一座用来生活的城市。而这里每天的生活，从黑暗中就开始了。

天上的星星还没有消失，这鸟儿就看见少城里已经开始有像星星一样散落的灯光，它们正在分别向几个坐标点缓慢移动。很快这几个坐标也被灯火点着了。

罗衾不耐五更寒，布衣也是一样。在这成都深秋时节，五更天就从床上爬起来，无疑需要勇气。成都和北京不同，屋里没有炉、炕、暖气，一出被窝，热气就开始偷偷溜走。说它是偷偷的，因为过程并不剧烈，你刚开始不知觉，还穿着单衣晃晃悠悠，可过一会儿你意识到冷的时候，身体已经冷透了，赶紧加上衣服，也要很久才能缓过来。

起床的人在麻麻杂杂的光线里，摸摸索索下地，因为怕冷而手脚麻利地把深蓝色交领右衽的衣衫穿罢，在头上裹上几圈白帕子，把叶子烟枪别在腰上，提起一盏马灯①就钻了出去。这马灯发出的微黄，就汇成城里星点移动的灯光。老年人睡眠少，起得最早。不一会儿，中年白帕子们也不再恋觉，纷纷爬起来，陆续向长顺街的几个目标点聚拢。那些家里连便携灯具都没有的升斗小民，就成为一个个黯淡黑点，缓慢推移。

这几个目的地坐标分布在不同位置，却像是复制品，差不多一个模样，都是成规模的大片竹质扶手椅挤在一起，每把椅子的靠背都松弛得嘎嘎作响，两个扶手被煲浆得黄红发亮，踏脚竹桄也被磨穿，露出里面的空心。椅子从室内一直铺到室外的街沿②上，满满当当。每四个竹椅一组，围簇着中间一张结实挺直的硬木方桌。

房内一隅，炉火正旺。老虎灶上密密挤着二三十把铜壶铝壶，壶里有一股子白雾喷薄咆哮，不断推掀着壶盖。壶盖钮和壶把之间总是连着一条绳索，不用担心铜壶"生气"时把盖子弹走。一个茶博士走过，右手抄起一把铜壶，左手上早已巍然摞起了十几套盖碗，从他身边路过的人，都躲着他走，生怕把他手臂里的盖碗碰掉，这一碎可就是几十个碗碟的价钱。

---

① 马灯，手提式防风雨煤油灯。
② 街沿，即北京话的便道。

几个白帕子脑袋刚刚围住一张桌子，茶博士就插身进来，举手之间，一套套盖碗从他手底滑落，白帕子们还没来得及看清，茶船窝窝和里面安放的白瓷茶碗都已经摆妥。茶碗内事先就铺好了一层芽茶、素茶或茉莉花茶，茶博士右手高翘着，壶嘴一低头，茶叶就开始在碗里随着旋涡打转，茶博士顺手把盖子依里歪斜地覆在上面，人就消失不见了。茶客只需静等茶叶涨发，茶汤浓酽。

四川盆地碍于交通阻隔而远离战乱，相对安全，但无疑也是闭塞的。茶铺不仅是休闲社交场所，也是成都各路资讯的集散地，京城有什么动态，消息可能不会太灵通，但本地风土民情、街坊四邻有什么风吹草动，还是比较及时和准确的。

志诚四兄弟寻到这里，是因为听说一个同乡在少城一个馆子里做活路。进到这里，还没开始打听寻人，茶馆已经开始嘈杂。不少小贩开始熟练地在茶座间穿行，有的用筲箕①盛着锅盔、发糕、油条、油糕游走，有的干脆用扁担挑着整个饭馆进来。这移动饭馆，一头是炉子，一头是食材、调料、碗盘、勺箸。扁担一放，就可以立刻开灶，现点现煮。不管卖的内容是什么，可以当成早饭，也可以当成午饭，尽管午饭时间还早。

卖水饺的，扁担一头是一锅开水，另一头是木柜，柜顶作为案板，老板一次揪出几十个面剂子，每十个一组，剂子上撒上厚面粉，一只手在案板上把面剂子拢成圆形，另一只手把它们转着圈捏扁成饺子皮——成都人不擅长擀饺子皮，不知是不是因为传统上都

---

① 筲箕，一侧有倾倒用的导流口的簸箕类盛具。

是这样捏出来的。著名的四川担担面，据说也是在这样的摊子上兴起的。客人一来，老板立刻拉风箱起火。炉子上两个火眼，一个煮面煮饺子，一个熬汤，煮好的面和饺子要淋上一点猪骨鸡架熬的高汤提鲜。

卖豆花的没有炉子，扁担挑子一边是黑漆圆木桶，靠近上边沿位置，漆着一圈一拃宽的红色，这个桶用来给点①好的热豆花保温，另一边的圆木桶顶着一个比桶身大一圈的类似泡菜坛子的唇沿，桶身和唇沿靠上边沿位置也分别涂有一圈一拃宽的红漆，桶里是碗勺，唇沿上摆着各种调料。有人叫豆花的时候，老板就从桶里舀出几片嫩豆花②，泼上酱油、红油辣子、花椒面，最后撒上馓子、炸黄豆、葱花、腌大头菜粒。成都的餐饮生意就是这样的一个生态系统，茶铺卖茶，小吃就留给这些游摊小贩去做，你在卖面条的店里想吃个包子，伙计就到隔壁的店里帮你买回来。

四兄弟直勾勾地盯着这些移动饭馆，各自竟都在打着相同的算盘。在茶馆泡上半天，完成了初步创业环境调研工作后，四兄弟觉得可以留在少城，把这些移动饭馆略加改造，针对少城新晋名流的家眷们，做点儿外卖生意。

也不急着寻同乡了，兄弟伙们打定主意后就跑到少城的西城墙外面蹩摸了一些杉木桩桩、竹棍竿竿、竹片笆笆，就开始自己动手，借用少城的城墙作为主墙，搭了个偏偏③。合计产品方向后，决定精准定位，针对高端小众需求，先做打麻将的富太太们闲时喜欢

---

① 点，点卤之意。
② 嫩豆花，酪状豆腐，北京叫"豆腐淖"，但长期被误写为"豆腐脑"。
③ 偏偏，四川话，利用别人的墙搭的简易的棚子。

吃的凤爪之类的卤菜。拿做好的产品到少城里支上一个小摊，再挨家挨户陌生拜访。

借用"偏偏"的半爿空间，炉火升起，卤锅一架，这少城里无名卤菜的后厨就开始运作了。卤菜手艺并不难，找上几位城中大厨请教秘方，搜来找去，其实无非就是火候的准确、养汤的宜忌，当然秘方还是要有一点，就是用一些开胃养生的中草药和香料按君臣佐使混合搭配。而最重要的还是食品卫生和食材用料的讲究，所有食材厨具都要用开水调碱杀菌清洗干净，尽量选优质食材，利润可以少，但买主不能丢。按志诚的话说，"要地不要利"。

少城里有些人去房空的破落门洞，虽可罗雀，但依旧高大敞阔，四兄弟就借其"宝地"，支几张木板，摆几只装卤肉的筲箕，卤肉上面盖着防蚊防尘的透气白棉纱布，城内的摊位也就算是开业了。既坐贾又行商，四兄弟不拘形式主动营销，抱着卤肉筲箕，挨家挨户深情叫卖。随着客户群的不断扩展，四兄弟开通了深夜食堂业务，满足后半夜麻将桌上的客户深层次需求。那时候，外卖热线主要是大户仆人们用急促的小碎步踏出来的实体路线。深夜一接到热线召唤，志诚立刻提上一盏马灯，送餐上门。

起早贪黑地坚持了几年以后，四兄弟立住了脚跟，志诚也挖到了人生中的第一桶金。他拿手里的钱，开始在少城的主干道长顺街上置办不动产，买下了一间铺面，又在铺面后面的上半截巷买下了一个独院，他要接妻儿们过来团聚，这是他闯成都的初衷。后来，团年的饭桌上多了几个小孩子，再后来，小孩子们慢慢变成了少年。

四、京城一日

再回到成都人民公园一隅闹中取静的鹤鸣茶社。在一面深碧湖水[①]和一圈黄桷树荫包围间，敞开一片空地，大片黄色竹靠椅围绕着的不是一张茶桌就是一张麻将桌，茶桌上是人声，麻将桌上是人声混杂塑料麻将牌的撞击声。分明又是一番静中取闹，外地人搞不清楚成都人到底是喜欢安静还是喜欢热闹，其实他们是都喜欢，而且是同时喜欢。

人民公园以前叫少城公园，少城到处都是深宅大院，像北

---

① 一面湖水，借用自齐秦歌曲《一面湖水》。

京胡同和宅院的异地移植版。原来，我小时候身在成都，却竟是在北京风格的院落之间游走。而等到了北京后却发现，除了一些被移作政府机关办公场所的宅院以外，北京胡同中却几乎没有了成都少城那样的宅院，或者说它已经被拆改成面目全非的大杂院了。

北京大杂院大致可以分为正宗版和现代版。正宗大杂院是现成老府宅改出来的；而现代版则是在胡同中各个院落之间，由房管部门因地制宜，或拆或修，创新建设的一些通道形大杂院，类似筒子楼的平面版。它自然也就没有四合院的高贵出身，没有红柱子、绿窗格、青石台阶和葡萄架，不要说广亮、金柱、蛮子、如意①，就连随墙门的屋檐都没有。门两边并没有被雨雪冲刷得面目模糊的瑞兽，只是一个和大篆字体"門"字一模一样的小门洞、两扇厚重木门，门上甚至没有剥落的漆面，而只是皱纹一样的木质风化沟槽，实用主义代替了古典审美。晚上院子闭户，吱妞一声长响，接着是门闩穿插门后卡槽的咣当一声。福芳家的大杂院就是这样的现代版。

这样的新版大杂院，每家按人数分配房间数量，可设计者似乎都是阳春白雪的空想主义，不食人间烟火，院里的房子竟然都没有厨房。于是居民们各显其能，把设计者们规划的花枝蔓藤的和谐院落一角生生铲平，借着老屋的外墙搭个小房间，顺便再外挂一个

_____

① 北京旧时的四合院等庭院式住宅的大门，分为两个类型，屋宇式大门和随墙门，其中屋宇式大门，除王府大门外，还包括广亮、金柱、蛮子、如意几种形式；而随墙门虽没有屋宇，但仍建有屋顶。

放煤球和冬储大白菜的小棚子，这都是刚需，有关部门不同意也得同意。

慢慢地，厨房扩大了，小煤棚也长个了，打乱了原先美好的乌托邦设计，院子变得很逼仄，却很生活化。院子通道窄了，私人空间重叠，公共区域被压缩到极限，各家的门户战线被拉长成了一个悠远深长的通道，当然，也有一个好处，就是越往里越安静。

成都冬天基本见不到什么阳光，房屋的朝向就不太重要，即使南面全是玻璃，没有直射阳光的光顾也是枉然。而阳光资源横溢的北京不同，房屋的朝向特别重要。这条街道式长条院子的走向，沿用了古人对北京街道的设计思路，房屋按东西横向排列，方便抵挡北风酷寒并接纳阳光。院子通道北边自然是北屋，南面是南屋，因为每家每户向外加建了厨房，北屋的阳光被南屋的厨房屋檐遮掩，就变得阴暗，难以得到天然暖气的关照。

好在福芳家是南屋，长年屋里都透亮，冬日正午，就可以看到从高处的后窗户透进来的被冰冻了的洁白光线。这条长方形的光柱，被窗户十字形的木框切割成了四条方柱，每一条中都有千万粒灰尘刺眼地跃动。它们进到屋里，被屋里取暖的铸铁炉子给烘热了，跃动得更欢畅——热就是活力的来源。

这圆柱形的铸铁炉身上，顶着一片正方形的炉盘，炉盘上有几圈不同口径的炉圈，通过摘放，可以适应不同底径的锅具。此时，炉盘正用自己的中号炉圈，托着一只嗷嗷直叫的铝质水壶，嘴里往外吐出的白气最终融化在四条光柱里。壶边上放着几个刚刚打完盹儿，正开始燃烧自己小宇宙的大小白薯①，还有两片我早上匆忙离开时没有拿走的烤馒头片——这是福芳老家河北深县习惯的传统便携早餐。

炉盘靠墙的一端，一根表面冰花纹理的洋铁皮烟囱向上冒起来，在适当的地方再改为水平方向，直到一直把自己伸出窗户玻璃上的圆孔，接受外面被冰冻过的阳光的侵袭和裹挟。烟囱口微拐向下，对应到的地面会出现一个深棕色的，像倒置的石钟乳一样的一拃长的冰柱，又像一只被冻住的玻璃瓶可口可乐。外面的太阳很低，射进屋内的阳光就很高，高到可以穿过整个房子，送给缺少阳光的北屋邻居。当阳光的方向从指向西北变成正北时，我就背着书包回来了。这是我第一天入学，刚刚度过了新奇、不安而兴奋的一个上午。

屋子里环绕着外祖父占云亲手打的家具，床、大衣柜、连二柜、衣箱、椅凳，连墙上悬着的电表箱、厨房里的橱柜、米面箱也都是他的作品。都是革命年代时兴的样式，单调的北方式的沉稳，漆成棕红色或者黄色，丝毫没有南方家具意趣的装饰线条、造型或雕花，保守无奇。

床上铺着大印花床单，一直搭出床沿，像一幅帷幔遮住了床下空间，床下面有三个大木箱，装满了整套的木工工具，也都是占云亲手给自己打造的。床上的一边，四十五度角斜摆着几垛被子，另一边和它对称着，也是半斜地摆着一垛铺着各色枕巾的高枕头。

---

① 白薯，成都叫红苕，其他地区叫红薯、番薯、地瓜，按名字来追索，北京以前大概以白瓤番薯为主要品种。

连二柜台面上摆着一台黑白电视机，木质外壳中嵌着球面玻璃荧屏，右侧上角是手动频道旋钮，这是普通家庭最重要的电器和财产。柜子上摆着宽幅镀铬外圈、带手动弹簧发条的钻石牌闹钟，铁皮饼干桶，麦乳精铁罐，装着酸三色糖的玻璃罐，水杯和一些杂物。

左墙悬着一块套着雕花木框、镜面反光已经老化泛乌的穿衣镜，镜子的上缘画着一座绿柱红棁的水榭屋廊，整体图案重心在偏右的中式黄金分割点①上，剩余大面积的留白作为镜鉴，一幅完美的世俗版传统审美构图，一角有三个白色清秀的行书字体，写着"谐趣园"——这是颐和园里的一景。右墙中央是翻到二月这一篇的印着明星方舒露背写真照的大幅彩色挂历，在提醒着日期、节气、宜忌，以及当前所处的历史时期。挂历下面是正方形木桌。这一切物品围绕的空间里，安置着一家子人。精神调动着一切物质，而物质给人精神上的安全感。福芳家和北京大杂院其他的人家没有任何的不同，就是京城样板间。

这一切并不是我一次性观察的成果，而是在一串悠长的无聊消耗中的体验累积。尽管我的户口地址属于我未来要上的这个小学的学区，转学手续也完备，符合入学条件，但是这个世界不会顺理成章地遵照明面上既定的规则运行。作为一个没有完全民事行为能力的被监护人，我只能忍住自己好奇的探索，暂时做了只无奈的困

---

① 中式黄金分割点，此处引用清华大学讲师王南对《李明仲营造法式》及《周髀算经》的研究成果，即 1：1.41 中式黄金分割比例的发现。

兽，其间任由监护人们到处奔走送礼找关系。我似乎被困了有一个月之久，像等待漫长的判决一样，终于迎来了胜利的消息。

这天早上，天还没亮，我就从热乎的被窝里钻了出来，室外虽冷，但屋里温暖，没有成都冬天那种被窝里与室内温度之间的强烈反差，裹着被窝里就穿好的秋衣秋裤顺利起身，套上毛衣毛裤，最外面套一件天蓝色、鼓囊的羽绒服。三嫂给这件羽绒服领子缝上了自己手织的藕荷色①的毛线护领，虽然颜色和衣服不怎么搭调，也不以为意，反正自己也看不到。

摸到一筒卷纸，一手捏住纸头，卷纸在另一只手里滚动，扯下一截，塞进兜里。这纸没有成都那种裁成一张张的有稻草筋骨凸起的草纸的粗粝感，看着雪白，摸着细腻，它只有一个缺点，一个家庭每个月限购两卷。如果不够用，北京人会找张报纸，揉成团再展开，再揉，让它变软，用的时候尽量选文章大标题和图片比较少的，也就是油墨少的那一面，求个心理安慰。

走到门边，把脚伸进一双北方风格的黑灯芯绒面棉鞋，摸出旁边一只磨得发亮的祖传铜质鞋拔子，引导自己的脚准确滑进鞋里；再掀开一幅福芳亲手缝的、面心是三角布拼花，四周镶着三寸黑色布边，厚重得像褥子一样填满棉絮的门帘，推开房门，一团忘了自己身份或是叛变了的冷气就冲进来取暖，然后归顺。

踏入院子，张开暂时还没被冰冻的眼皮，天色尚黑，全都在

_____

① 藕荷色，一种淡紫色。它实际上是藕在生铁锅里烹制时和锅身材质发生反应而产生的一种发黑现象，这种黑是相对于藕被烹制之前的颜色而言，实际呈淡紫色。

眼里，却像没看到什么东西，不知道是不是一切都被凝固了，只觉一片混沌。空气本来静默通透，这时候猛然袭来，一下子冷彻了额角。还没有戴手套的习惯，手心也迅速被这干燥的冷流抢走了梦里留的一点点余温，后面跟上来的空气，还钻入关节，一阵刺痛。寒气拂面，暖热的内颊受到冰冷外颊带来的刺激，却感到一阵痛快和振奋。

雪花坠地的镜头像在倒放，无数颗粒正被天空回收，所剩不多的消瘦的叶片被颤抖的树影击落，没有一丝水分，如掌的风在不远处推古老残存的楼宇漆黑的窗。院门外一个个圆锥形的路灯灯光，却正温暖地展示它里面醉后漫飞战栗的白点。整个北京城像夏天街角叫卖的冷饮摊里的冰棍雪糕，被盖在了一床白色的棉被下面。

早起的首要任务是如厕，它的优先级低于遮蔽身体维持体温，但却远远超越了刷牙、洗脸这些更社会性一些的需求，这是来自生命深处不可抗拒的原始本能呼唤。出院门左拐二十米有个公厕，比院子里的院级茅房宽敞干净。不过，第一次去时，可着实被吓了一跳。

这是一个独立的长方形小平房，门口有直角矮墙作为遮挡，里面被横向拦腰切割成两个正方形房间，走到那门口写着巨大"男"字的一间，钻进去，低头一看，屋中间一条过道，过道两边分别等距并列着三个长方形坑位，坑位下面自然是无尽的暗黑深渊。坑位上满员时，六个男人可以三三对望，眼光闪烁间无处安放，触及之地无所遁形，这是以赤子之心袒裎相见的境界。

不知道是处在尴尬、无奈，还是如北京澡堂里那种天性解放后的自由之中，这里蹲着的当事者们，表现得似乎毫不在意，指缝中夹着一根烟卷，划开一道火光之后，满屋开始弥漫蓝灰色叠嶂的卷舒，响彻着两片嘴唇吮吸那一寸长的金黄色香烟过滤嘴"波，波"的声响。随着粗重的呼吸和喘息，烟头上的红色由暗变亮，再由亮变暗，空间气味非但没有变得更加清新，反而更增加了一种混合后的怪诞和迷幻，让他们陷入了短暂深入的沉醉和沉思之中。

再说成都的厕所，设计思路则跟它截然不同。它的总体格局也是长方形，但它是被纵向顺切成两间更狭长的长方形房间，这样就从硬件的根本上避免了两两对望的尴尬。每个房间的居中位置是一条通道，通道一侧是一条水槽，以及可以站立一排跨立放松的男人的槽沿，水槽上方贴着墙还有一根镀锌自来水管，每间隔一个人的距离就有一两个孔，孔里一直保持一股涓涓细流，不断顺着墙体冲刷下来，形成一片水幕，带走能够产生丰富泡沫的一种黄色液体。这源源不断的水流彰显着长江上游地区水资源的丰富和任性，比起北京来，显得有点奢侈。

通道另一侧的地下，是一条贯通的正好是一个男人跨立时双脚间距宽度的沟槽。横跨在沟槽上的一道道矮墙分割出很多个隔间，同样被那原始本能指引着的机械地站立、机械地宽衣解带、机械地做下蹲运动的人们各占一间，首尾呼应，各自努力。

每间隔一小段时间，沟槽尽头高悬的水箱就会发出一阵间歇性的响动，一波潮水涌入沟槽，裹挟着人们在人生路上每一站丢弃的包袱，流向远方。最重要的一点是，这沟槽上的每一个个体对其他个体只闻其声、不见其人。在这样没有任何压力，无须香烟掩饰的独立空间中，只会偶发几声轻松的咳嗽、吐痰和抒情歌曲的哼唱。

　　而此时，面对眼前北京这颠覆世界观的场景，我扭头就走，不过，不久后又无奈地转了回来，一个萝卜一个坑，然后佯作闭目养神，入乡随俗去了。现实如此，接受为安。

　　事毕回屋洗漱后，再次出房门，一松手，门被钉在门框上的一根弹簧拽了回去，啪的一声，拍回了寂静的门框上。搓搓双手，往手上哈上一口气，套上一双刚翻出来的皮手套，踩着吱吱声上路了。即使在黎明前的黑暗中，这雪也洁净得耀眼，想到这每一片雪花放大几十倍后都是独一无二的六重对称性艺术品，让人不舍下脚，最终发现这脚根本别无选择，这片雪是覆盖全世界的。再说，天亮后不久，所有的雪花就会变成一片黑色的泥泞，然后升腾而去，于是，就心安理得地踩着它走了。

　　出门右转上了鼓楼西大街，马路空空荡荡，昏黄的灯光中只有偶尔经过的一辆去往天安门广场的五路汽车破空驰过，还有不远处三两个等车的乘客口吐仙气、翘首搓掌。这车站边上的空地平时都是空着，只有到了夏天才会搭上一个军绿色的帆布棚子，里面弹簧床上两个光着膀子的老爷们，一个躺着，一个坐着，桌子上摆着一把一尺来长的开山刀，棚子里堆满了比足球还大的大兴庞各庄①西瓜。成都的流动摊贩喜欢和来往行人一起，挤在作为交通咽喉的路口，图个方便和热闹；而北京的小商贩更喜欢利用这些空场，图个

────────────

① 庞各庄，在北京及其郊县地名中，"各"是"家"的讹变。"家"的古音声母为"g"，讹写为"各"，延用至今。

不妨碍别人。

往左过马路，上几步台阶，走到一个名叫"北益兴"的饭馆门口，在过门石上横着的长条桌前，往桌后面递去一毛二分钱铝制硬币，接过来两个油饼，在手里一翻转，就卷成了个往外冒油的卷儿，用和成都的草纸一样的包装纸裹一下，一边往嘴里送，一边穿回马路对面，走向一条名叫"孝友"的窄小胡同。

胡同就是巷子，原写作"衕衕"，来源不明，大概还是蒙古语译音说比较靠谱。孝友胡同很僻静，加上中途还拐了两个直角弯和一个弧形弯，见不到几个人，更显得静。每间隔几十米是一个院门，院门和院门之间，是一个个连不成直线的高高的小后窗。

走到孝友胡同东头拐角，这里以前曾藏着一个佛寺，处在醇王府的后花园①那高大的西墙阴影之下。这个佛寺被征用为小学，并得名于它所在的胡同，曰"孝友小学"。孝顺父母、团结朋友，这样的名字用于一个小学，再合适不过。三嫂和她的姐姐、弟弟，都是在这里上的小学，如今又成了我的小学。

孝友小学两扇深绿色厚重的大铁门敞着，进门左转是操场，过了操场是一条巷道，两边分列着几排红砖灰瓦的平房。我被老师带到一间门头上角横伸出个白底红字"三年级二班"小木牌的教室前。雪花还在继续飘。

一群同学裹着臃肿的大衣在教室前一边跳皮筋、打乒乓球、

---

① 醇王府的后花园，现宋庆龄故居。

砍①沙包，一边笑闹，"你丫干嘛呢?""你丫管得着吗?""管的就儿②你!""打你丫的!""打你丫的!"这前面一个"打你丫的!"重音在"打"上，后面一个"打你丫的!"重音就到了"你"上。

这是久违了多年的京片子，这可是我一到三岁时使用的第一种母语，亲切得让人感动不已。可是感动之余，发现它已经被久违到了完全遗忘的程度。连"你丫"都不懂是什么含义，更没想到"你丫"还可以有这么丰富的重音变化。

只有与前后文连读时，才能是"你丫"，单独用时就成了"你丫挺的""你烟的"，或是"你丫令的"这几种不同的读音习惯，无须墨守成规，可以根据对象、语境、心情来具体发挥。这种读音之所以有这样的模糊性和丰富性，竟是因为这"你丫的"这个词儿，连多数北京人都不知道是什么含义而造成的。原来，它的本意竟是"你是丫头养的"六个字的口语化吃字连读。当然，即使知道了这几个字怎么写，如果没有点文化底蕴，仍然会不明就里。它指的是老年间在一夫一妻多妾制的家族里，家里的老爷和丫鬟或者丫鬟身份的老婆生的孩子，这和成都话的"私娃子"有着同工异曲之妙。

这时候，上课的铃声响了，一个烫着一头卷发、微胖、面色透红，身上大衣略敞，露出里面深灰色干部套装的中年女老师，夹着本数学教辅书，微笑着缓步走了过来。同学们立刻严肃地高声喊

---

① 砍，北京话把投掷的动作叫砍，和向前挥落的动作是一样的叫法。
② 就儿，"就是"的儿化音。

道："汪老儿好！"我又吓了一跳，他们怎么这么不礼貌，管老师叫"老儿"，这不是电视剧里那叛逆泼猴的专用语言吗？

不过，倒也能从北京话里找到一些成都人容易理解，而北京人自己反而摸不着头脑的词儿。比如说，北京话"吝啬"叫"抠门儿"，北京人自己附会，说是有人过于吝啬，以至于家里房子安了门却不舍得花钱装拉手，搞得自己开门靠抠，很尴尬。再比如，几个小孩玩"石头、剪子、布"，嘴里喊的是"瓾①丁壳"，却不知道这丁壳是什么。北京人用"妖蛾子"形容奇奇怪怪、给人添麻烦的馊主意，却不知道妖蛾子到底是什么样子的昆虫。这几个词，成都人反倒是一听就懂，成都话形容吝啬的样子，叫抠眉挖眼，那是一种不想掏腰包的生动表情，"抠门儿"，实"抠眉儿"也。而四川话把花生瓜子之类的坚果叫丁丁壳壳，"丁"的古字形就是坚果的形状，"壳"则表示坚果的性质，这瓾丁壳的家伙，望文生义，自然指的是"石头剪子布"里的那个用来砸坚果的"石头"。"妖蛾子"其实是四川话"幺儿子"，成都人把宝贝儿子叫"幺儿"，这"整出个幺儿子"，当然指的是自己突然冷不丁冒出个儿子来，惹上了麻烦。

外面没有风，雪片无声地飘上飘下，再飘下飘上。进了教室，中央墩着一个比福芳家的大两号的铁炉子，高冒着一根直角尺形状的烟筒，伸到窗外后，烟筒低着头，对应的地面上，不例外地也有一个深棕色的像倒过来的石钟乳一样的烟油冰柱。室内温暖，拍拍

---

① 瓾，音 cèi。

身上的雪片，一半落到半空时就消失了，另一半被拍到衣服的褶皱里，或者干脆就融化成水，微微把大衣打湿，然后也不见了。和成都不同，这里的房间里，脱下大衣反而更暖和，肢体也恢复了春天的自由。

这个教室和其他任何地方的教室或者其他单位的办公室都是一样的，苏式齐颈高的一条线，像是一种充斥所有空间的当代艺术品。它莫名地无限向外延伸，像天边的地平线，把所有建筑物和房间都切割成了上下两个部分。就像所有儿童的标准服装白衬衫蓝裤子一样，所有的墙也是标准的白衬衫，只是下面的蓝色换成了绿色。这个艺术品名字似乎就叫"规定"。

课桌椅不再是成都奎星楼小学那种批次和尺寸不齐、手工打造的实木年份桌。而是铁艺加金黄色刨花板贴面的新产品，跟椅子上手掌贴着大腿靠膝盖处端坐、一动不动的僵硬的小朋友一样，工整划一。没有了木桌面上的风化纹路和前辈留下的法书①做掩饰，暂时是不太方便刻座右铭了。老师看来会一面教三味书屋的课文，讲鲁迅在桌上刻了一个"早"字的美谈，一面说"桌面上不准写字，更不准刻字"。

桌面正前方横着一只铁皮文具盒，但到了北京，它已经自动被改名叫"铅笔盒"了，尽管里面装的不光是铅笔。翻开它，盖子内面印着九九乘法表，盒里躺着圆规、尺子、自动铅笔、铅笔芯、

---

① 法书，书法用语，原意是皇家颁行的法定字帖，如《三希堂法帖》《淳化阁帖》等，这里可作为临摹范本的字迹。

六棱面深绿色印着金色华表图案的传统木头铅笔，成都学生用的转笔刀也被三嫂换成了一只北京特色的削笔刀，刀子是微型的扫把形状，手工打造，黑身白刃。首都小朋友竟用的是这么古朴的学习工具，让人有点意外。

上课铃响，每个人都坐好了，班干部高声喊"上课了"，顺便训斥了还在说笑的个别同学。如果是成都孩子，肯定要表现下无所谓，或轻松地揶揄几句以化解尴尬；可这里的孩子却会自知理亏，垂下头，严肃地闭了嘴，看起来非常有觉悟。上课时，可以随时举手申请上厕所，困了时甚至可以申请去找自来水冲下脸。看来，到这里不光是城市硬件的升格，还是文明的领先。

开始上课。汪老师今天教授直角、钝角、锐角的新概念。不管老师还是同学，都把九十度说成"九儿度"。我觉得有点受打击，这儿化音的应用也没个标准，张嘴总是怕说错。三嫂在成都时，剔除其中偶尔蹦出来的几句椒盐味①以外，她可是一口纯正的京腔，但怎么自己就没有在这奢侈的一对一的母系语言私教传承中掌握清楚这些门道呢？

就像方言一样，习惯的差异无处不在。作业本纸张不再像以前的那么透薄，并从成都的上下翻改成了左右翻。还有一种高级的作业本叫精装硬皮本，深色仿皮革质感封面，书角有四十五度切角撞色贴纸保护，书脊也做保护，价格和它看起来的感觉一样——贵。令人惊讶的是，汪老师要求每个人用硬皮本做草稿本，廉价的平装

---

① 椒盐味，成都口音的谑称。

本则用来写作业，让人感觉这首都的教学理念着实先进，也体现了北方人的大器和气派。

语文贺老师是班主任，三十多岁，头上卷发拢到身后系成马尾辫，脱掉大衣后，身上是一件朱红色手织厚毛衣，配拓蓝纸色的套袖。讲桌角上永远摆着她经营的一盆南方来的文竹。贺老师讲话总是言之有物，她面前这盆文竹的云层般的叶片不时微微颤动，像是置身在最前线，正欣然承受着她嘴里迸出的细碎唾星的滋养和各种掷地有声的文学概念的千锤百炼，而使用频率最高的词语大概有这么四个：承前启后、前后呼应、主要内容和中心思想。

贺老师也有一个要求，让每个人准备一个词汇本，专门收集课文和书籍报刊中能找到的各种华丽的辞藻。于是，这本子里慢慢被填上了雨后春笋、游人如织、摩肩接踵、光阴似箭、日月如梭、目不暇接、映入眼帘、秋高气爽、平易近人、精神矍铄、心旷神怡、憨态可掬、瘦骨嶙峋、琳琅满目、婀娜多姿、波光粼粼、鳞次栉比、伸手不见五指、腿像灌了铅、泄了气的皮球、打开了话匣子、银铃般的笑声、离了弦的箭、东方泛起了鱼肚白、说时迟那时快……一旦把这些词句记到本子里，就刻进了脑子里，成为未来一个时代对这个世界的标准统一通用形容词汇，用磨砂橡皮都擦不掉。

北京见闻面确实和盆地不一样，贺老师虽不能叫作侃爷，但也很能侃，下午有自习课，贺老师就"打开了话匣子"，说到轻松处，下面就爆发一阵阵"银铃般的笑声"。她说，外国人是去乡下过周末的，外国人到了中国，最喜欢买手工制品，而且穿衣服喜欢穿纯棉的。听得人目瞪口呆。城市又干净又方便，乡下都是泥巴、牲畜粪便和农家肥，有什么好？周末只有一天半，长途车都是按点发车、很早就收车，怎么来得及赶车去乡下？机器做的东西不是更精致吗？的确良衬衫、涤卡裤子、尼龙袜子不好吗？一边觉得不可思议，一边认真听着点头。看来，今天又涨了不少见识。贺老师最终讲到了重点，外国教师的收入是中国老师的二十倍。

正在意犹未尽之时，铃响下课了，"说时迟那时快"，所有人像"离了弦的箭"，拥到操场，嘴里喷着白气，僵硬敷衍地服从着操场上方悬着的大喇叭里的第六套广播体操的命令。伸展运动、四肢运动、扩胸运动、踢腿运动、体侧运动、体转运动、腹背运动、跳跃运动、整理运动。新的版本少了成都小学还在使用的上一个版本中的开场白——"伟大的领袖教导我们，发展体育运动，增强人民体质。提高警惕，保卫祖国。"

体育老师、教导主任站在队列前面领操，队列后面的"体操渣"们，踢腿运动只用膝盖指指前面，跳跃运动跳得像黑白无常，膝盖都不打弯，可一到课间自由活动，他们都是争抢乒乓球桌的一把好手。只需要两秒钟，就可以在球桌前整齐地排成一列。整个学校就只有两个乒乓球桌，一个课间只有十五分钟，每个人上来，二比一下去换人，资源的稀缺、时间的紧迫，以及"体操渣"们的矫健身手，更显得游戏紧张刺激。

不对，应该是我记错了。广播体操是春夏秋的课间节目，冬天应该是列队跑，从操场跑出校门，跑到孝友胡同、后海北沿，一直到宋庆龄故居门口折返，嘴里同声呼喊："锻炼身体，保卫祖国。"可队列里的，包括我自己在内的"跑渣"们，磨磨蹭蹭、脚步沉重，"腿像灌了铅"，嘴里还总喊成"锻炼身体，保卫自己"。

又上课了，教室门框上方的屋角，一个黑匣子又响起了饱含亲切关怀的召唤声："保护视力，预防近视，眼保健操，现在开始。"每个人都低头闭眼，表情凝重，揉天应穴、挤按睛明穴、按揉四白穴、按太阳穴、轮刮眼眶，融合了中式医学、按摩技术、点穴功夫的精华，令人精神为之一振。当然，全国都是一个模式，成都也是一样。

这间教室以前是学校的图书室，改成教室时，为了腾出空间，图书室的书柜就贴墙连成了一排。这些书柜，有的上半截柜门嵌玻璃，可以看见里面列队排着《书剑恩仇录》《射雕英雄传》《碧血剑》，书名撩人，只觉得历史深厚、江湖迷幻。还有的柜门是不透光的，两门间露出一条黑缝，显得更加神秘。它们和其他学校、工矿、企事业单位的大多数大大小小的图书馆的书柜一样，都有一个共同特征，就是两扇门中间横着一个把门的铁将军。咫尺天涯却翻不开内页，实在让人有点饥渴。

我被安排坐在教室内侧墙边的座位上，右肩就靠着一个不透光的神秘柜门。这个柜子用一条短链横着，绷得不紧，裂开了黑色大嘴。根据那些隐约可见的书名指示，这里面好像关的不是书，而是人的思想。我决定解救它们，伸手进去随手摸出一本，封面写着《狄公断狱大观》，荷兰罗伯特·梵·古利克[1]著。它和其他的书一

---

① 罗伯特·梵·古利克，即高罗佩。

样，封面和骑缝盖着校章，封三上粘着一个上开口的牛皮纸封，里面插着一张印满格子的纸片，借书记录的格子里都是空白。事后证明，这本书并不像这张空白格纸片一样虚无，竟是中国文化的启蒙书，里面藏着很多惊天的秘密。

中午放学，贺老师指着一个空瘪得像"泄了气的皮球"一样的黑灰色的旅行手提包，让我带回家，说，跟你家人说谢谢。我一看旅行包正面是白色线绘的上海外滩图案，还有类似中式风云纹的"上海"两个美术字在一边作为佐证，面料上有像灯芯绒一样一条条但更细密的凸感纹理，我认识它，这是前几天三哥从成都寄来，让三嫂带到校长室的那一只。

回家路上，七八个同学组成一列路队，仿照日本小学生的样子，最前面的举着圆形红圈的小黄牌，中间一个黑色大字"让"，每个人头上还要戴一顶小黄帽，像是景区门口等待导游领队的外地儿童观光团。

学校所在的小胡同很安静，切换到下一条胡同也很安静，从胡同穿出到德内大街的街面上，仍然静悄悄的。虽然听说北京人口已经突破了千万，却好像都蛰伏不出。大街上很冷，骑车的人们正在上坡，每个人直盯前方，只希望早点到家。就算街上店铺林立，看来也不会有人有兴趣停下脚步，更不要说进去看看了。如果是在成都，这样宽敞的街道可不能浪费，路宽，人流可能就更大，每一户都得搞成铺面，门口都立着"四个大字"——"商业价值"，哪怕只是开一个干杂店，或者一个小茶铺，都得把里面填满，把门敞开。可这段街面，统共就只有两家饭馆，还是关着门的，其他的买卖数量为零。

这两家饭馆都是对开的大玻璃门，外墙面下半截是砖墙垛子，上半截都是大玻璃。玻璃上都有用红色不干胶拼出来的大字标语——"丰俭由人，客至如归"。客至如归意思比较浅显，但第一个词以前没见过，我用小学语文课上学到的组词方法，得到了这样的涵义，"丰盛，俭朴，任由，个人"。涵义是明白了，但原因是什么，有些让人迷惑。难道以前是丰俭不准由人？后来有机会进馆子吃饭后才明白，这馆子里的规则和潜规则，也和成都不同。

不管多大的饭馆，在成都，你都可以点上一碗酸辣粉或一夹①凉面，找个空座坐下慢慢吃，歇歇脚再走。你应该还可以自取一小碟免费泡菜，老板给你倒碗免费的面汤或老鹰茶，跟你闲摆两句龙门阵。甚至成都二〇〇〇年以前的馆子，米饭都是免费的。

而北京的馆子，如果你一个人进去，只点一个菜一碗米饭，从服务员和老板的眼色和颜色，你也会感到一点点压力和自发自觉的不好意思，为了面子好看，得到店主欣然赞许的目光和敬重优待，心一横干脆多点一个菜，吃不完就每个菜剩一半留在盘子里，表示自己不差钱，不抠眉儿。更不要说去一家国营饭馆，搞不好，你还会觉得人家聚在一起小声说话是在议论你，说你点一个菜还占一张大桌子，吃完了也不赶紧走。据说，北京的国营饭馆曾经贴出过一个宣言，昭告"绝不无故殴打顾客"，言外之意似乎是说，如果找到了茬儿，还是可以打的。后来有关部门干脆提出了一个更奇葩且

---

① 一夹，成都话说法，"一筷子"之意。

影响深远的口号："顾客就是上帝"，期望改善买卖双方的紧张关系。最终，凭借民营商业的兴起，才改变了这个困局。但不知道是不是这样的文化遗存导致的，在北京，买卖交易发生后，买主会主动向卖主道谢，当然不是感谢不打之恩，而是感谢卖主受累卖给自己，否则会被视为不懂礼貌。而在成都却恰恰相反，卖主会向买主道谢，谢谢买主照顾自己的生意。

在成都，馆子里只有你一个人，可以大桌小桌任意选，再进来一个人，他可能不选其他桌子，偏偏就和你拼桌。即使不和你打招呼，也一样神色自若。可在北京，这样的邂逅似乎永远不会发生。馆子里只有你一个人，再进来一个人，他一定选另一张桌子，再进来一个人，他一定选第三张桌子，以此类推，直到最后一张桌子有人后，后面的人才会考虑和前面的人分享同一张桌面。这和地域性格有关，成都人是怕不热闹，而且也不在意这个问题，自然而然就和别人凑在了一张桌，哪怕全程都不交流。当然，其实这已经至少创造了一个交流的可能性。北京人作为北方人，性格总体实际偏内向，虽常常有大呼小叫、虚张声势的，但目的无非就是先声夺人，先摆好架势和气势，占据主动的先机，后面即使点一个菜占一个大桌，老板也不敢低看一眼。规则和潜规则都是弹性的，遵照还是不遵照，根据对象而变化。

路西饭馆玻璃上还有三个大字"涮羊肉"，路东饭馆玻璃上则写着"炒疙瘩""炒饼""饺子"。奇怪的是，这两家饭馆应该都在营业，可大门却是关着的。成都的馆子，不管春夏秋冬，雷雨雹子，都是不厌其烦，一片一片的木头门板卸下来，这么费事费劲显然就没准备马上再拼回去。打开门做生意,连灶台都安在靠门口位置,恨不能安到门外,掏心掏肺地展示出来,让走过的路过的不再错过,不浪费这白气蒸腾、热火朝天的美食现场。

初次见到北京街上这孤清紧闭的玻璃门,我的脑子没回过懵儿,再一转念,对,这是因为北京冬天太冷了,必须得关着门。当然,还得用玻璃门,不然关上门哪儿还能看见有没有营业。不过,不管玻璃如何通透,由于消费观念和食品加工价格高昂的因素,这北京的生意气氛完全不能和成都相提并论。这两家馆子,特别是冬天的上座率,都像二进制,在一桌和零桌之间徘徊,再过些日子,估计玻璃上的字号就要被换掉。

快到福芳家院门口有段便道很宽,宽得像一块空地,空地上永远有一个自行车修理摊,老师傅一边慢慢悠悠地打气、补胎、安车筐,一面嘟囔着和旁边的人聊着天。北京很多的买卖,除了店老板坐镇以外,总有几个左近的老爷们过来坐着混时间,每天风雨无阻,衣冠整肃,皮鞋锃亮,按时上班,待人接物透着大器、自信、体面、热情。老板不在的时候,帮忙照看摊子自然不在话下,顾客碰到还以为这是老板,可他们根本分文不取,甚至一个自行车修理摊,也不会缺了这份人气。他们付出了经营生意的精力,却不愿自当老板,毕竟老板有亏损的风险,而客串老板的话,没地方干活了,大不了回家待着,不赚也不赔。

继续往前,往右一拐,就回到了福芳家的院子,一团浓烈的饭菜香味横亘在院子巷道的途中,躲也躲不过,散都散不掉。果然,再往前走,院子拐弯处的胡家,门口那几个大鱼缸旁边的一角,支着个蜂窝煤炉子，上面墩着一口小小的、厚厚的、底部伸出三个铁足的生铸铁锅。锅旁边摆着一盘正准备下锅的、半寸见方的立方体"三线五花"，全院的街坊都看得出来，今天中午她家的主菜是红烧肉。

北京人自然不知道什么是"三线五花"，这是成都话说法，指的是三条肥线三条瘦线相间的五花肉，是成都人对品相优秀的五花肉的昵称。其中，像是包含了对它献身成为粉蒸肉或红烧肉的感谢，用身心深切超度它时的敬重，以及一种享受它的美妙时的得意。

再说这红烧肉，全中国的做法都差不太多，回来早一点，站在这炉子边就可以看个究竟。这炖肉的胡家老太太身形瘦小枯干，炸①着一头细卷发，已经花白，如果"花甲"这个词指的就是这个发色的话，倒正好对应她六十岁的年纪。

她是福芳家、也就是三嫂娘家的街坊，按照北京的规矩，我得跟着三嫂论②，男性长辈叫舅舅，女性长辈一般不叫姨，而是跟着她家男主人叫，男主人既然叫舅舅，女主人就得叫舅妈，除非是单身，才叫姨。或者三嫂街坊之外的朋友，也叫姨。这胡老太太虽然岁数大，但论辈分，我该叫她舅妈。

胡老太太这手里，每时每刻都夹着一根威龙牌香烟，手指都是烟油色，甚至让人怀疑，她是不是一天只需要一根火柴。这威龙是

---

① 炸：北京话说法，呈爆炸状地支着。
② 论：北京话，排身份用"论"字，但读成"lin"。

北京市面上国产烟里劲儿最大的，几乎也是最便宜的烟，符合烟的价格和烟的劲道成反比的规律。这烟还没有过滤嘴，一般人抽上一口都要眼前发黑，缓上一缓才考虑是否要继续嘬下一口。

这家的胡老爷子是典型的北京老炮，砌个煤棚、修个自行车、打个架，各方面都是能手，闲了还要到路口，打着酒晃指挥下交通。两口子生了两双儿女，儿子高大魁梧，闺女能说会道，四个孩子个个会来事儿，在社会上吃得开。除了小儿子没搬出去外，其他几个孩子周末带着娃过来聚餐，都是皮衣革履、时髦贵气，有了他们一家喝酒吃肉，呼娃唤孩，搓麻打牌，这院子的周末才像个周末。

这院子是老太太的娘家大本营，院子里端还住着她的两个亲兄弟，家族人丁兴旺，人多势众，老太太自然底气十足，带着独具识别性的沙哑烟嗓吼上一声，就能得一片回应。如果是强制力的回应，那叫权力，这种非强制力的回应，叫势力。不管是权力还是势力，得到的响应总是让人非常受用。

此时，胡老太太再吼上一声："小培回来啦？"我就会回一句："舅妈！"老太太"诶"上一声，再吸上一口威龙小烟卷，吐出那团半深蓝半深灰色像毛线球一样的烟雾，再腾出手来，把切好的五花肉放在冷水里，投入葱姜，焯开，捞出来，把肉用冷水洗干净。锅里油还没热，就下白糖，炒糖色。这白糖很奇怪，用手捏起来软绵绵的，不像成都的白砂糖那样颗颗都是细小的正方体见棱见角，像沙粒一样硬，这北京的白糖更像是精盐，颗粒更细，比盐粒捏起来还软，名字也很形象，叫绵白糖。

白砂糖姓白名砂，绵白糖按说应该是姓白名绵，可这姓名却还倒置，不过再看看北京的字号就明白了，这是北京特有的语法。成都的字号，叫的是赖汤圆、钟水饺、谭豆花、韩包子、张烤鸭，姓名后面跟职业。这北京的字号，却叫馄饨侯、爆肚张、门钉①李、烤肉季、小肠陈，职业后面跟姓名。

话再说回来，胡老太太炒着糖色，等油温慢慢上来，不停翻炒，待白糖化掉变成深棕色再变成黄色细小泡泡，泡泡消失的时候，这深棕色就和这暗黄色的植物油完全融合了，瞅准时机，把焯过水的肉倒进去翻炒，加葱姜蒜桂皮大料炒香后，半暖壶开水倒进去，淹过肉面，大火烧开转小火，就进入"火候足时它自美"的境界中了。

好奇地看完，继续往院里走，拐上第二个弯，滋啦滋啦的煎蛋声和着香味涌了过来。孟小凯的父亲，我称作舅舅的一个半百老爷们儿，正在半开放的厨房里激烈翻炒，他头发后被，俗称"主席头"，前疏后茂，显得智慧不凡，啤酒肚可以藏两个足球，身上的棉大衣敞着，看起来也根本不想保守这个秘密。

孟舅舅笑着咧着嘴，大嗓门一喊："小培回来啦，你姥姥饭还没做好呢吧？来我这儿吃，我这菜马上就得！"一看锅里，是北京最常见的西红柿炒鸡蛋。在来北京之前，这种做法闻所未闻，在成都只见过番茄撒白糖，生吃，俗称"火山飘雪"，或者是番茄蛋花汤。而用番茄来炒菜，这感觉就好像用橘子苹果梨炒菜一样奇特。

这菜看着简单，可要想做好还是有诀窍：要在高油温时，下刚

---

① 门钉，这里指一种形似宫门门钉的牛肉饼。

刚高速搅动过百八十次、打出丰富泡沫的鸡蛋液，定型后再翻动打散，炒至深金黄色时盛出来。重新放油炒番茄，炒几下就要放盐。那个年代的番茄水分足、出汁快，盐一来就把汁迅速逼出，汁出透了就下鸡蛋，饱吸番茄汤的酸甜，重要的是，最后撒上一把葱白占绝对优势的葱花，这味道就可以超越世上另外百分之九十以上的平庸版番茄炒蛋了。至于放盐还是放糖，就见仁见智，不过两样都放的话，一定要盐多糖少。

当然，午餐这么重要的时刻，这个院子怎么能这样单调，在这前院后院的两条主旋律以外，还有很多协奏音轨，听音闻味，就知道谁家今天醋熘土豆丝、谁家干烧带鱼。那准备吃馅儿①的人家，厨房菜板子上，刀剁声震山响，闹得厨房窗户玻璃上的反光纷乱闪动，一听就是年轻人，缺了老一辈的传承。福芳说过，剁馅的时候每一刀都要有放有收，刀刃不能和菜板硬碰硬，不吵人还不伤刀。就像和面的"三光"一样，那都是规矩。

领略完院子里活灵活现的美食秘技表演，就赶紧钻回福芳的屋里。进门先抄起桌上的大搪瓷缸子，闷②上半杯福芳提前泡好的还温着的京华八号茉莉花茶，一抹嘴，脑子才开始工作。

这中午是语言艺术盛宴的时间，离电视播放田连元的评书《瓦岗寨》还有半小时。放电视的柜子面上摆着一张"中国人生活作息时间强制规范"，严密地控制着所有人的日程安排。它告诉你要几

---

① 吃馅儿，北京话，指吃各种带馅的面食。
② 闷，指喝酒干杯的时候，闷不作声，痛快地一口干了。北京话中泛指一口气喝掉的动作。

点钟吃饭，几点钟睡觉，几点钟有节制地娱乐，几点钟接受教育，甚至几点钟上厕所，当然它的标题很低调，并没有说自己是什么规范，而是由一位佛家居士①谆谆"劝诱"地写了几个字："中国电视报"。到了晚上，家家都在看一模一样的节目，再大的声音只会壮大声势，不会造成干扰。要到几年之后录像机开始普及，各家电视机才会各说各话，隔空争吵。

这时评书还没开始，屋里面，姐姐正在给福芳、三嫂、我的亲舅舅等人念三哥的来信。三哥本来答应舅舅说随后来一趟北京，帮忙安顿，却因为新开拓的服装生意缠身，暂时来不了。在信里说自己前些天被舅舅的信骂疼了。舅舅说："我骂他没打他，他怎么会疼？"姐姐说："骂疼了就是骂好了的意思。"舅舅更摸不着头脑了，说："我一骂，他就疼，现在怎么又说我一骂，他就好了？"姐姐说："骂好了的意思，就是骂安逸了。"舅舅说："啊，这回还变舒服了？"姐姐说："就是骂惨了，疼、好、安逸、惨，在四川话里，都是表示程度深的意思。"舅舅听了直笑，说："这回我笑疼了。"

虽然门外院里，胡老太太和孟老爷子的厨艺常常高调示人，貌似分别代表了前后两院的美食高峰，其实还有高手低调地潜伏在角落之中，比如福芳隔壁的另一个舅妈王老太太。王老太太此时也正坐在屋里串门，参与聊天，桌上正摆着一盘她刚刚端过来的新作品——香糟鱼片。

这王老太太体态丰腴，眼神活泛，说话不疾不徐，语重心长，

① 佛家居士，此处代指赵朴初。

听着就符合她的身份——机关退休人员。家里的老头子是退休干部，单位大院建新家属楼之际，要在这院子里的老宅里临时委屈一段时间。她家里无论收入、福利，还是食材上的价签，都不是这院子里普通老百姓能比的，加上她老家是鲁菜之乡山东，做菜的手段自然比北京人多了很多变化。

我喜欢听这些街坊上门聊天。北京人各种名词儿多，听着新鲜。和成都话不同的地方在于，成都话是形容词特别丰富，像前面说的"疼""好""安逸""惨"，形容人鲁莽和用力过猛叫"闷墩儿"①，东西质量不好叫"李扯火"，人爱出风头叫"颤翎子"，这叫形容词形象化；而且还要在形容词前面再加形容词，红叫"非红"，黑叫"黢黑"，圆叫"墩儿圆"，硬叫"梆硬"，湿叫"焦湿"，臭叫"滂臭"，炽叫"稀溜炽"，字首要读重音长音，才能完成对这个形容的深切表达。

北京话形容词略显枯燥，无非就是"特""倍儿""牛"之类，但名词和动词丰富，有的是江湖切口，外来词，甚至是译音，没有太多规律可循，词典上可能都找不到这个字形或解释。走了叫"颠儿了"，看一眼叫"睐兮睐兮"，嘴皮子不停叫"嘚啵嘚"，丢面子叫"跌份儿"，牵线挣佣金叫"拼份儿"，蝙蝠叫"夜么虎"②，蜗牛叫"水牛（niū）儿"，三轮车根据动力的不同，人力、汽油到柴油，分别叫"平板""三蹦子""狗骑兔子"。

---

① 闷墩儿，成都话里形容人鲁莽和用力过猛。而形容人长相憨厚，仅用"闷墩儿"的简称"闷"。
② 夜么虎，也被误称为"燕么虎"。

奈何院子窄，没有什么公共空间，平时坐在自家门口聊天的话，像围着个西餐的长桌，战线拉得太长，施展不开。不过，随时可以制造团坐沟通的机会，比如我和姐姐闹矛盾掐架的时候，抢个橡皮铅笔之类的事，都可能会爆发几声哭喊，在这个别人家炒个土豆丝还是摊个鸡蛋，都能通过声音分辨出来的院子里，左邻右舍的舅妈们立刻不请自到，蜂拥而入，热心调解。调解内容无非就是重复"弟弟不能淘气""姐姐要让着弟弟"之类的老生常谈。风波平息之后，人不能立马就散，还要留下来坐在床沿边儿上聊天，这屋里就成了临时的生活信息集散处，像是成都茶铺的功能。只是这一代人的家庭不管有多少波折，总体都趋于平庸，聊天内容都是琐碎日常，没有两三代前的乱世风云和传奇经历，前辈人和自己上半生经历的荒诞和唏嘘也被遮盖和淡忘，他们自己知道，享受这样的平庸是真正的幸运。

在北京，左邻右舍指的是左右的隔壁院子，以及左右隔壁院子的隔壁院子。自己院子里的根本不算邻居，简直是家人，每天吃什么做什么，来什么客人亲戚，买了什么东西回家，甚至垃圾倒了什么内容，都是公开而透明的。

王老太太最爱聊的自然是美食做法，这是她的特长和谈资，反正《瓦岗寨》还没开始，福芳也瞪大眼睛听着。话说，把从山东老家酿酒剩下来的香糟泥带回来，用黄酒浸泡后，滤出香糟汁。草鱼切片、码制、去腥后裹淀粉，入宽油锅里滑熟。另起锅，下香糟汁、高汤、姜汁、盐、白糖，烧开后放入滑鱼片、木耳、玉兰片煨熟，勾芡、淋油、装盘，就是名菜香糟鱼片了。福芳听了后说：

"真讲究，比我做的菜讲究多了，味道肯定错不了。"然后下顿饭还是继续粉条炖肉，肉炖粉条，各种老家深县的家乡味，这么多年的生活习惯哪里能说改就改。

听完评书，自去上学。下午三点过，放学回家后，就要开始做福芳的面点学徒了。

中午吃完饭，福芳要睡个午觉，醒后冲一碗麦乳精或者鸡仔儿，配一碗点心渣，作为下午茶。鸡仔儿就是鸡蛋，磕到碗里打散，提起暖壶往里浇开水，一边浇一边搅动，水浇满了，鸡仔儿也冲熟了。稀的有了，还得有点干的。

德外安德路的国营点心铺，柜台上一排塑料方盒子，横竖整齐地码着各式饼干和点心，枣花酥、牛舌饼、浆米条、开口笑、果酱卷，这些点心掉下来的酥渣撮成堆，单独装在一个方盒子里，也成了一个品种。这点心渣便宜，但更重要的是好吃，零碎混搭出来的味道超过了那些完好的糕点。如果发现里面埋伏了大块的点心，反而会让人觉得违和。吃的时候直接用勺子扛，也可以用开水，像冲鸡仔儿一样，冲调成黑芝麻糊的样子，两种吃法口感不同，各有味道。而这种点心渣无法在家里自制，因为家里不可能凑到这么多品种的点心。

和经济不发达却物产丰富的成都不同，北京总是充满了这样穷开心的底层吃食，爆肚、卤煮、麻豆腐、豆汁、炸灌肠、炒肝、炖锦子①，这些手段高超甚至奇特的美食，是传统智慧或者说是传统

---

① 炖锦子，即炖肥肠。锦子是可在灶上用铁链吊起来使用的带环耳砂锅，炖锦子是北京人对用锦子炖肥肠的简称。

节俭美德的载体，而实际上毛豆腐、臭豆腐、豆汁之类并不能算是美食，很多办造之法是因为食物变质后，在物资的匮乏中生存的人们，舍不得丢弃它们而发现的。

福芳和占云都来自河北深县。深县这地方物产不多，有名的特产只有棋圣聂卫平、大成拳创始人王芗斋和深州①大蜜桃。特别是这爱把自己灌醉的大蜜桃，果香味浓得像飘到空中的酒，个头大得像婴儿脑袋，又无比柔软，往其他地方其他品种的桃子面前一放，那些桃子就立刻泄气，没了精气神。

再说占云，他十几岁离家去东北学木工，三年学成后回家，身材变得高大威猛，要低头才能进门，后来去世时，在老家深县这样的北方省份都买不到能容身的现成棺材。他有了手艺和这样的体格，很快积攒资粮、娶妻生子，数年后，带着一家人从老家河北深县一路徒步到北京，落户在什刹海边上，在北郊的天坛家具厂做了木匠。

后来，三嫂向自己当知青的农场请了探亲假，回北京找父母借户口本，要和三哥结婚，遭到了占云和福芳的激烈反对，于是三嫂偷偷揣上户口本跑回了云南。占云情急之下，突发高血压进了医院，再回厂工作时，还在想女儿的事，一走神，高速旋转的电锯嵌进了手心。占云的身体被高血压后遗症纠缠，生活一直不太轻松，在我回北京前不久，他回老家落叶归了根。我对他的形象已经模糊不清，只知道这个家里有福芳，只有满屋子占云亲手打出来的家具

---

① 深州，深县古称深州，1994 年后再次改回古称。

89

在证明他曾经的存在。

时间往前走，福芳老了，皱纹在脸上乱画乱爬，但面色红润，一头齐项银发光亮雪白，冬天时，总裹着一个蓝灰色带穗的头巾，方巾对折成三角，下巴处打个结。福芳是中国最后一批小脚老太太。小脚，据说是中国独特畸形审美的产物，但其实最重要的作用，是让女人大门不出二门不迈。福芳出门就很不方便，加上年纪也大了，七十二岁，即将迎来七十三、八十四的人生大槛，得更加小心，出门就推个小推车作为支撑，或者手上挂根拐杖，走不快，也不敢走快。福芳腿脚虽不灵便，但手巧，可以用她大女儿的服装厂里那些不同花色的布头边角料，手工裁成无数片饺子大的三角形，再缝制成像百衲衣一样的床单、被套、坐垫、沙发套。当然，最重要的还是她会做几十种北方面食。

福芳做的最多的当然是卷子。卷子是河北深县话，广义上是个统称，包括馒头、枣卷、花卷，狭义上的卷子特指并不打卷的馒头。就像南方人的米饭，馒头则是北方人的主食。各地方有各地方的讲究，山东人讲究戗面馒头，就是揉好的发面，撒干面粉进去揉出层次后做馒头。福芳讲究的是硬面，面要发酵到位，但是要把它揉得很硬，用北方话说叫"瓷实"。揉瓷实，上屉蒸熟后，馒头就不像外面馆子里卖的馒头那么喧腾①。如果还嫌不够瓷实的话，福芳就掰下一块，放到两个手掌之间，用掌根挤压成一个面饼，送到口里慢慢嚼。

———————————

① 喧腾，福芳语，即蓬松。

做馒头首先从发面开始，得用老面继子①，从夏天开始就要在酷热气温下自然发酵，每天做完面食再留下一块面作为下一次面食继续发酵的面头引子，所以名叫继子。夏天只需要和（huó）好面团，放在上过釉的传统粗陶面盆里，盆口罩一层半湿的屉布。温暖潮湿，时间推移，面团就开始膨胀、变酸。

面粉加水揉成面团，加入面继子揉光，醒面，再揉的时候，撒碱面在案板上，慢慢揉匀，切开面团的剖面上有一些气泡孔，但已经不再发酸，面团也起筋了，就揪成剂子，把剂子揉成球状入蒸笼，锅里的水预热过程中，面团完成最后的发酵，等上汽蒸够时间就成了。

北方吃面食一般要就着粥喝。最方便的是棒子面粥，棒子面就是玉米面。右手握一只长杆汤勺，左手攥一把磨细的棒子面，锅里的水滚开的时候，右手汤勺一边不停地在水里搅动，左手一边顺序地活动手指，让棒子面漏出指缝，均匀地撒入水里，这棒子面撒完了，粥基本也就熟了，再略煮一下，就可以关火。

各种面食每天在福芳的大案板和锅里轮番变换，窝头、糖三角、肉龙②、炸糕、肉饼、馅饼、馅盒子③、糊塌子、芝麻酱饼、糖饼、切面、面片、面疙瘩……到了过年还有炸元宵、炸排叉、炸素丸子。这排叉对于小孩子，是类似薯片的零食。面粉里先加点启

---

① 继子，后引申为所有面食坯子。本书中除特指发酵面头外，其余均按俗成写作"剂子"。
② 肉龙，福芳语，北京一般叫懒龙，是一种做法介于花卷和包子之间的面食。
③ 馅盒子，饼铛大的，馅以肉为主，叫肉饼；巴掌大的叫馅饼；比馅饼小且厚的叫馅盒子。当然，这是福芳老家的概念，北京则是把擀好的面皮，填馅再把面皮捏褶锁边的叫馅盒子。

子①，醒一小段时间，擀出一个个饺子皮厚度、五角钱纸币大小的长方形面片，中间切一个二分之一长的切口，把面片一端穿过切口，再转回来，就拧成了一个远看像领结的东西，油炸晾凉后嘎嘣脆，是一种清真点心。

不知不觉，这面点手艺学了一个学期，到夏天了。这天下午帮福芳干完活，天色还早，等着福芳蒸煮烙烤的空当，就跑到院里要上一圈。

这院子空间小，却挡不住北京人的玩意儿。在各种私搭乱建之后，福芳家院子的坝坝被压缩成一条东西向的巷道，巷道中部，像闪电形，连续拐了两个直角，闪电横出来的一段南北向巷道的左右，一共摆了四只大鱼缸。这时候，只听得高处有人在喊，成了，把水管拿走。抬头一看，房上还有人在作业。巷道两边的屋顶上，竟然都分别摆了两只盛水的大瓦盆，原来，这鱼和水需要晒太阳，下面背阴或阳光不足的时候，就要把水抽上去晒。

这些水缸里分别藏着几十条正在不停抖动的活物，红的、花的、黑的、金黄的，红白相间、红黑白相间、红黄相间的，大脑门的、鼓眼泡的、噘着嘴的、腆着大肚子的，每一只都拖着半长尾巴，扭来扭去，眼睛鼓得像玻璃弹球。新晋发烧友主人比较博爱，五花、红头、翻腮、帽子、紫龙袍、珍珠、水泡、绒球、虎头、丹凤、鹤顶红、玉印头，北京能找到的品种，都快聚齐了。这些小玩物们，是一种畸形的鲫鱼，是中国驯化出来的一种特有品种——金

---

① 启子，即小苏打。

鱼。和盆景、哈巴狗一样，它们都是中国人高级审美的一部分。

这鱼和缸的主人是胡四爷——胡老太太家的公子。胡四爷是老么。大哥、二姐、三姐都独立门户，就剩四爷一直跟着父母住，备受宠爱，四爷想干什么，家里都由着来。胡四爷二十岁出头，整个夏天都光着膀子，不爱好上学，就好各种玩意儿，尤其是养鱼。他膀大腰圆，用北京话叫壮（音zhuǎng）。不壮也不行，这养鱼除了下鱼虫的技巧，就是力气活了。

养鱼就是养水。这水需要经常折腾，晒水、换水、加水。突然加水的话，温度急遽变化，鱼儿就容易感冒。胡四爷把加上房顶上在内的八个缸盆编成南北两组，南组先晒水，除氯晒熟后，兑好水温，就把北组中的鱼儿折腾过来，下一次，再反过来折腾。夏天高温的时候还要加水降温。

折腾完毕，四爷就开始欣赏自己的宠物了。金鱼，得从顶部往下看。这蝶尾，讲究的是宽头平嘴，两只眼睛对称，不能大小眼儿，蝴蝶形的尾巴反翘回至眼睛的位置，才够飘逸灵动；这望天，顾名思义，眼睛往天上望，眼球外缘要有三道金圈环绕，叫作三环抱月，身子要短；还有日本转内销的兰寿，讲究的是背部宽阔，尾鳍四开，背和尾鳍的夹角呈九十度，这样的肉弹（dàn），才弹力十足。

看完换水的热闹后，我就要去找小凯了。小凯是孟舅舅的小儿子，比我大个四五岁，但已经是小老炮了。这年夏天，他照例少不了要粘知了、粘蜻蜓。这"知了"二字，老北京人都是按知了的古音读"既鸟"①，含义也就慢慢就被讹为了"鸟"，知了的古音实际就是知了叫声的拟声词。而蜻蜓在成都叫"点点蚂儿"，也叫"蚂螂"，点点蚂儿含义是有"点水产卵"习性的蚂螂，因为"点"的古音和川语的"丁"发音一样，"蚂"和"猫"二字的儿化音非常近似，"蚂儿"被误解为"猫儿"，最后就被叫成了"丁丁猫儿"。

话说回来，这粘蜻蜓和知了用的胶，传统上是用面筋。把面团放在水里揉，揉到水变白，换水，直到最后变清为止，剩下的就是面筋团了。可时代在发展，又有了新的替代品，小凯用的是最流行的自行车内胎。把废弃的红色内胎剪成段，放在扁圆形的鞋油盒子里，放在火上加热，融化后黏性很强，不过要尽快用，不然会变硬。

每人胳肢窝夹着根长长的鱼竿，拖在地上往前蹭着走，几个小伙伴就出发了。院门口就是一排树，找棵知了叫声最响亮的，几个人在树下瞪着眼睛，往高处趸摸。不见兔子不撒鹰，发现"敌情"后，才抽出腋下的鱼竿，把顶端蘸上胶，先快速伸到接近知了的地方，然后减速，再慢慢地向前探索，到了知了的后背不远处，再次突然弹出，就有了一个带着两扇透明翅膀的大嗓门"小俘虏"。这潜伏到地下生活了十多年的"小俘虏"刚刚得见天日，正在通过鸣叫与竞争者们比武，招揽相亲，准备完成传宗接代的"蝉生"使命后就驾鹤仙去，可小朋友哪里理会它十多年的暗黑修行是不是能得成正果，先粘下来装到铅笔盒里，至于是作为标本还是仔细欣赏研

---

① 既鸟，"知了"的粤语读法接近普通话的"既鸟"，而相对来说，粤语与古音是更接近的。

究它的生物美学后放飞，就留待后面再去考虑了。

　　粘得差不多了，小凯的哥哥大勇也下班回来了，说："谁跟我看鸽子去？"小伙伴又拥着他进了院子。院子的尽头还另有一个隐蔽的直角拐弯，里面藏着一个小平房，小平房上面是平顶，修了一个面积相当于下面房子一半大的鸽子笼，这是鸽子们的联排别墅。这别墅用红砖砌的框架，房顶是铁皮板，压着一些砖头加固。外围是铁网墙和铁网门，里面用木板做的隔断，上下五层，每层四格，可以住二十只鸽子。

　　这些鸽子刚从德胜门箭楼"飞盘"归来，正等着下午五六点的晚餐，也是一天量最大的正餐，要吃一天饭量的一半以上。大勇给它们食盘里撒上红豆、绿豆、芝麻、荞麦、小米、玉米、稻米、黑豆；另几个浅盆盖着盖子，盖子上一个一寸直径的防鸽子呛水的圆孔，大勇又往里面倒了清水，鸽子就过来，脑袋埋进去喝水。看这食谱的设计，估计到肚子里八成可以变成"腊八粥"。大勇养的基本都是墩子嘴，就是长着形似鹦鹉嘴的肥厚小唇的家鸽，以白色身子、黑头黑尾的为主，这种家鸽往高飞不往远飞，适合在家门口盘旋，北京话专业术语叫"飞盘"。

　　看不懂门道，只能看看热闹后就下房顶，又只听见鸽笼下的小房间里，有呼呼的风声，然后几声啪啪作响。大勇说："这是你舅舅[①]新弄回来的鹰，挺猛的，他正在熬，等过几天熬得差不多了带它出去跑绳，你们可以跟着去看看。"我纳闷了，"熬？熬汤的熬

_____

① 舅舅，指大勇的父亲。

95

吗？什么叫跑绳？"大勇说："熬夜的熬。回头让你舅给你侃侃，他就爱聊这玩意儿。"一边聊着，一边听见屋里有人像被烟呛了几口，咳嗽了几声。

回福芳家，低头走着，这院子的巷道中，像有个机器猫的时光机加任意门，一跨过去，画风一变，就又进入了冬天。一双锃亮的皮鞋，嘎哒嘎哒迎面而来。再往上看，一条深色西裤用的是最新的混纺料子，抖垂挺阔，左右各有三条裤褶，可以达到把裤腿上半截放宽的目的，这裤型是最新的款式，萝卜裤。皮带往上，是一件柔软有型的黑色羊皮夹克——空军夹克的休闲版。不论是德外、地安门，还是前门大栅栏这样的时尚前沿，每家店墙上都会垂挂下来一串串相同的款式，昭告着这是当年最流行的。皮夹克敞开的领口露出里面的鲜红色羊毛衫——它们是每个中国成年男人都拥有或都要拥有的轻奢款装备。羊毛衫的鸡心领后面衬着的是解开一个扣的白色衬衫。原来是五舅下班回来了。

五舅是胡老太太的弟弟，是院里的体面人，给机关单位领导开车的司机。司机不是一般的职业，相当于领导的生活秘书，平常要帮领导跑私事，领导自然额外照顾，在单位上下也吃得开。平时开着一般人摸都摸不上的日本进口尼桑小轿车。陪领导进出，自然得注重仪表，举止口气也沾染了领导气质，走路带风。不过回到院里，就回归了大杂院老百姓本色，进屋把行头脱下来，冬天穿着秋裤秋衣在屋里鼓秋①。天热了就换上跨栏儿背心大裤衩，搬个板凳坐

---

① 鼓秋，读音如此，写法未考，北京话，有摆弄折腾之意。

门口闲扯，聊的还是柴米油盐、上学看病。

再过会儿，二舅也回来了。这二舅是五舅的哥哥，同样是皮鞋西裤，只是上衣装束要随便些，以黑色的领导干部行政夹克为主，天冷的时候就套卡其色风衣或黑呢子大衣，右手提个棕色真皮公文包，可走路的动静更大，气场更足。二舅据说是中字头国企的领导，下身严肃规整，上身还得亲切随和、平易近人。

大人物不需要靠摆姿态来博取尊敬，所以总是显得低调，平时话不多，偶尔几句话流淌出来，都是透着亲切、关照和指导。二舅家就是那个过年时家里失火的那一家，这一年晚些时候，二舅就搬走了。据说单位早就给他按领导待遇分了楼房，平时一家人都是周末和逢年过节过去住，过年着火那天，就是在楼房过年，才没目睹自己家在烈火中永生的场面。他平时更愿意和姐弟几个一起住在院里，毕竟这一院子都是吵闹的亲人，不会闷得慌。二舅一走，五舅又成了院里最体面的那个人。

喊过了二舅，也叫了声五舅，就回家该干嘛干嘛了。明天要上体育课，把脏兮兮的一双白帆布面料、绿色橡胶底的网球鞋拿出来，用白色粉笔把它重新涂回白色，放在门外墙根下散散汗味，就回屋休息。

屋里面有人有炉，散发着暖意。福芳和三嫂坐在床上，还在一边唠着家常，一边协作干活。把一张刚刚洗净晾干的白棉布单子铺上，再把比单子小一圈的棉絮铺在正中，上面覆上一张和棉絮同等大小的深绿色绸缎质感的被面，把最底下的白棉布单子露在外面的四个边往上再往内翻，其中的一对边，翻折过来后，将两端都折成四十五度角，把白棉布单子和被面每一寸衔接处，一针一针地缝起来。完成以后，这张被子就像是刚刚裱好的一幅画，白棉布是边框，被面是画心。为了避免盖被子的时候头脚不分，福芳最后还要选被子纵向的某一头套一层花布缝上，任命为被头。

这时，三嫂就招呼刚刚看完手工活热闹的我，要关灯睡觉了。我走到门边，摸到开关线盒下面垂下来的尼龙绳，那像一颗跳棋模样的小绳帽上，还有一截绳子打结套住作为延伸。把它牵到床头栏杆，系上，人钻进被窝，用手一拉，灯灭了，世界安静了。充实的一天告一段落，明天的北京，又是新的一天。

五、太极酒馆

　　钻进被窝里，也陷进了黑暗之中。孤独时，才有了时间的空白，有了时间的空白，才能换来思考的空间，一旦打开自己思想的开关，孤独就仅仅是孤独，而不再带来寂寞。白天太短了，不够用，我面朝上躺着，刻意想思考点东西，而思考中的大脑要耗费大量的能量，让人容易兴奋得失眠。所有的人都睡了，安静得只听到氧气穿过鼻腔，充斥脑壳①，震荡并辅助大脑燃烧时的声音。我睡不着，也还不想睡。也可能是因为北方晴朗夜空的月光穿过窗玻璃

---

① 脑壳，成都话，"头"之意。

后，还是有点晃眼，我不习惯。或者是因为北方人用的荞麦皮枕头高度过高也过于坚硬，尽管用力压出一个枕窝，仍然达不到人体工学的服帖，看来不能要它适应我，而是要我适应它才行。三嫂从云南带出来的攀枝花枕头留在了成都，想起它的松软和透出来的棉脂气味，再翻身听到荞麦皮摩擦破裂的声音，就更难以入睡。

福芳家在院子的深处，也像是在古老城市或时间的深处。一想起白天自己曾抄写过的，占云留下的一本线装手抄本小楷千字文开篇的八个字——天地玄黄，宇宙洪荒——就会从宏观宇宙的视野开始想。黑暗的宇宙，三千大千世界碎为微尘，日月星光有如烛火，星云也只不过是发光或反光的尘埃，其中一颗尘粒上住着几十亿人类。所有的白天都是真正的梦、虚幻和短暂，进入暗夜，才回到了实在的宇宙。窗外是一座漆黑的城，城中央有一座漆黑的宫殿，城里的屋宅是宫殿的尘埃，人又是屋宅的尘埃。看看中西方书信上的地址写法就知道，中国人的思维模式就是按由外及内的顺序进行的，这样的方式更容易让人觉得自身的渺小；如果我是西方人，从自身往外一层层地画圈似的思考，不知道结论是不是正好相反。

周遭越是空旷的祖露，人就越容易和它接触或者合为一体，它也是人的边界，看清楚了它，才看清楚自己。眼睛也进入了这个空旷，四下望去，空旷并不是虚空，所以总是有它表层的纹理质感，是由现实生活的所有细节拼接、组合、呈现而成。最终，它呈现的是一条河流，一条时间的河和意识的河，也是卷扫着生活琐碎的河，人忍不住要随着它游动，想躲开一些碎片，也想抓住另一些碎片。

童年切换过生活环境的孩子，有更多可以胡思乱想的碎片素材。两座城市的碎片曾经在我的想象或梦境中构筑成一座软索吊桥，我从桥的一头往前和往下走，下前方是一团迷雾，只有走下去才知道它的真相全貌。一起步就无法停止，角度越来越陡，我的速度也越来越快，被地球引力和惯性带着往下往前冲而逐渐失控。可到了吊桥的中心，也就是它的最低点，桥突然分岔成两条，分别向左前方和右前方向上而去，两个方向的尽头又是一团迷雾的堤岸。猛然间无从选择，可即使我拿定主意做了决定，可这俯冲的力量根本由不得我向右或向左倾斜，最终，我从分岔处掉了下去，这条小径分叉的桥本应把人带入梦境，然而这时候我却被惊醒了。我认为这两个方向是自己生活中的两座城市，最终我坠入了偏离或陷入两座城市的那条时间和意识的河流。而如果这条河足够长，它就会绕地球一圈，没有开始也没有终结。

中国古人对最大的东西，定义是其大无外；对最小的东西，定义是其小无内。看似没有逻辑缺陷，但有一天我终于想明白了，这定义是错的，最大是"有外"的，"最大"之外，也就是"最大"的尽头其实就是最小，而最小始于最大，看似不可思议，但这就是真相。看似天覆盖了地、天比地大，但如果仔细思索，就会发现，地球的表面实际是用相反的方式，把天也完全覆盖了的，一个是大，一个是小，或者说这个大和这个小，其实是一样大，大和小根本就是互为表里的。

作为一粒尘埃的地球还能包容更多的无限的尘埃，这些尘埃里面一定还有更多的无限的尘埃。佛说虚空不可思量，也没有去揭示这个最终的真相，是因为他认为普通人没有足够的智慧去理解大小之间如何过渡衔接。实际上不需要扭曲或者黑洞，大小本就是一个事物的两种呈现方式，甚至不是一个事物的两面。《坛经》说，何期自性，本自具足；何期自性，能生万法。是因为受人自己肉身和寿命的局限，终极问题不可能向外探明，但从很小的自身和内心，往内探寻到"最小"的尽头，就能看到宇宙的全貌。但其实这世界根本没有尽头，而是像地球的表面，没有天涯海角，没有开端，也没有结束，是首尾相接的无限循环。

从虚空想到浮于表面的生活片段，越远的就越容易忘记，越想就觉得越来越近。在成都的时候不会想成都的事，离开了就爱去想，不过由近及远地想，会更容易切入，回想着白天院子里和家里的各种好吃的，就想到了以前在成都过年时，在长顺街志诚家的聚餐。

一九八四年的春节，一大家子围在两张大圆桌前，满桌子的菜，当然少不了志诚拿手的各种卤菜。这时候的中国正在走出闭塞，桌子上出现了两种有泡泡的酒水。一种是黄色透明、甜而回酸的，大人们说它叫香槟，是一种含气泡的葡萄酒，小孩子可以喝一点，多了会醉；还有一种是一个黑色底座的大塑料瓶，里面的液体深褐发黑，一拧盖子，直往外喷气，倒到碗里半碗都是泡泡，泡泡消失后，水面飘着一丁点像肥皂泡表面一样的彩色反光的油脂，喝上一口，苦得像中药①，却又有强势的回甜，大人们说，这叫可口可乐，是一种糖浆，美国的。似乎是因为这两种新奇的气泡水，冲淡了一桌子年夜饭的味道，最终没能留下对志诚厨艺的一丝记忆。天下没有不散的筵席，而这样阵容的团年②饭，也是最后一次了。

　　这一年十二月底的一个下午，三哥带我到北巷子③路口的一家医院。我坐到志诚的病床前，握着他的手，白天从来睡不着觉的我，竟慢慢睡着了，晚上七点过，三哥来接我回家吃饭才把我叫醒。志诚的面容是模糊的，但我一直看着的他的病床号却十分清晰。一个不知是铁质还是木质，和医院门口悬挂的红十字一样白底红字的小圆牌，上面写着阿拉伯数字"29"，悬在他床头上方的白墙上，竟然就和这一天的日子一样。我有一种强烈的感觉，这一天他要走了。而后来，志诚的两个兄弟，临终时分别住在不同的医院，我也去探过床，病床号竟也一样，都是二十九号。

　　第二天早上，和预感的一样，三哥戴着黑色孝箍，滑动着自行车出现在"树德饭店"门口，笑着说，你们爷死啰的嘛。三哥就是这种性格，明天没米下锅，也一样一脸笑，最难的时候就咬牙关，颐内的硬物交错凸起凹下左右摆动，然后一切如常。这次也许是真的没难过，像在为志诚感觉到解脱一样。

　　环绕灵棚的花圈中心写着"奠"，两侧钉着白色挽联，写着"父亲大人千古""万世流芳"之类。成都的特色是亲朋好友都会

---

① 现在的可乐，浓度大约被稀释了一倍，已经没有浓重的中药味了。
② 团年，成都话，即新年聚餐之意。
③ 北巷子，现金仙桥路。

送被面，大多是提花绸缎质地的。竹竿搭起来的灵棚的墙，就是由这些绸缎被面垂挂拼成，颜色跳跃鲜艳、光泽耀眼，和守灵人身上的白麻黑孝形成鲜明对比。从这环绕着灵棚的被面规模和丰富程度，可以看出逝者子孙和人气的兴旺。

哀乐声中，众人吃喝娱乐。在黑框照片中老辈子那躲不开的严肃眼神注视下，一众人只管专心于麻将事业，正餐没吃饱的，还要随时从旁边饭馆吼一碗酸辣粉或抄手面条端过来。生活仍在继续，这是中国人的心理治疗方式。灵棚和守灵其实并不是为逝者准备的，而是借这个形式，用吵闹陪伴来帮助逝者的至亲度过最艰难的几天。

葬礼那天，白色大号的"孔方兄"疾速在头顶上方的天空中出现，又极慢地翻落到地面。灵车经过奎星楼街小学校门口，我看到自己的同学们正欢天喜地地从学校正门跑出来，奔向街对面的操场院子，每个人都穿着一样雪白的衬衫、深蓝色裤子或裙子，都一样抹着红脸蛋，系着鲜红如血的领巾，眉宇之间点着一个同样鲜红的让人难明就里的印度风吉祥痣。那是一九八六年的元旦，学校联欢活动即将开始。街道两边的树被空气的冷传染到僵硬麻木，天色阴沉。

在这个阴沉的下午，我离得很远地看着志诚的一双鞋底，缓缓地在一对冰冷的钢铁轨道上滑远，几下生硬的停顿和转向之后，融入了一团红色的烈火，火变得更大，再小，再更大。这个过程中，总觉得他还会醒来，或者又想他会不会痛。有天中午，我在上学路上走到二道街路口时，一个中年男人突然倒在路边猝死，他发际线靠后，穿着深蓝色中山装上衣、灰色裤子，一双黑色皮鞋。人们围了过来，旁边馆子里有人拿了一个竹席给他遮掩，照顾他最后的一点尊严。我蹲下去，可以从侧面看到他的面容，他表情平静，像睡着一样。我一直蹲着看着，等待，甚至是期待着，觉得他一会儿就会站起来大笑，说"我是装的"，然后离开，但是他并没有。

只见志诚的两只鞋的底面朝向我，上面有对称的几个黑色的、玻璃弹球大小的圆点，盯着盯着，觉得那个排列特别的神秘和遥远，像天上的北斗七星。那种鞋底，在长顺街的寿衣店和文殊院门口的街上都能见到，见到就想起套在志诚脚上的那一双。

三哥说，志诚走的那天夜里，三哥和姊妹几个都在医院守夜。晚上志诚醒了，突然很有精神和兴致地坐起来，又给几个儿女念叨了一遍他的卤菜秘诀和发家史。这应该是他回光返照一生时，想到的最了不起的成就。那几年，谢添、赵丹、白杨、秦怡几个当年的电影明星住在三道街五十号院时，经常光顾他的小酒馆。小酒馆生意越来越好，一间扩成了四间，这是志诚事业的巅峰时期。

后来，几位明星离开了成都。差不多在十年后，和志诚相熟的谢添，主演了著名影片《林家铺子》。桂芳一提起志诚的小酒馆，就会说："《林家铺子》里的谢添，拱着手的样子，跟你爷爷一模一样……真的好像你们爷哦！"桂芳认为，当年常常来小酒馆吃饭的谢添，正是模仿志诚的形象而塑造了后来电影《林家铺子》里的林掌柜。

我也觉得像，甚至觉得长得也像，虽然已经记不清他的举止，但他的长相还能记得。志诚去世后，我曾在志诚家随继祖母住了一年，总爱坐在志诚家那对暗黑发亮的高大的笔杆椅上玩，摆弄旁边桌上那个硕大的、蒙着米黄色金属丝提花织锦布的重型收音设备上的旋钮的时候，总会在对面墙上那个黑相框里见到他的黑白模样，眼睛一直盯着我，无论我怎么变换位置都躲不开。他的面容一直停留在那个瞬间。沉静威严，一言不发。

在我的想象中，如果我在志诚家哭闹，他看见了就会过来沉默地拉起我的手，带我出去，我慢慢跟着，慢慢安静下来，走过西二道街幺祖父家门口，又绕回到三道街的三祖父家门口。三祖父像北门闹市那敞开的山门里泛金光的布袋和尚，面带"灿烂"、垂耳厚唇、腹部圆鼓。他和平常一样，被门口的藤椅裹紧，不愿轻易动弹。三祖母坐在一旁的马扎上。如果三哥和桂芳正好也路过的话，总是会大声地喊一声满满①，然后几个人一起说笑很久，都忘了回去，我也就忘了之前哭闹的理由。

在志诚家住了一年多，一切平静，对志诚家比自己家更熟悉，直到三嫂来接我回家时，两个人完全陌生到了尴尬甚至敌对的程度。不知道是为了赖着不走还是为了破冰，我哭闹着，嫌三嫂给我新买的嫩黄色新塑料凉鞋是女式的。三嫂可不像志诚那么含蓄，直接一顿暴打臀尖。最后，二人一致认为这种沟通方式非常迅速有效，我自然心甘情愿地穿上新鞋，跟三嫂回了自己家。沉默与暴打，似乎是中国传统上长辈和晚辈之间沟通时最常见的、连镳并驾

① 满满，老乐至语中，祖父叫爹爹，父亲叫满满，父亲的兄弟也叫满满，这个称呼来源于乐至移民中的靖州腔。

而殊途同归的两种方式。

志诚买下的铺面，在成都少城的长顺下街。长顺街是少城的中轴线，南北走向。西边的同仁路，北边的西大街和八宝街，东边的东城根街，还有南边的金河路，围起来的地方就是少城。长顺街分长顺上街、长顺中街、长顺下街三段，根据中国天南地北①的传统方位习惯，长顺下街就是长顺街的北段，向北一直延伸到少城的北门。

二十世纪四十年代末的一天，长顺下街与半截巷拐角处向北第三家，面向长顺街的位置多了一爿铺面②，这就是志诚的无名小酒馆，主要经营卤菜③和酒。志诚同时还买下了小酒馆后面一座旗人留下来的老宅院，院子正大门向南开在半截巷里，是半截巷北侧第一个院子。

少城里不少老宅院的面积都在半亩到一亩之间，半截巷虽然只有半截，但藏在巷子里的宅子的规模却没有缩水。奈何记忆中的院子已经模糊，只有下面这些尺椽片瓦了：院门口是八字墙，墙体靠瓦顶部分似乎有套钱式瓦花墙洞，呈深灰色。八字墙怀抱着一栋后檐柱带屏门的屋宇式院门，门扇和高门槛漆黑厚重，框住它的柱、梁、檩、帘栊枋、垂花柱也无不漆黑，大概只有封檐板是深红色。

进大门再绕过屏门就是一片坝子，四边有花圃绿植环绕，空空

①　天南地北，和现代西方地图习惯的上北下南相反，中国文化中也只有指南针、南天门及坐北朝南的概念。
②　铺面，川语，即商铺，北京话叫门脸儿。
③　卤菜，成都的卤菜实际主要是肉类及少量豆制品，而蔬菜类极少。

的地面遍布青苔，右边一排厢房和大门一样有高门槛，跨进去，地上满铺的是半尺多宽的厚木板，为了防潮，地板下面空着，踩起来有空响的共振。至于敞厅、堂屋、正房的格局如何分布，有独立的天井，还是天井和院坝本为一体，已不记得，只记得屋顶挑高五六米，甚至更高，炎夏也阴凉不憋闷。

院子外墙一角，好像还嵌着一块写着"泰山石岩挡"的小石碑，当然它不会是泰山的石头，而只是稳如泰山的那个泰山的象征物，而碑文也因为简写和通假的原因，长期被写成"泰山石敢当"，工匠们把岩的繁体字"巖"略写，保留了里面的"敢"字，"挡"按"瓦挡"通假成"瓦当"而写成了"当"。人们也乐于保留这个误读，显得更有气势。

无奈，我对这个院子的记忆只到这里，再往下就是空白，干脆就让自己的主观意识从柏树、桑树、槐树、银杏、榕树、香樟、柚子树、黄桷树①、黄桷兰这些成都最常见的树，还有木芙蓉、白玉兰、桂花、海棠、栀子、山茶、蜡梅、紫罗兰、凌霄花、胭脂花、牵牛花这些成都最常见的花里面，随机挑选一些，像拼图一样把记忆补全。再顺便引几只最常见的菜粉蝶，在幽暗草木中乱飞，白得耀眼。这场景设计完，一按启动键，这院子就开始气息流动，树竹掩映、虫草鸣幽、鸠声雀语，苔藓、毛虫都开始孜孜生长。

志诚自然是这院子前面那无名小酒馆的老板，店里雇了一个乐至老乡做帮手，住得不远的我的三祖母也常过来帮忙。酒馆一开始

---

① 黄桷树，四川话中桷读音近"果"。

108

只有一间屋，但口岸还行，加上对面有个运动器械厂，一到下班时间，店里很热闹。和当时很多餐馆一样，小店并没有名字，姑且就按志诚老家的地名，称它作"太极酒馆"吧。

抗战期间，到大后方躲避战乱的西北影业公司有一部分迁到了成都，因为这公司的演员赵丹是国画大师黄宾虹的徒弟，而黄老先生和三道街的陈宅主人交好，于是赵丹等几位明星就住进了三道街陈宅"一庐"。几个明星平时出门，往东走，长顺街是进城方向的必经之路。整个三道街都是大宅院，没有铺面商业，出得三道街，首先看见的就是太极酒馆。他们经常在这里吃完饭再出去工作，回来也常到太极酒馆吃饭聊天，给太极酒馆带来了客流——自有老百姓追星过来，胆大的上来摆龙门阵，胆小的到一旁吃喝闲坐看热闹。酒馆走红，人商兴旺，逐渐扩成了四间。

在我的想象中，太极酒馆应该是金庸书中提到的，客人来了一进门就问掌柜要两斤牛肉一斤白酒的那种馆子。靠近门口一侧是表面磨得油亮的木质柜台，柜脚前的地上摆着一排大号酒坛，台面上则是一排小号酒坛。新添的坛子还空着的时候，举起来一个，手指一弹，金属声回荡，音响高亢通透。坛内坛外施天然矿物釉，黄色作为底色，大酒坛纯色，小酒坛兼有土红色图案，一般就是金鱼、竹子之类，手一摸细腻光滑，不用说，定是用四川隆昌泥手工制作的著名的下河坛。

坛塞像是一个裹着几层红色棉布的包袱，呈扁洋葱状，里面装满被淘洗干净的河沙，冚在坛口之上，透气保湿。柜面的小酒坛方便周转快消，而大酒坛放在地上既接地气，又可以通过接触地面避免温度骤变，保持长久酯化反应所需恒温恒湿避光的条件，适合长期储存。

坛里自然都是优质四川无名白酒，大都产自成都周边的崇州、大邑、邛崃等地。酒里浸着不同规格的竹质酒提子，泡在酒里，雨季也能保持干净不发霉，一两的、二两的、半斤的、一斤的，根据各人酒量，用酒提子在坛里一按一提就是准确的斤两。柜台桌面上摆的是一排橙色酒，也就是泡制药酒，都用玻璃罐装着，方便展示里面浸泡的各种药材的珍贵以及它的货真价实。那时的四川地下水位高，比现在潮湿得多，冬季阴冷，白酒必不可少。从灌县①山民那里收购来的青城山乌梢蛇，经年累月地闷在玻璃罐子里浸泡，彻底释放药性，常酌一杯，可祛风除湿，缓解痹症。

志诚每天一大早就要去选购猪头、牛肉等各种新鲜食材。回来仔细洗刷干净，那个时候不像二十世纪八十年代广泛使用沥青②来粘除猪毛，全靠猪毛专用镊子，一根根地拔除，辛苦劳累，长期下来手指关节也不免僵化。一早忙下来，志诚坐着拔都能打个瞌睡。

川味卤菜和其他川味一样，色香味形，色排第一。要用冰糖熬糖色，不能老也不能嫩，熬到冰糖变成偷油婆色③，油糖刚刚融合时，一瓢水泼进去，急速降温后再烧沸，糖色味道不甜不苦，卤出来的肉颜色红亮，晶莹润泽。用红曲、栀子取色都可以，但不用北方人炖肉爱用的酱油或黄酱，不然放置后容易发黑。

---

① 灌县，今都江堰市。
② 沥青，有毒，后被禁止用于粘除猪毛。
③ 偷油婆色，川语，蟑螂的深棕色。

后厨的卤水汤汁，都是用手工泥模生铸铁大锅熬制的。四川的铸铁锅质量极佳，铁水烧熔至一千五六百度，灌入泥模，锅面因铁水遇冷，急剧收缩会产生随机形态的天然龟斑纹，形成一层坚硬耐磨的表层。把水银放锅里烧到水银的沸点时，锅身温度就达到了近四百度，这时候泼一瓢水进去，它都不会惊裂。生铁是含碳量较高的铁碳合金，碳成分使它具备一定的储热性，受热均匀，很适合慢火卤制。

生铁大锅不够深，卤制的时候，如果有食材浮出汤面，会造成局部不熟，所以要用一个竹篦子，再垛①上一个装满水的大盆压牢，让食材的每一寸肌肤都充分浸在汤汁中入味。武火烧开后转文火甚至微火，让汤汁沸而不腾，这样卤出来的肉表皮完整，不会外熟内生、外酥里硬。行话说，三分卤七分泡，煮到适当就关火，浸泡一定的时间。红亮入味、富有弹性、质感均匀，是它的专业标准。

三哥爱吃志诚卤的五香牛肉，志诚会头一天买回来新鲜的黄牛后腿腱子，解（gǎi）刀②成几大块，冷水洗净，用干净毛巾擦干，再用自贡井盐、火硝、花椒抹上，按摩牛肉。之后放到陶缸里腌上一晚，让它入味。

第二天把牛肉拿出来，准备好卤水。太极酒馆后厨有甲、乙、丙三大锅卤水，配方用途不尽相同，不同的食材需要分开卤制，牛肉和牛内脏用卤水甲，鸡、猪肉及部分猪内脏用卤水乙，鸭、鹅、

---

① 垛，川语，用重物压。
② 解刀，解，四川话读古音 gǎi。如果重音放在第二个字，是切东西的意思，如果重音放在第一个字，就是螺丝刀的意思。

兔之类的用卤水丙，以免串味。牛肉用的卤水甲里，有若干八角、山柰、肉桂、丁香、草果、豆蔻、小茴香、砂仁、月桂叶、老姜、大葱、洋葱、料酒、胡椒、糖色、干辣椒、干花椒、冰糖、川盐，共二十多种香料及相料[①]，再加预制好的棒骨、鸡架汤和志诚独门按比例调配的中草药。

卤牛肉属于荤菜冷吃，吸收了卤汁的香料、调料、汤料味道，冷却切片后还要再蘸辣椒面、花椒面、熟芝麻粉混合的干碟。有人说川菜的精髓就是怪味，其实"怪"字是一个找不到特别合适的形容词的形容，怪指的是融合之外再融合，层次之外再添加层次的搭配、叠加、复合。

这时候的志诚，已经为自己奋斗来了一个理想生活的开始。他在太极酒馆忙前忙后，付出所有精力，采买食材、保养卤水、把控口味、招呼客人、寒暄邻居、收钱算账、维修店铺……一门之隔的家中，成员不断地增加，越来越热闹，事务也越来越多，时不时要钻回家里，参与一下哄抱孙子、年节聚会、亲戚来访、置办家什等家庭事务，一有放松，他就立刻又回到店里继续工作。一切都很充实。然而，事情却并没有顺利地朝着一开始的，也是志诚一直所期待的方向走得更远。

志诚和素蓉是表兄妹，素蓉的父亲是志诚的亲舅舅。素蓉来自乐至县雷家大院，父亲是中医大夫，常为人义诊，治病救人不计较得失，是乐至当地出了名的大善人。素蓉家庭条件相对较好，又

---

① 相料，川语，即调料、佐料。

是家里的老幺，比较受宠，性格活泼、能说会道，和志诚的沉静不同。加上太极酒馆生意越来越忙，志诚疲于生计，两个人共同语言就越来越少。

一九五二年，第一部婚姻法颁布后达到了宣传高潮，"五代内的旁系血亲间禁止结婚的问题，从习惯"。这一条，本说表亲可以自愿选择是否结婚，而且"法不溯及既往"本该是基本的法治原则，但在如火如荼的婚姻自由运动浪潮中走了形，变成了表亲可以离婚，或者干脆说表亲就应该离婚。一九五〇年到一九五二年上半年，全国各个法院不辞辛苦，高效地受理了约九十九万起离婚案件。志诚和素蓉的离婚成了其中的一起。这一年，半截巷的独院分了家。院子分成两半，一半属于志诚、三哥和三哥的哥哥，另一半属于素蓉、桂芳和小女儿。素蓉卖掉了属于自己和两个女儿的房子，却没有带走两个女儿，离开后选择了新的生活。

多年以后，磨去了心火的素蓉反观自己的选择，开始持斋诵经，游历和朝圣全国所有的佛教圣地，又在成都的寺院里领导义工，成了众居士中的大师兄。她也常和自己的子女和孙儿们相聚，找回了内心的平静。这是后话。

太极酒馆的主力还是志诚，孩子们都还小，帮不上什么忙，乖巧的桂芳会照顾自己，一早过来，自己到宝龙柜下面的掌盘里摸一摸——头一天生意好的话，志诚就会给孩子留一些可以取走买零食的小钱。

志诚和素蓉离婚各自组建了自己的新家庭，志诚家里没人管的孩子成了街娃①。孩子们的叔伯兄弟不少，平时也离得近，常在一起玩。孩子中有一个机灵的，趁老板志诚忙碌的时候，悄悄咪咪②从宝龙柜挂竿上拉下一条卤好的鸭肠，或者抽出几片切好的猪耳朵，几个孩子一分，大快朵颐。这个孩子在家里排行老三，在街上人称"三娃儿"，几兄弟们跟着他偷点准备卖钱的肉吃，也不用担心挨骂，知道志诚心疼三娃儿。这三娃儿，就是我的父亲，年龄再大一点后，因为处事稳重老练③，街上又有人称他"三哥"。

有太极酒馆作为食堂，三哥体格基础还不错，身材中等、结实，而且秉承家学渊源，会喝酒。酒是中国人的社交润滑剂。三哥喜欢交朋友，十几岁就逼迫自己学会忍气，绝不得罪任何人。小时候的三哥就有了这样一种觉悟，他认为男人最了不起的不是争强好胜，而是口才和幽默、圆滑和胸怀、常识和水平。

分了家的半截巷一号元气大伤，生活开始变得困顿，尽管不久后志诚重新振作，把精力全都放在小店里，但一番折腾下来，生意式微，捉襟见肘。为了让小女儿不再跟着自己受苦，通过中间人的介绍，忍痛把她送养给了兴发、玉冰夫妻俩，改了姓，并取名俊华。

兴发是拉夹夹车④的。这夹夹车是那个时代成都常见的一种人力两轮平板拉车，车身一般是个木头拼成的宽不到一米、长三四米

---

① 街娃，川语，类似北京话的胡同串子，但感情色彩有细微不同，"胡同串子"主要指家庭条件不太好或家里孩子多，大人无暇顾及，孩子撒在外面没人管；而"街娃"则额外有一点家里没人管而在外面很社会或者学坏的含义。这里的"街娃"一词并未包含这额外的含义。
② 悄悄咪咪，四川话，偷偷的、不露声色的。
③ 老练，成都话，成熟。
④ 夹夹车，北京以前叫排子车，比成都的夹夹车两边多个护栏。

的平板，两根胳臂粗的圆木作为左右两侧的车辕，车辕在车身的前端探出一米多长。拉车的时候，人站在探出的两辕之间，车辕根部引出来的一条肩带像系安全带一样绕到人的肩头上，用来牵引，双臂搭在车辕上，双手握住辕头，用以辅助牵引和把控方向。这个架势，看着像人夹着车或者是车夹着人，也可能因为两根车辕形成的姿态像个夹子，总之江湖得名夹夹车。我记忆里，称兴发、玉冰为干爷爷干奶奶，两位老人家里也并不比志诚富裕多少，只能说有精力照顾女儿温饱，仅此而已。

　　送养手续是保密的，签字画押的过程都是通过中间人分别进行，双方并未谋面。其实俊华的养父母就住在不远的新华西路①上，却并不认识，送养后的几年中没有见过一面。如果不是日子过不下去了，谁会愿意把自己的孩子送给别人，永不相见呢？兴发从侧面找机会了解并结识了志诚，由好奇转变成了同情志诚生活的不易，时常偷偷用自己拉车的微薄收入接济一下。挣了点车钱，就找机会塞到志诚的兜里，出去打鱼回来，都要把笆篓背到太极酒馆，偷偷留下就走。

　　终于有一天，兴发和玉冰决定打破领养协议的约定，公开秘密，带了俊华回来，希望让志诚看看女儿生活得很好。几年来的思念和淡忘，早就变成了陌生和麻木，志诚一见之下，竟不知所措。往日闯荡的艰难，辉煌时的荣光，分家时的绝望，默然承受的坚持，让他瞬间崩溃，站在酒馆中央号啕大哭，音量大到了比他这几

————————

① 新华西路，即现在的新华大道江汉路。

年在这条街上说过话的总音量加起来还大。整个长顺下街的街坊邻居都围了过来，劝慰的、问长问短的、看热闹的人群，或者说是这汹涌袭来的欢喜和悲伤，把整条长顺下街都给拦腰栅①断了。

过了没多久，三哥也暂时离开他了，一走就是十一年。

---

① 栅，成都话，意为拦、截。

六、川味上河图

在混乱年代来临之前，三哥去了云南瑞丽一个叫弄岛的地方支边。三年后，三嫂也来到了这里，当了知青。后来二人结婚，有了一个女儿，等女儿一岁了，小儿子也在娘胎里开始酝酿，却正赶上计划生育的风头，上面来人要严办，三哥用三寸不烂之舌和酒肉把人暂时打发走，随即带三嫂赶回成都，在位于少城的成都市第二妇产医院把小儿子生了下来。

娃娃带着严重的营养不良和佝偻病来到世上，没有一滴奶水，靠米糊维生。成都也缺物资，娃娃的大小姑母和姑父颠簸几十公里，到成都南郊的中和场才买到了鸡蛋和老母鸡，给娘俩补营养，娃娃总算顺利地活了下来。八个月后,为了保证他的基本营养,也为了躲避危险,三嫂把他送回了北京老家,交给孩子的外祖父和外祖母照顾。——这个孩子就是我。三哥和三嫂随即又带着我的姐姐,从成都再回到瑞丽,继续插秧割橡胶。

没过多久,知青回城潮开始,三哥终于带着三嫂和我的姐姐回到了成都一条位于少城、名叫长顺的街上。后来,三嫂把已经三岁的我从北京接回了成都,他俩翻字典翻到哪一页,就在哪一页里找一个字作为儿子的名字,于是我被取名叫霍培。

在我回到成都之前,三哥他们先住到了志诚家,志诚的院子在分家之后又卖掉过一部分,剩下的空间已显局促。没过两天,三哥捧着一个裹着彩色玻璃丝隔热套的罐头瓶子,里面装着滚水冲好的酽茶,上衣兜揣着烟卷、火柴,出去转悠。

街角上,石头满被泥巴和青苔熊抱,水坑中,被雨水敲落的叶片还在打转,巷子里停着顶棚已经消失的废弃的黄包车,院子门口有快要朽烂的藤椅和竹凳,那时候的成都人烟寥寥,异常清静,百废待兴,街上有不少房子都在闲置。

下午工作时间已经过半,一般的单位也都没太多事要做了,这时,三哥就正好转悠到了街道办事处,进门找地方放下茶杯,先找人要点开水,往罐头瓶里一掺,茶叶在水里乱转浮沉,茶香随水温升腾,精神也一振。

三哥在找人借火的机会,掏出几支烟一散,话头一搭,就开始摆上了龙门阵。这年月的办事处即使正常上班时间也不怎么忙,一杯茶一根烟一张报纸看一天就是常态。这报纸看来看去，要么就是来自北京的《参考消息》，和自己的生活距离有点远，要么就是本地新闻，水管爆了、井盖丢了之类的芝麻大的事儿，似乎也不值得牵动一下脸上板着的肌肉。

突然来了个外地返乡青年，偏偏能说会道，聊的都是没听说过的异域风情与见闻，泼水节、傈僳族饮食的奇特习俗、金三角毒枭传奇、某知青小伙为保护公家财产与人搏斗导致腿部重伤被送到苏联治病深造、橡胶的种植与采割、东南亚红木的选择与采伐、缅玉①的鉴定与赌石捡漏、水田里咬住人腿就不撒嘴的蚂蟥、吃完牛肚子果需要用煤油洗手、雨连下三月床下长蘑菇、孔雀舞与象脚鼓、兵团农场工分积分体系、小乘佛教与奘房、撒撇、油炸竹虫、凉拌生猪血、辣椒拌芒果拌柚子……几个听众一会儿瞪眼张嘴，一会儿大笑，听得陶醉。

到后来，早就在旁边听热闹的主任也捧着茶杯凑过来，左手握着把手，右手轻扶杯盖，食指和中指之间夹着杯盖上的小圆钮。这个白色搪瓷茶杯，杯口和把手嵌着蓝边，把手和盖钮上连了一条红色的棉线，以防盖子丢失。杯子内壁结了大半截深棕色的茶碱；杯身上的红字写着某某会议纪念。

主任吹开浮在水面的几片茉莉花瓣，啜了一口，吹开的花瓣有两片不听话地游了回来，巴在主任唇齿之间不肯离开。主任把它们连同几星唾沫一起吐回水里，不以为意，接过三哥递来的烟卷，把

---

① 缅玉，此处代指翡翠。

119

烟卷再伸回三哥面前，三哥把自己手里的烟递给他。他接住后调转烟头，用有火星的一头抵住自己的烟头，两瓣嘴唇夹在烟嘴上用力地吸了两次，烟头也亮了两次，把烟头斜点角度，用力再吸，烟头再亮，然后，嘴里喷出一股烟雾，眼里露出一丝嘉许。

三哥见主任既然投来了关切的目光，就把话锋转到成都，聊到返城知青想为家乡做事的热情和抱负，以及现实情况与困难。工作人员一致认为，应该为这样的好青年解决实际问题。主任嗯嗯两声，没有表态。过了几天，三哥分到了长顺下街的一处公租房，离志诚家只有一两百米，这是三哥一家在成都的第一个家。不久后，我也被三嫂从北京接了回来，一家人第一次团聚了。

长顺街是一条典型的川式街道。这个新家，是长顺下街挨着过街楼街口的一个二层小楼，曾是长顺街上众多餐馆中的一家，公私合营后被弃用。地下有一个防空地道，战备结束后，房子连同地道都空置了。这房子的屋顶由成都郊县土法烧制的青瓦片搭接而成，再和整条街其他高高低低的屋顶连成片，飘浮在低矮的半空。那个年代成都雨水多而密，屋顶布满青苔，瓦片接缝处的苔藓更加厚实，鸟儿空投到沟瓦上的种子发芽，零星长出几棵草木。屋顶夸张地向斜下方向延展，像一把大伞，伞沿往下探，直到遮住了二楼窗户的一半，让楼上房间显得幽暗，也把窗外的光衬得耀眼。房前街边两列茂密雄壮的悬铃木跃出屋檐的高度，向四面伸出臂爪，支撑着天空。

房子的墙体按传统以竹笆做骨，用泥巴混合上稻草、动物毛发做肉，石灰刮白做肤。成都的泥巴最常见的是黄泥巴和红泥巴，黄泥巴胶质好，红泥巴沙质重。所以做墙的泥巴一般都是用黄泥巴，干燥后结实得像夯土。

房子临街的一面墙由二十块左右独立竖置的木板拼成，可以一块块卸掉，最右边的两块木板，比其他木板宽两倍，上下有门枢，木墙拼好后，可以留着两扇门日常出入。门板总体保留着深红色油漆，有的门板已经露出木色以及深浅纹理。成都的房子和北方建筑习惯有所不同，即使房后是空地，成都的房也不留后窗，以避免阴湿的穿堂风，靠的主要是屋前整面的木板墙全部打开来采光通风、做生意，或者只留一扇小门日常进出。成都这种铺面房都像一个模子窠^①出来的，俗称"门板户"。

我家楼下是一个大开间，是起居室、餐厅兼厨房，屋内吊顶是竹编的大张卷席，上面由宽条的绿色和竹本色相间的薄竹篾经纬编织，形成菱形的、方形的、锯齿形的装饰图案。这竹笆吊顶的中心位置，垂下来一根棕红色带白花、拧成麻花状的电线，线的尽头，是一个黑色灯头，灯头上凸起一截塑料圆柱，下面吊着一颗白炽灯泡。

晚饭后，三哥走到灯下，手伸上去，摸到那个圆柱一按，咔嗒一声，圆柱从灯头另一端冒出，灯泡里像是微型蜘蛛网的钨丝就轻微地"呜"的一声亮起。三哥像在馨怡餐厅里守夜时一样，端着书或报纸，低着头站在灯下。样板戏的时代刚刚过去，每个人在精神上都是饥渴的，三哥拿到一张报纸，要把中缝广告的每一个字都

---

① 窠，北京话把这个窠字做动词，表示把东西挤压到窠臼里成型的动作过程。

看完才肯放过。人虽然在宇宙中无比渺小,却总想把整个宇宙塞到自己的脑子里。电压低的时候,灯泡光线暗,三哥就站得笔直,离灯泡近一些。屋里只有三哥因为鼻炎而时不时发出的鼻翼抽动,以及书页翻动展合的声音。突然电压一高,钨丝烧断了,三哥就只好早点上床睡觉。他还是很满足,觉得这个灯比自己小时候看书时用的、太极酒馆门口的路灯光线亮多了,而且是属于自己的。

星空在头顶高悬并旋转,夜晚博大深沉漫无边际,让人贪恋,困得浑身无力也想再撑一撑,不舍得去睡,好像在夜里仅仅是枯坐都能有很多白天得不到的收获。不管明天早上是不是需要早起,是不是有重要的事,这晚上的时间总是让人不愿放过,三哥尤其如此。从来没有愁事挂怀、沾枕头就能睡着的他,只要灯泡里的钨丝健康,他就可以做这黑夜中的思想之王。

这四川盆地,阴雨时云层能达到六七千米的厚度,成都的润泽,不光来自地面上的府河和南河,还来自天上悬着的这面虚幻的大湖。这面湖把一切都遮蔽了,有时会漏出千丝雨帘,把这湖水支撑得更加牢固。云外的繁星其实一直都在漫天飞旋,晴朗的时候如此,阴雨的时候也是如此,只是隐在云外看不见而已。三哥也没有闲情欣赏,他手里的书才是明星。

楼上的卧室面积是楼下的两倍大,涵盖了隔壁邻居的二楼,木质楼板,走路咚咚响的那种,由很多条半尺多宽的厚木板侧面挖槽插接而成,有的位置人一走动就嘎吱嘎吱作响。

三哥给家门口到马路之间的街沿新铺了水泥坝坝,水泥碰到水,就从内部开始缓慢燃烧,隔几个小时,就得拿一盆水往坝坝上撩，控制它的涨裂。水泥坝坝干了以后，上面摆上一套矮桌矮椅，就像这条街上的其他邻居一样，门口的坝坝就成了一个临时饭厅。不久后，坝坝上摆上了三哥在瑞丽靠和支书喝酒吹壳子弄回来的三吨红椿木；后来，两个木匠在坝坝上拉锯、刨木、錾孔、刷漆，忙活了好几周；再后来，楼上楼下的房间都塞进了那个时代最流行的现代家具，五斗橱、大衣柜、茶几、架子床、写字台，每个柜子门上的把手都被做成了统一的立体的长条菱形，漆色暗中透红，泛着白色反光。

新的生活开始，我也到了上学的年龄，开始了对这个陌生新鲜城市的发现之旅。

早上还没起床，长顺街上就有人喊："粉子，粉子醪糟儿……"这一声吆喝，像闹钟一样，让人有一种无法摆脱的无奈和一点点依赖。我只能不情愿地爬起来，洗漱、吃饭，然后去上学。

成都人说的粉子，就是做汤圆用的皮料。因为没有面粉中的面筋作用，没有筋丝，轻轻一掰就可以掰下一小坨不规则形状的团。把锅里的水烧开后，一边掰一边投到沸水中，很快就熟，而且多煮一下也不会化掉，不会变糟，可以一边煮一边陆续投完。很快，等最后一坨掉到水里的粉子也飘起来，就熟了。这街上卖的并不是百分百的纯糯米面粉子，纯糯米面粉子粘牙，口感不好，颜色还发暗，所以一般都要往里面掺三成的大米粉。

这时候，三嫂就叫住卖粉子醪糟的老板，拿个搪瓷小盆，盛上一盆醪糟，再拿个碗沿外面画着一粗一细两条蓝圈的国民瓷碗，盛上一小坨粉子。煮粉子时，在汤里加些醪糟，就是醪糟粉子了。醪糟一般在粉子成熟后再放，酒精沸点低，略微一煮，就可以把大部分酒精挥发掉，不能煮的时间太长，否则就会变苦。

　　三嫂把做好的早饭端上来，我先把不爱吃的粉子吃了。粉子对我来说，没什么滋味，除非弄点猪油、芝麻、红糖、花生，捣碎了做馅，不过那样一来就不是粉子了，那叫汤圆。三嫂工作忙，一般只有过年才会自己做馅包几个汤圆。

　　按惯例，三嫂要往汤里加荷包蛋，还要煮成溏心，蛋黄部分半生半熟，口感鲜软。刚煮好的溏心会烫嘴，而且把鸡蛋溏心咬破了流到碗里，会污染这醪糟汤的观感和口感，得最后吃。把最爱的放到最后，也便于更长久地回味。

　　这醪糟通俗说，就是没有过筛的米酒。做醪糟自然就是用酒米，首先把酒米洗净，用清水淹泡三小时以上，直到手一搓完全没有硬心后，把米沥干上甑子大火蒸透。温度合适时入竹筐，撒入百分之十五比例细面状的酒曲，用手拌匀，趁热装入瓦缸，在糯米饭的中心位置，用木棍一捅到底，往洞内和周边都撒上酒曲，保温保湿的条件下再过上半天后，一按糯米饭，按下去的凼凼就有清澈的醪糟水沁出。提出来，跟水按三比五的比例混合，再混入一些发酵后的糯米，就是醪糟了。

　　这样做出来的醪糟汁水多米心空，虽看着都是米粒，但入口没有米粒感。用川厨使用频率最高的形容词来说，叫入口化渣。传统吃法还要在里面加一点点苏打，中和醪糟的酸味。我肯定不同意用苏打来中和，我选择用白糖或红糖，中和的效果越差越好，这样就能放更多的糖。

吃完三嫂的粉子醪糟蛋，套上一件松松垮垮、衣长过膝的卡其色涤卡外套，胸前和胯前位置，各有两个明兜，袖子挽上三挽；下身穿一条三嫂从春熙路买回来的、刚刚流行到国内的深蓝色牛仔裤——三嫂把它叫作"劳动布裤子"，裤兜上有两只卡通长颈鹿或者熊，证明它是童装，裤腿也要挽上三挽。三哥看见了就笑三嫂，说你这消费观念叫"五年计划"。脚上再蹬上一双深绿色、侧面皮带嵌有发亮的金属襻和几粒金属铆钉的小皮靴——这是素蓉家那个新爷爷皮鞋厂最时髦的新产品，就走向长顺中街旁的奎星楼街的奎星楼小学。

　　出得门来，地面黑湿黏滞，这木鞋跟完全踩不出期待中无人空街上的嘎达嘎达的孤寂回响。昨晚令一切萧瑟的巴山①夜雨，从要停没停变得细小而密密匝匝，每一颗小水珠都轻到几乎无法感受到地心的引力，左右摇摆飘忽着下落。往远一看，像是一片浩渺白雾。天空阴湿，色调偏灰，但却干净，阳光被雨雾过滤，光线漫射，人的脸上虽没有灿烂的阳光，却也没有一丝阴影。

　　深吸一口气，这些水珠混着氧气一起钻到肺里，又润又凉，可以感知这时温度是五摄氏度，空气湿度百分之八十二，因为这正是产生哈气所需的环境条件。街上也开始用棉花糖一样的炊烟炊雾跟我呼应了，它们是街上那些供应早餐的饭馆门口的炉灶蒸笼升腾出来的气息，也是这条街的脉动呼吸。街面青灰色的柏油潮湿着发黑并反光，路面的横切面明显呈圆弧状拱起。也就是说，路边的路

---

① 巴山，此处代指四川盆地。

面最低，路中心是最高点，在多雨之都，这样的路面方便排流雨水。雨大的时候，雨水在沟槽里汇成水流，争相往离自己最近的窨沟算子里钻，像要去填满地下一个个粗糙的水缸一样，摸索隐秘的空穴。

自行车上的人们顶着彩色塑料雨披交错移动，街上开始有了点色彩变化。有的自行车后车架右边会挂一个贴着黄色贴面的可以折叠的木制边斗。放平的边斗被下摆特别大的雨衣盖住，这里面，都藏着一个去上学的娃娃。

路过的红墙巷、焦家巷、东马棚、东门街、槐树街、黄瓦街，都不断有同学或街坊小伙伴冒出来结伴向前。我穿着新皮靴，自然小心翼翼地慢慢走。云和雨沉重，压得所有人的动作都很慢，慢得像在海底行进，慢得就如同成都这个城市日日往复的运行速度。慢慢走，更方便仔细地观察这条街。

这条曾经的美食街，此时已不见当年有上百家饭馆时的盛况。公私合营一段时间后，很多商业被弃置，长顺街经历了一个衰败的时期。那时候的成都无疑也是衰败的，像是一群疯狂的刑天①互相撕扯而筋疲力尽死去后留下的修罗场。好在四川人生性幽默乐观，"闹剧"结束后，人性的善和轻松开始回归，个体户被允许后，市井生活气氛也很快开始活跃。对于老百姓来说，吃喝是大事，对于四川老百姓来说，好吃好喝更是头等大事。长顺街两头的菜市场、临街的餐馆、干杂店、茶铺纷纷重起炉灶。

———————————

① 刑天，《山海经》中的无头怪兽。

这天出门，我首先去关心了一下隔壁赖家馆子早上的油茶里是不是撒上了昨天自己帮忙炸出来的那几把迷你型小号馓子。成都正在流行早餐吃油茶，饭馆下午空闲时段，我就去隔壁馆子门口看他们和面，炸制未来几天早上做油茶用的馓子。时机合适，还能上阵实操一把。

炸馓子，要把盐、小苏打、白矾用水调开，和到面粉里，揉成面团，搓成条，再抹油防粘，炸的时候，把面条在手上绕上几圈，用两根长筷子把这个环形面条绷住再拉伸变长，折叠扭转一下，下到油锅时把形定住就成了馓子。馓子形状其实有点像扇子，名字读音也像。当然，馓子这个名字的出处可不是扇子，而是外来译音。

馓子可以直接吃，内酥外脆，略有咸香，但吃多了不免油腻，撒到油茶里，绵软糯滑的热烫米糊入口，间或咬到几根长条形的馓子，口感正好搭配。这油茶前身要么是西北的牛脊髓茶，要么是云南的稀豆粉饵丝，要么就是这二者的结合。总之不管哪里的美食，只要被传到成都，很快就会被本地化。把四比一比例的大米和糯米原料熬制成的米糊舀在碗里，撒上大头菜、芝麻面、葱姜末、油酥花生或者炸黄豆，淋上一点红油，最后抓一把脆馓子撒上去，就成了成都本地化的新美味。早上还没出门，就可以闻到隔壁饭馆的油茶香。

赖家馆子的早餐除了油茶，还有方油糕、窝子油糕和糖油果子。方油糕是用蒸熟的糯米，和上碱油、盐和花椒粒，拌匀后焖一小段时间，压成十厘米见方的长方条，再切成两厘米左右的片，进中温的油锅炸熟，厚度一定要够，吃起来外面焦脆的同时里面才软糯，入口的感觉像炸薯条。咸香之余，每两三口还会吃到一颗花椒，嘴上麻一下，又再咬一口白味的缓和一下。咸香麻香交替，刺激后又再缓和。

窝子油糕的命名是因为它一面鼓一面凹，呈圆窝状。和我后来在北京吃到的炸糕一样，都是糯米和红豆馅做成。但制作思路有所区别，成都是把蒸到熟软的糯米饭揉成团后做皮，包豆沙馅，皮有米粒感，豆馅细腻翻沙，皮粗馅细；北京则是用糯米面做皮，包上糗①好的馅，豆馅翻沙的同时保留块状豆皮，吃起来则是皮细馅粗。北京的做法还多了半发酵的工序，炸制时表面会起泡，形成一层嘎巴儿，略酸。

糖油果子在成都郊区也叫天鹅蛋。在三七开糯米浆中，加小苏打揉好制成剂子，在剂子中心按上一个窝状，封口后就成了空心果子。五成油温放入红糖，熬化成糖油，再下果子炸成棕红色，趁热在熟白芝麻中打个滚就成了，像是北京的炸元宵和麻团之间的一个过渡品种。

过了赖家馆子所在的过街楼街路口，是一间茶铺。铺子内外一早就坐了不少上了岁数的老年人，八十多岁的都不一定是最年长的。在竹靠椅落座，拐棍在墙上一靠，跷起二郎腿，手里慢慢地拿出个烟袋，五根手指聚在一起，撮起适量的叶子烟丝往烟枪杆尽头的铜烟袋锅里塞，火柴点燃后，嘴唇赶紧含住烟嘴嘬上几口，烟丝

---

① 糗，北京说法，此处做动词，指红豆煮至软烂后碾成糊状，加油和糖翻炒至翻沙的过程。

一红、烟雾一冒，就开始踏踏实实地摆起龙门阵。

只见后面陆续进去的人高挽裤脚、鞋底带泥。不仅是雨天人们从外面带进来泥水，也有这老房子潮湿的地面返潮，水汽和尘土结合，再由人们往复摩擦加压的原因，这屋里和外面摆桌椅的坝坝上都积起了厚厚的一层千脚泥。如果有阳光从顶上的玻璃亮瓦斜射下来，千脚泥就立体泛光，像曲波细浪一般。

这房子比我家的房子老，柱子、门板，还有茶客面前的桌子表面，木纹风化入肌。刷白的泥墙被墙体的木框架切成排列整齐的正方形，最下面一排每一块的下半截都露出了竹笆笆骨头，但并不让人担心。这一根根圆滚滚的杉木支撑起来的框架结构，百年来历经风雨检验，旧而不朽，身板佝偻中积蓄着能量保存着韧性，一副以柔克刚的低调姿态。

在人们漫不经心的龙门阵中，茶壶嘴探向桌面，喷涌而出的水柱快而不急，因为这壶肚里都有一只丝绵口罩用来吸附水碱，倒急了堵在壶嘴内口，反而更慢。须臾间，每个人眼前都呈现了各自喜爱的茶汤，仍是熟悉的青花盖碗，川西坝子清明时节被采下的神奇树叶卧在里面浸润温泉，散发体香，携着热量能量，静待与主人融为一体。

我对这些都没太多兴趣，我的兴趣在桌面上甚至地面上那些被遗弃的艺术品。它们即使不是艺术品，也是艺术的启蒙品。一般都有一件花花绿绿的外套，里面穿着金黄或银白色的打底衬衣，先把衬衣抽出来扔掉，再把这些外套展平，变成一幅长方形、上下半截互为镜像的画面，图案有瀑布、宝塔、华表、灌木、花朵、禽鸟、走兽，还有少数民族姑娘、大大的数字符号，甚至几块怪石。画面上的汉字，写着黄果树、红塔山、中华、茶花、红梅、凤凰、白象、阿诗玛、大重九、石林。当然，这些艺术品的真实身份是香烟的烟壳纸，把它们折成三角形带到学校，就可以用来和小伙伴玩弹烟壳游戏。游戏规则很简单，一手平端三角烟壳，用另一手竖直的食指把它弹出，谁弹得远就可以赢得对方的烟壳。

过了茶铺是一家干杂店，里面摆着一排木框架的玻璃柜台，柜台右端留一个走人的口，平时搭着一块活动木板遮拦，闲人就不会随便出入。柜台靠外一面的玻璃从上到下、从内到外地倾斜着，让人不能靠得太近，避免有人趴在柜子上把玻璃压坏。柜台后面靠墙的货架上，摆着全兴大曲、沱酒、泸州大曲、邛崃二曲、文君酒、尖庄、绿叶啤酒、山城啤酒。柜台上面则摆着高档和低档两种草纸，码得像矮墙一样的长条肥皂，和一排高高大大的玻璃罐子，罐子里有各种彩色水果糖、薄荷糖、冬瓜糖，以及一种名叫"玻丝"的糖。

可能因为刚看过《天方夜谭》，总把它想成来自波斯的糖。其实玻丝指的是麦芽糖在拉丝后形成的质感和形态像蜘蛛吐出的、透明如玻的丝。根据志诚老家乐至的方言，玻丝网就是蜘蛛网的意思。据典籍《蜀籁》记载，这玻字写法是上波下虫，丝的写法是左虫右斯。玻丝糖是一种酥糖。熬好的麦芽糖拉成圆圈，对拧成小圈，反复拧几次后直接吃就叫绞绞糖；如果每一次拧折过程中蘸上炒好的糯米粉，颜色偏白，就是玻丝糖；如果再揉入炒好磨好的花生、芝麻、核桃粉，颜色偏黄，就是升级版的玻丝糖，被称作龙须酥，以示区别。

柜台里的货就更丰富，上面印刷着各种购买时要使用的语言暗号，洗必钛、百雀羚、美加净、凡士林、敌杀死。有一种洋零食刚刚打入成都市场，被摆在了玻璃柜台里最显著的位置，透明的塑料袋里躺着很多弧形的黄圆脆片，外面大红字写着油炸土豆片，路过的成都人大都不知道这是什么东西，因为成都从来没有土豆这种东西，只有洋芋。

　　柜台里还摆着文具百货，刚刚从北京回来时，姐姐带着我来买水果刀，姐姐选了把红色的，我用四川音调和北京的读音说，要"绿"色的，干杂店老板听不懂，沟通了半天才明白，说，原来你是要"录"①色的。后来在北京上学，老师说绿是多音字，一个音念lù，一个音念lǜ。我就知道，汉语里哪有什么多音字，这只是古今和方言的读法差异变化而已。

　　干杂店旁边是红墙巷，过了巷口，是一家相邻两间打通、临街和临巷的两面都透空的房子，屋里摆着两张台球桌。世界四大绅士运动之一的台球在成都被完完全全本地化，成为街头休闲游戏。游戏规则也进行了本土化的创新，开球的人按先落袋的花色作为自己的花色，按顺序击打，最终打入黑色八号球为胜。还有一个更重要的规则，谁输了，谁就负担两毛钱打球费用。甚至有的还约定，除了付台球费，还要给赢家两毛。这个规则有竞争和刺激的意味，大大促进了街头群众台球运动的发展水平。

　　这些本土制作的台球桌级别也不低，当然，是难度级别。最

────────────

① 录，成都话中"绿"读lù。

大的难度是，桌面不怎么平。水平度倒问题不大，都是用水平仪测好，低处的桌腿也都做了垫高处理。问题主要在于桌面，桌面是层板①铺成，球手为了给自己鼓舞士气，总会高高举起一个球，重重地砸在开球线上一个画着白点的位置，相信有了这砸下去的一声闷雷助阵，首杆猛击后必定会有球落袋。这个柔弱的层板上的白点被砸伤了，于是贴上了一个白色橡皮膏，它的旁边被陆续砸成了一条线槽，橡皮膏也就连成了一条直线。其他位置虽也被频频砸伤，但因为比较小而分散，台呢绒面靠自身弹性保持了绷平状态，让人难以察觉。所以，桌面的不平来自它袒露的越野场地和隐匿的陷阱，好端端的行球过程随时有可能出人意料地变换路线。

打球的人不仅要计算入射角等于反射角，考虑起止点在这两个角求和后，在边线上的定位，考虑台呢绒面的阻力、向心力和离心力，还要考虑路过橡皮膏或坑洼时随机受到的阻力、弹力，考虑桌框橡梆子的弹性及老化程度，考虑外面过路的风穿过这透空房间时的方向与速度。一系列操作后，不仅消耗体力，也消耗脑力。当然，累了饿了，可以叫一碗隔壁的荞面吃。

隔壁的荞面馆门口悬着一面形状像中医门诊里悬着的锦旗，但却是白边蓝布的招幌，它横伸到街上，上面的白字写着"牛肉荞面"。路过它时，只要时间还早，就可以站在店门口好奇地看压面条。四川的荞麦主要来自雅安以南的产区，以大凉山为主。盛产黄牛的汉源把这种以北方所说的"饸饹面"方式压出来的面叫"榨榨

---

① 层板，即胶合板，很薄。成都叫层板，北京叫三合板。

面",因为荞麦面缺乏筋性,韧性弹性差,最适合压榨成型。

买主点了一碗二两的荞面,老板就从案板上搭着潮湿展布的早就准备好的荞面剂子队伍里取出一坨二两的,塞进店门口那台榨榨机[①]上一段拱桥形木头中心的榨子孔里,"拱桥"横跨在锅上,中间一段加厚并拱起,用以增加压榨时木头的受力强度。它上方并列悬着一根木杠,木杠上中心点位置垂直安插着一段形似门闩的木头,老板把一头翘起的木杠用尽力气往下一压,甚至还要一屁股侧坐在木杠上,用全身的体重来增大压力。随着木杠的下压,这个"门闩"插到了榨子孔中,木头间一连串哼唧声响,面条通过一个布满圆孔的模型时,就被挤压成了棍棍面[②],落入榨榨机下面的滚水锅中。

把牛肉粒、姜末、豆瓣、豆豉炒香后,加笋粒和芹菜粒炒熟,就是牛肉臊子。面碗里舀上半碗加了牛肉臊子的红味牛肉汤,加酱油、熟油辣子、芽菜末、花椒末,挑上一夹深黄色的荞面进去。笋干、黄牛肉、花椒同是汉源的特产,和荞面正是绝配。

不想吃荞面的话也可以选择刀削面,就在荞面店隔壁。这家店门口也悬着一面白边蓝布的同款招幌,只是上面写的文字换成了"正宗山西刀削面"。厨师们会在一大早起来,用水五面十的比例和面,和好的面自然不太柔软,但还要继续揉,一坨白面被蹂躏千百次,硬得像石头,用厨师们的话说,要把面"揉熟"。厨师们

---

① 榨榨机,北方类似的设备叫饸饹床。
② 棍棍面,成都说法,即横截面为圆形的面条。

还亲自制作削面刀，做一个圆弧柱面的方形刀片，一条边翻转卷曲，增加强度减少变形，另一条边是刀刃，磨得削面如泥。还有人在门口炫技招揽生意，离锅数米，利用手上的力道，让面条跟随刀片和面团切擦方向顺势划出的惯性，飞出一条抛物线，落入滚水锅中。

面碗里先打个底料，放点酱油、熟油辣子、花椒面、蒜水、葱花，把煮断生的刀削面和菜叶子挑进碗里，面上加一瓢根儿绍子。多年以后，我在山西生活了一年，从太原到大同，走遍了大半个山西，却从来没找到过像成都一样的正宗山西刀削面，这才明白，原来"正宗"的山西刀削面哪里在山西，根本就在成都。

如果不是很饿，只是想解馋打个尖①，也可以选择一碗酸辣粉。走到槐树街路口，就可以看到有个老师傅站在馆子门口的锅灶前，左手拿漏瓢②，右手从一小盆已经和好的稀溜的红苕淀粉里快速地取一小坨出来，放到漏瓢里。这个动作不能太慢，不然湿答答的红苕粉就会像鼻涕一样从手指头缝往下溜走。不过，它的流速会随着漏瓢里原料重量的减少、压力的降低而逐渐变缓，厨师随后要把右手放到漏瓢上方，用力拍打，漏瓢下面的孔洞就流出几十根面条粗细的红苕粉丝，漏到沸水中烫熟，立刻再挑到冷水中，临时浸泡保湿，这就是酸辣粉的那个"粉"。只有现做的新鲜粉质感才细腻，通身才透光，口感才滑软。如果用风干过再泡开的红苕粉，那就不

---

① 打尖，吃零食，正餐之前吃点点心之类的东西充饥。
② 漏瓢，即北京话的漏勺或笊篱。

是酸辣粉，只能算是酸辣粉条，口感完全不能与之相比。竹笊篱装上粉和绿豆芽，烫熟后捞到盛着猪骨心肺汤的碗里，加花椒油、酱油、保宁醋、熟油辣子，撒上大头菜粒、油酥黄豆、葱花，专业的要求，是脆滑酸麻香辣烫咸鲜。

长顺街街边主流饭馆经营的菜品还是以炒菜为主，当然也要搭配些五香牛肉、板鸭、卤郡肝、猪头肉、卤鹅，这些现成菜都展示在临近门口的玻璃橱窗里，门外地上则摆着塑料大盆或铝制大盆，泡满黄鳝、鱼、猪血、鳖，以示其食材新鲜丰富，肥肠就在门外大盆里就地清洗处理，以示其干净卫生。大盆不仅占用了人行便道，还摆到了柏油路上，人们走到饭馆门口，都要像绕花坛一样走波浪线。

这整条街最有气势的是东门街路口那座高两层的酒楼，这是同学则民家从饮食公司手里刚刚承包下来的买卖，所以我有机会进去探索过一番。酒楼的名字我已经忘了，姑且就叫它则民酒楼。

则民酒楼一楼把角是个月亮门，斜对着十字路口，门柱门楣和外墙都贴棕黄色的正方形瓷砖，每一块砖的中心以点对称的方式向外辐射着八个浮雕式的立体三角形，这是当年最时尚的装饰。门洞雅致轩敞，窗户是茶色玻璃，里面的格局和一般饭馆也不同，进门右手不是灶台而是柜台——掌柜收钱的柜台。一楼大厅是大开间，摆了八九张大圆桌，大厅右前角是通往二楼的楼梯，楼梯往前是后厨，楼梯口悬着"二楼雅座"的匾牌，和街上普通馆子拿个屏风一隔就算雅座不同，这二楼都是独立小房间，用几年后的新词来说，叫"包间"。

一楼是大众菜，二楼主要是宴席菜。四川宴席菜有不少来源于满汉全席，或者思路来源于满汉全席，比如八宝鸭子；有的来源于苏浙菜，比如狮子头；还有的则很有本土特色，比如鸡豆花。

这个鸡豆花是荤菜素做，豆花不用豆，吃鸡不见鸡。第一步先要铫高级清汤。行话说无鸡不鲜，无鸭不香，无肘不酽，无腿①不美。高级清汤就要用鸡、鸭、猪肘子、火腿这几样材料加葱姜，微火铫两三个小时，然后把鸡脯肉和瘦猪肉剁茸后调水，分别倒入汤内，待肉茸浮出汤面时，会把汤内杂质和油脂吸附带出，汤质澄清，呈淡茶色。"豆花"则是用刀背把老母鸡的脯肉捶茸再剁细，挑出所有影响口感的筋膜，加泡过葱姜的胡椒盐水，逐步加水淀粉和蛋清搅上劲。在微沸的清汤中下鸡茸，等鸡茸浮出成型，搭配清汤入碗，无论颜色还是形态都和豆花相似，入口的口感像豆花般细嫩。

旧式楼房的楼顶很高，长长的铁杆悬吊下来的吊扇一边快速转动一边摇晃，大圆饭桌周围来回走动的人们，挥舞的手臂和筷子一起，搅扰着这个本来沉闷的一楼厅堂。屋里弥漫着香味、蒸汽、烟雾和脂粉的味道，人们在享受自己制造的喧闹，肆无忌惮地张着嘴咀嚼，毫不掩饰口腔内唾液和食物混合蠕动带来的吧唧声，把嘴里的骨渣皮屑吐到地上。女人们把浅色衬衫领子从干部服里翻出来，头上顶着爆炸式、大波浪。男人们精心修剪过自己的鲁迅式或络腮

---

① 腿，此处指火腿。

式的胡须，头发泛着亮光，脚上有了最新式的瓜皮鞋①，嘴唇和二指不舍得松开金黄色过滤嘴的烟卷，袖口时不时闪露出银色的梅花牌、上海牌手表的边缘。这一切浮于表面的东西看似不相关联，实际他们都有一个定语，叫作"八十年代"。

街上久病初愈式的安宁，陷入泥水一样的憋闷感，以及用石灰绘制的栏杆，正在做隐去前的最后徘徊。这时，门外自行车路过，坐在后座上的年轻人手里的手提式收录机里，崔健的《一无所有》成了新的信仰，费翔的《冬天里的一把火》，成了一台带着消防车尖啸的挖土机，正在整条街面甚至整座城市推扫，摇滚乐和流行乐像阳光和宇宙尘埃一样，降临了。

研学完毕，从酒楼出来。酒楼街边错开门口的位置永远都摆着一个糖饼摊。这个小摊如果收起来就是一个正方体的底部有四个轴承为轮的红漆木箱。箱体的左右分别用两片合页连着两扇黑框白面的木板。摊主把它推到位置后，把两边的木板分别用两根木棍，像旧时候北方支起糊着高丽纸的木格窗户一样支起来，两块木板和箱体顶面平齐，就成了一个由三个正方形平面拼成的桌面。

中间的正方形以一块大理石作为操作台，离客人近的一边立着一个稻草垛子。没有客人的时候，操作台后面的师傅就把做好的作品插到草垛子上招揽生意。两边的正方形桌面各有一个赌盘，赌盘面上，每个像切比萨饼一样分出的格子里都画着一个图形，鸡、龙、桃、蝴

---

① 瓜皮鞋，三嫂叫法，二十世纪八十年代，因似西瓜皮状，而把废款尖头皮鞋叫瓜皮鞋。

蝶、鱼等。赌盘的转轮是一个竹片箭头，靠转轴点位置还安着一个弓形竹片，它可以多提供一个纵向的转轴点，让转轮保持稳定。

糖饼主要以麦芽糖为原料，里面掺一点冰糖和白糖增加硬度，放到带柄的小铜锅里，在小炭炉上慢火熬成糖稀，用铜勺舀起来往下倒，不会断流的程度就可以了。舀在勺里的糖液悬在大理石上方，一边往下浇一边移动，以勺为笔，画线；用勺背涂涂抹抹，画面；再用勺柄尖指指点点，画点。糖饼师傅正在运用康定斯基的"点线面"现代构图理论的基本原则观念表达艺术主张，自己却浑然不知。

糖饼实际上是"糖画"里的一款，形似棒棒糖，但成都一般把糖画就叫成糖饼，这叫约定俗成。要想"买"糖饼，有三种不同方式：一是按价付款；二是交一角钱买一个机会，旋转赌轮并根据它游走若干轮回后箭头指向的那个图案收货；第三，是这个老板最近发明的一种新玩法。老板把类似象棋盘的图案画在硬纸上，中间是河界，两边是填写着百家姓文字的字格。付三角钱，就可以从一个像算命用的抽签竹筒里对应"棋盘"文字的竹牌中摸取一张，摸出的前三个竹牌上的文字如果都在河界同一边，就得到价值三角的一个鸡，算是保本；输了就只得到一个价值一角的棒棒糖。还想冒险就可以继续再摸，每一步奖品都升级，只需要六张不过河就可以得到特等奖——一条巨龙。看似难度不大，而中途一旦过了河界就得认栽打回原形，仍是得一个棒棒糖。

这个游戏很好地利用了人们普遍希望付出很少却得到很多的心理，小摊从此围满碰运气和看热闹的人。当然，结局往往和大多数参与者设想的不同，因为从概率理论来说，越往后，它的失败的概率就会呈指数级递增。当然，即使失败也有安慰奖，吃了亏也不好意思气急败坏。只要不气急败坏，下次就可能再来。让人隐约觉得，这不是简单的形式改造，似乎是对传统文化传承和推广中重大的时代创新，也是一场活生生的街头商业启蒙课。

学习完就从人群里钻出来，听到附近有带着节奏的鼓点，循声看过去，是斜对面酸辣粉店门口有人在打锅盔。四川的锅盔实际不是锅盔，而是陕西白吉馍的变种。由于四川很多地方把馒头叫馍，把名字占先了，而它和锅盔有些相似之处，所以就冒名顶替，叫了锅盔。不过，任何美食到了四川，都可能被改造成新面目、新变种，于是就出现了旋子锅盔、椒盐锅盔、红糖锅盔、混糖锅盔、军屯锅盔、南充方锅盔等花样。

白面锅盔用的是子发面①，或者叫半发酵面团，老发面在其中占的比例大概是十分之一，但这个比例并不是很重要，因为发酵的效果可以在后面醒面的过程中根据情况变化而调整。面里有的放碱，有的加苏打，有的加化猪油，各人手法不同。但有一种手法，可以让成都的锅盔比白吉馍多一个层次，那就是要在面团里掺上五分之一的烫面。烫面可以增加面团的柔软度、黏稠度，降低弹性，容易塑形，但最重要的是可以在烙制或烤制时让锅盔表面略起酥皮。

把和好的面揪成面剂子，压成面饼，然后虚无地包裹一下，里

---

① 子发面：也称嫩发面，指没有发足的发面。

面不抹油酥也不抹油。旁边一只粗砂炉子①，低温烧制的炉芯和炉身间有一层泥料隔温保温，也让炉身外壁不太烤人，鏊子中间凹下去一个弧度，为的是不让锅盔底面存油，鏊子上只稍微擦点油防粘，擀好的面饼就摊在铸铁鏊子上干烙。

待到锅盔两面出现金黄烙点之后，就握住鏊柄，露出炉仓，这炉仓里靠顶部有环绕炉芯的一圈泥巴糊成的沿。把锅盔一个个夹进去，立在这泥巴沿上，盖上鏊子，一会儿工夫，取出来往筲箕里一丢。最外面的皮被烤得略微发脆，里面一层被烙得发酥。再往里，由于高温短时间烘烤，水分并没有失去很多，仍然柔软有韧性，在发酵菌和苏打的作用下，微有蓬松。

用筷子从锅盔边沿挑开一个口，露出前面虚无包裹所形成的间隙，放出滚烫的蒸汽，筷子左右一拨，锅盔就像茄盒一样，成了一个夹子。这个夹子像西安的肉夹馍、菜夹馍一样，可以填很多内容，凉拌好的卤肉、凉粉、莴笋丝、大头菜片，或者倒进去一份粉蒸牛肉，就是川式汉堡包。

三哥最爱白面锅盔，不夹内容，要纯粹的。他常骑着车带着我去同仁路粮店的锅盔摊，一边和师傅聊天一边等，新出炉的才最好吃。不过我更喜欢糖锅盔。糖锅盔要加一层油酥。这油酥是用菜油和成的面团，不能加水，揉的时候也要用手搓擦，不让面筋起筋丝、搓成翻沙的状态，倒是和北京糖油饼的糖面很像。把擀好的长椭圆形面剂子中间，嵌上一小坨油酥，卷成卷，再擀成面饼，包上

---

① 粗砂炉子，用制作砂锅的原料——泥巴加炭灰——制作的炉子。

红糖馅。红糖馅是事先用两份面粉五份红糖揉成。加了面粉的红糖更黏稠，烤热了不容易流下来烫嘴烫手。

锅盔师傅用擀面杖敲击案板，用噪音招揽生意，邦邦、当当、咚咚、哐哐，有自己的一套语言，只是顾客们听不懂而已。如果我兜里碰巧有点碎银子，就可以掏出九分钱，换来一个非烫①的红糖锅盔，一边双手不停地倒来倒去给锅盔降温，一边继续往学校走。

再往前走不远，路的右手边又是一个大茶铺。茶铺门口歪七扭八的几根竹竿，支撑着几块晒得发白的蓝色帆布，作为遮阳遮雨的篷子，下面自然照例摆满木方桌、竹靠椅。桌面上和围绕桌边的几只布满皱纹厚茧的手上，长条牌正在起伏递出。

眼光穿过帆布篷下的空间，可以看见茶铺里面又深又暗，钨丝灯昏黄，白色的方立柱看着像深灰色。开间尽头的舞台上正在上演传统川剧，至于剧名嘛，我自然不晓得。只听得这川剧中独有的帮腔像是歇后语里的后半句，或是相声三句半里最后的归纳总结，总是引观众阵阵哄笑。

这川剧比起电视上的京剧闹热②多了，台上鼓镲敲击，丁零当啷，密集激烈，音量大得像是吵架，唱腔稍弱一点的演员，声线都得被它盖过风头。可对于几乎杵在了舞台跟前、脸都快贴上伴奏班子的听众来说，好像根本没什么感觉。

这川剧帮腔不光像是演员的内心独白、旁白，甚至像是替观众

① 非烫，川语，非常烫的缩略语。
② 闹热，川语，热闹且喧嚣之意。

说话的剧评人。北京的相声靠下面观众喝彩、喝倒彩和接下茬儿来和演员互动，而这川剧仅靠台上人声器乐自说自话，就实现了台上台下的互动，令人有点不可思议。虽然川剧现在已经式微成了濒危艺术，但曾经深刻地影响过四川人的语言：成都人把乱说话叫"开黄腔"，把爱出风头的人叫"颠翎子""颠花儿"。

过了茶铺，斜对面是黄瓦街路口，这里有几间门板户被打通连成一片，搞成了一家街道集体企业——黄瓦街画粉厂。画粉是裁缝裁剪时用来在布匹上画线用的，类似粉笔，为了方便画线而被做成了圆角三角形的薄片状。

三嫂就在这里工作。她当年为了和三哥结婚，跑回北京娘家偷拿户口本迁到成都，在那个年代是不可思议的壮举，没有人能够明白她放弃北京户口所付出的代价。三哥感动之余拍胸脯说，等跟我到了成都，给你找个好工作，进国营单位。当然，他说的这个国营单位就是成都市西城区饮食二公司。公司领导给三嫂面试时，问美国现任总统是谁，三嫂答不上来，单位没给录取。揣着北方人的实诚而不懂人心险诈的三嫂错愕了，但她和沉默的大多数一样，选择了接受、忍受和承受。就这样，首都北京来的知识青年三嫂，成了西南经济欠发达地区城市一个街道小厂的临时工，没有正式编制。

我跑进厂子，在几个阶梯状的沉淀画粉原料用的水泥池子的池沿上，伸平胳膊保持平衡溜达几圈，就跳下来往斜对面的学校去了。三嫂在后面喊道："放学自己早点回家，晚上我还要加班。"

上学对小孩子来说自然平淡无奇，只盼着早点放学。从学校出来，校门口零星几个小贩，有卖几分钱一包的微型包装酸梅粉的，包装袋里有一个更微型的塑料舀粉小勺，也就不到两厘米长，勺窝都一样，没什么特别，但勺柄却有无数种形态样式，各种植物、动物、武器，甚至云、闪电，等等，我曾经得到过上百个，都各不相同。两个小孩各自摆出一个小勺，往对手方向吹，谁的勺柄碰到了对方的勺窝就胜利，对方的勺就成了自己的战利品。在这样极度单调乏味的年代，却有人在突破局限地思考商业产品。设计它的人，应该也和所有老百姓一样，整体形象是灰蓝绿，属后天集体无意识的标准模板，但他带着桎梏的发挥，却在表现先天集体无意识的艺术自由。这小勺，是未来十多年为民间发展积累了基础，也产生了大量低质产品、毁誉参半的乡镇企业的最早亮相。

最受欢迎的总是好吃的，另外还有小贩的搪瓷脸盆里面会躺着一溜竹签，竹签上稀拉串着四五片像灯影牛肉一样单薄透光的腌大头菜片，提前用熟油辣子、芝麻、白糖等裹拌，调成了咸辣回甜的口味，越嚼越香。不需要三丝、卤肉那么奢侈，就这几片香辣咸菜往白面锅盔里一夹，或直接吃，都很解馋。

走到街口，有一个游戏厅，里面沿墙壁围了半圈立柜式街机，最吸引人的是街机里面嵌着一个竖置的彩色电视荧屏，要知道那时候整条长顺街，家里有彩色电视机的人家都不超过两位数。高年级的孩子拿着一把铜硬币，往街机中部的窄缝里塞去，只听得噔噔噔的几声电子蜂鸣，屏幕上就会有一个数字不断地加码，专业术语叫"命"。挤到最前面，看屏幕上名叫海陆空或者雷电的战争游戏画面不断地变换，指挥这场战争的娃娃元帅，左手不停地推揉旋转一个汽车挡把一样的塑料头铁杆，右手则在几个黄色或红色，凹陷的塑料按钮上抽搐般地挤压或者猛拍。

旁观了几场重大战役结束，挤出来，只见街对面有一个红色条幅，贴着纸质白色大字，宣告着一个奇怪的哲学论断"时间就是生命"。横幅下面是一个敞开的门板户，门口立着两列一人高的层板，一张挨一张地贴满了小人书的封面画。这是一家小人书租阅店，既然它宣称时间就是生命，那就别浪费生命了，赶紧在外面的画板上选好自己想看的三本书，《三调芭蕉扇》《岳云》《瓦尔特保卫萨拉热窝》，就进去找老板交上几分钱租金取书。小人书的封面既然都在门外示众，书的本尊就只能裹上一身厚厚的牛皮纸做衣服了。牛皮纸已经被翻得柔软得像草纸，书角也被磨成圆角，但里面保护得还新。安静地坐在一排排比脚面高不了多少的长条板凳上，开始认真地翻阅，跟着书里的故事紧张、难过、愤怒、欣喜。

心情跌宕起伏完后就往回走，正好碰上从三嫂单位走出来的三哥，三哥说："上车，跟我去'下街'买点菜，今天晚上我做饭。"

长顺街最热闹的就是长顺下街的最北头。这是靠近八宝街的位置，是一个街头菜市场，干货生鲜都有，街沿上摆着深红色挂着白霜的柿子饼、硬脆的干红苕片、干瘪的叶子烟、腥香的猫鱼干、黑得像煤球的皮蛋、黄泥巴夹杂着稻草的松花蛋、各种食草家族遗留的皮囊、透明的红萝卜、蛙、白棉花，丰富的菜货间，演奏着天堂蒜薹之歌①。

---

① 食草家族、透明的红萝卜、蛙、白棉花、天堂蒜薹之歌，均为借用管谟业先生的作品名称。

这菜市和北京的快闪早市不同，它是全天候的存在，凌乱和方便并存，心情不好的看到的是拥挤肮脏，心情好的看到的是热闹活力。附近郊区的夹夹车、三轮车、扁担箩筐挤进来，把街沿下面的柏油路面铺满，同时也铺满了各种鸡鸭、蔬菜、腌菜、调料，连成一片市井烟火。

长顺街一到买菜高峰时便水泄不通，好在那时候这条街几乎连辆汽车都看不见，全都是人和自行车，慢慢推总还是能走过。一进菜市场，三哥就可以从第一个摊位的老板聊起，一直聊到最后一个摊。聊天，是他信息来源的重要渠道，他总是为此投入大量的精力。因为在他的观念里，常识比知识重要，情商比智商重要。三哥从来都不紧不慢，我还是坐在他自行车的前杠上，他一脚撑地，自行车被浪涛一般的人群挤得荡来晃去，不时有人嘟囔一句："师兄，你紧着不走嗦。"三哥脾气好得很，手握住前杠一提，把自行车横移到边上，笑着说："你先走嘛。"

这时候，我就得自己找东西解闷了。旁边的每一个水产摊儿，都会有几只红得发紫的硬塑料澡盆，满满装着蛇形的鱼，或者鱼形的蛇，互相钻来挤去，从盆的左上扭动到右下，就像新款电动小汽车玩具一样，碰到障碍物就会折返。一群蠕动的黄棕色鳝鱼们翻过身来，从左上到右下，再从右下去到右上，就像电影《铁皮鼓》中，从海里捞出来的腐化的牛头里的那几条。一会儿，它们又会回到最初的左上，好像从来都没有目的地，或者是错过了目的地似的，又或者是它们一直以为自己在不停地前进，已经不重复地走了很远。宏观来看的话，它们的生命历程似乎和人类历史并没什么不同。

当然，这个画面如果拍成照片，每一张都是不同的，但同时又是相同的，所以并没什么好看。我主要好奇的是，坐在大澡盆旁边的鱼摊儿老板正在做的事。他面前竖着一条木板，就像是和澡盆搭配使用的搓衣板，靠近木板顶端有一颗从背面穿透过来的大黑钉，在这一面就露出了一个锋利的钉尖，只见他从这堆黄鳝里随机握住一条，其他的黄鳝立刻会把它离开后的缝隙填得满满的，就像它根本没存在过一样。这时候再拍一张照片的话，还是不会有什么不同。正如经典所说，不垢不净，不增不减。

他用双手整理一下，黄鳝的尾部就正好在他右手的掌心中，抓住向上抛起，再猛然摔落在身前的水泥地面，黄鳝头直接着地非死即晕。然后把黄鳝头用手按进钉尖，在鳝颈上横切一刀，不切断，再向下竖向剖到底，把鳝鱼皮像扯开一件风衣一样，分到左右两边，整条黄鳝就变成了一条紧贴木板的长方形薄片，薄片中心竖着一条鱼骨和附着的脏器。鱼老板把刀刃放到鱼骨顶端后面，平行于木板，再一次向下竖向划到底，鱼骨和脏器就被剔除得干干净净。再横划几刀，一条鳝鱼就成了七八截鳝段，在水里涮掉血水，旁边立等取货的买主就可以拿着新鲜的黄鳝回去烹制成美味了。对小孩子来说，钉板上、地面上都是鲜红，这个画面似乎暴力和赤裸，但其实人类吃掉的每一块肉，来源都并没什么不同。这老板之所以在大庭广众之下大开杀戒，是因为黄鳝体内有一种组氨酸，必须现场剖剐以保持黄鳝的新鲜，否则人吃了容易中毒。

长顺街卧虎藏龙，相关部门过来做职称评定的时候，给黄鳝摊旁边无名小饭馆里的老头评了个特级厨师，卖黄鳝的老板吓了一跳，说，没想到每天中午到你这儿点个菜吃，吃的还都是领导才能吃上的高档菜呢。

再隔壁一个小店，里面靠着三面墙的是十来个半人多高的土陶坛子，围成"门"字形。小店门楣上一块招牌，上书三个大字"坛儿鸭"。坛儿鸭通常被称为"芼①烤鸭"。成都把在卤水里略煮一下的菜，叫作芼菜。芼，可是《诗经》上就有的，"参差荇菜，左右芼之"，本意是水草随水流像毛发一样左右摆动的样子。到了后世，《说文解字注》上解释说"芼，菜之烹于肉湆者也"，芼的含义演变成了把菜放到肉汤里，左右摆动以煮熟的方法。这成都的芼菜虽说是火锅菜，却比火锅早多了，是一种古老的烹饪方式。但坛儿鸭老板说，这可以叫"芼烤鸭"，但不是真芼。芼是要在沸汤里煮熟，但芼烤鸭本身就是烤熟了的，只需要浸在卤汁里入味，一煮就绵了，所以外面很多芼烤鸭做法是对古法的误读。

烤鸭的工序非常烦琐。鸭子去毛洗净，腹部剖开小口，去内脏后在腹腔内部抹匀盐、香料粉、白酒和调配好的酱料，填满大把的葱姜，再把开口用针缝合严实，静置腌制，再从鸭颈处插针充气，让鸭子表皮绷得平滑，入滚水翻转焯水，吊起晾干，抹上糖色，再次晾干。

土坛子里放着炭炉，炭炉里装好木炭，温度上来以后，把鸭子固定在铁钩上，提入坛内，挂在土坛子沿口的等距缺口上，冚上盖子，鸭子就在坛内围成一个圆圈，开始承受炭火对它的封闭式

---

① 芼，长期以来俗写成"冒"。

"烤"验。土坛储热性能好，火焰的初始热力在坛体蓄积，多余热力则在坛形空间里交叉反射，让热度分布柔和均匀，鸭子的香气迂回叠加。一个小时后，通体颜色被烤成枣红，质地也酥香脆嫩了。这个做法和广东烧鹅和北京焖炉烤鸭大同小异，可以看出各地烹饪思路的一致性，抑或是跨地域交流互相影响的痕迹。

从烤坛里提出鸭子，把鸭腔内鲜浓的卤汁放出来流到碗里，把鸭子宰成块，再泡回卤汁，就是一份正宗的坛儿鸭了。把这样浸在汁中的鸭子提回家，几个小时后再吃，都是酥的。

坛儿鸭往南几十米的东二道街路口又是一间小茶铺，茶铺门口的高柜上，一台录像机被一台十四寸彩色电视机压在下面，"嘴"里被填塞着一盘手写片名的录像带，流动的磁条和里面日本新款钛鼓磁头正发生着持续连绵的摩擦。喝茶的人们坐在电视机前，围成一个扇面，路过的人们站在茶客的外围，围成了一个更高的扇面，一起分享来自香港的前沿功夫片。众人心里想着，这功夫怎么到了香港，胳膊腿一动就会噼噼啪啪地响得那么好听呢。

专注剧情的人们突然被旁边叫好声吓了一跳。原来是卖甘蔗的又开张了，有趣的在于，这买甘蔗竟然和买糖饼一样有赌博性质。你可以买一根甘蔗，也可花更少的钱买一刀机会。老板胸前挎着一个装钱的小包，手里提着一把菜刀，见人就递刀子，嘴里说着："来嘛，较①一下嘛。"有人头脑发热，接过刀子，再接过老板递来的高凳，一步踩上去，就站在了人群的焦点上。整个过程中，双手

---

① 较，在川语里读古音"gào"，即较量、尝试的意思。

148

都不准碰甘蔗，只能用一只手握刀，先用刀刃压住甘蔗顶，然后把刀挥起来，从刚刚脱离了刀口正在开始歪向一边的甘蔗顶砍下，砍到哪个高度，就从这里横刀砍断，把上面的一截全都拿走。如果砍得顺利，还要在刀行至一半的时候，顺势从凳子上跳下来，让刀一直能顺利落到地面，这也是整个过程中最精彩的一个环节，以展示表演者刀法的精湛和身法的不俗。砍通一整根甘蔗的人也有，但一点都没砍到，甘蔗就倒了地的，更多。

一有人站上凳子，就立刻会有一圈人围上，手起刀落间，正好配合了旁边茶铺电视机里影片《鹰爪铁布衫》中的拳脚配音。圈子外面的人，时不时听到轰然的一声叫好，或者轰然的一声嗟叹。设赌的老板总是精通概率的专家，因此轰然叫好的情况总是少数。刚刚钻出来的人，手里又是空空如也。一旁的《鹰爪铁布衫》也正在播放悲壮的片尾曲，由远及近地现出了最后的字幕——完。

在长顺街转上一大圈，终于跟着三哥回到家里。三嫂也刚刚回来，正在家里把印着红色牡丹花的搪瓷脸盆找出来，拿到家对面的空地去。对面街口原来的门板户们被拆迁后，根据未来道路规划提前留出了一个空场。南来北往做生意的都看上了这块风水宝地，今天补脸盆、水壶的手艺人也来了，接过三嫂递过去的脸盆，用工具把盆底的两个漏洞扩大两倍，彻底去除边沿可能继续锈蚀的"病灶"，把洞口修方正，插入一块铁皮，在窟窿前后一铆，修整平滑再上瓷，上完瓷还要用画笔补上原来缺掉的那枝牡丹花的一角。事实证明，艺术也可以是一门实用的学问，而艺术需要技术作为基础。

看完补盆，再跑到空地另一边去看耍猴戏。猴子穿花衣服戴官帽，似笑非笑地拍着掌溜达点头，或踩自行车独轮车，各种杂技不在话下。这四川的猴戏还有一个特色项目，那就是变脸。川剧变脸的秘密在斗篷里，猴戏变脸就业余和直白多了，猴子跑到一个木头衣箱后面，一开盖子，脑袋往里一埋，盖子一闭，抬头就是个猪八戒；再一操作，就成了孙猴子，跟它自己那张脸没什么不同。围成一圈或者正到处乱跑的小孩们笑猴子傻，或者这猴子以为自己在刺激小孩们出丑，傻笑的小孩观众们才是真正的演员也未可知。

三哥叫吃饭。晚饭的主菜是三哥高压锅炖酥烂了的大块瘦肉和带皮①，用筷子轻轻一拈这肉就顺着纤维掉下来一条，放在蘸水里，带起来红油、酱油、蒜泥水、芝麻混合的汁水，入嘴清鲜香辣。很少有人在家里爆炒鱼香肉丝，这种菜才是家里的川菜。吃完饭各忙各的，这一天进入尾声。

夜，开始吧嗒吧嗒，像在嘬一根油亮发黄的老烟枪，门外悬铃木叶片浅浅的掌窝把夜的汁液接住，喂进万年青的嘴唇，嘴角漏下的给了树下的官司草和青苔。又下雨了。这时候，三哥拿起一本朱维基先生译本的但丁的《神曲》，他又准备端着书走到灯下，一站就到深夜。

---

① 带皮，川语，即海带。

七、邝太婆的饭桌

夏天总是白天长晚上短，一天可以做很多的事情。下午三点过，我就放学回到家了，这时的家已经从长顺街搬到了三道街中五十号院。我家位于院子里主楼的二楼，我家的厨房则在楼下，是主楼对面一排平房中的一间。整个夏天里，一回到家，走进楼下的厨房，就会看到蜂窝煤炉子旁边的桌子上静静地摆着一个铝锅。

家里没有冰箱，大多数老百姓家里都没有，更没有冰箱上用小磁铁块压着的一张写着"宝贝，给你留了晚饭"的字条。一切都按含蓄的中国人的规矩，这摆着的锅就是字条。这铝锅里面装着的，是中午三嫂从画粉厂赶回来匆匆熬好的半锅稀饭[①]，旁边黑色双耳铁锅，揭开盖子，就会看到里面是半锅炒好的茄子，砧板上还有切好了没炒的一把豇豆，看来中午三嫂走得匆忙。桌子上有一碗用开水烫过撕了皮，切成牙儿状，用白砂糖拌好的番茄，旁边还有一碗绿豆汤，碗里装着三嫂说话的回音："天热多喝点，去火。"三嫂不管这些东西是不是搭配，反正都富含自己能想得到的营养和功效。

三嫂总是用她那北方人朴实的思维方式，做菜半锅起步，用三哥的话说叫"一斗碗"。也不管什么菜，三嫂都会用油盐一炒，再放点酱油了事。炒个苦瓜也放酱油，三哥看见就会温馨提示一句："酱油不能乱用，不要啥子菜都放酱油。"可三嫂心里委屈："我哪儿能每一样菜都记着能不能放酱油？我又不懂做饭。"这个想法在她脑中住了一辈子，就像她一辈子都没有学会骑自行车一样。

炒个茄子片，哪怕是加点青椒同炒，加几片作为茄子最佳伴侣的蒜片，或者再加点洋芋的主意，三嫂也从来没有考虑过。而这个菜在北京可是无人不知、无饭馆不备的经典菜，名叫"地三鲜"[②]。可尴尬的是，三嫂十六岁就离开了北京，到成都也才三四年，对哪边的菜好像都不太了解。

三嫂每天最头疼的事情就是"今天吃什么"，一问我，我就会点出上一次被三嫂偶然做过、自己觉得还不错的那个菜。如果这个

---

① 成都人习惯夏天吃常温稀饭，其他季节以干饭为主。成都的稀饭和北京的粥不同，北京的粥主要是配合馒头等面食的流食，而成都的稀饭实际介于粥和干饭之间，作为主食。
② 地三鲜，原为东北菜。

菜是洋葱，三嫂就会陪砧板上的洋葱一起流上半个月和玻璃弹球一样通透的眼泪，直到我苦着脸说："妈，这个菜我吃伤了。"接下来半个月就是我钦点过的土豆了，再下半个月可能就是芹菜了。总之，和厨房对面的邝太婆的饭桌内容相比，形成了巨大的反差。

邝太婆住在我家厨房的正对面，在主楼的一楼，正好是我家的楼下。

先按下不表。且说我进了厨房，把凉粥盛到碗里，再把炒茄子倒到上面，往嘴里连扒拉带吸溜，吃起来方便，稀饭是流食，软塌塌的茄子也跟流食无异，几下就吃完了事。大热天，吃一顿凉菜凉稀饭，很是受用。

吃饱了没事干，就蹲在院子里看蚂蚁搬家，也可以用唾沫淹蚂蚁，可以挖蚯蚓，也偶尔会把蚯蚓切断看它会不会很快长出另一半躯体，把蜗牛拉出它的螺旋形房子，碾死冬瓜虫、蜈蚣，拔掉牵牛的须，还可以翻砖头找蛐蛐儿，把蛐蛐儿的脑袋拉下来，观察它头后面连着的一颗像苦胆一样的东西，或者用它的两片翅膀摩擦，模拟哨子般的夏天声响，嘴里却没有一句"阿弥陀佛""善哉"与"罪过"。

再没事干，就上楼。从主楼右侧的民国风木质楼梯上去，拐个弯就进入了串联整个二楼的檐廊，我家在檐廊起始的第一间。径直进到里屋的尽头，墙上镶嵌着一块接近双人床大小的、和屋里木质墙围刷着同色红漆的木板，木板上方的木框上有个长方形木块，木块中心有一颗钉子，以钉子为轴一转，被别着的木板就被松开了。赶紧扶住，靠着墙往右挪到一边。

这里面则是一个同样双人床大小的"密室"，里面只有几垛旧报纸、一本以前的房主人留下的集邮册和火花册①，而想象中军阀老爷藏着的金条，暂时还没有被我发现。这是每个孩子都想拥有的一间隐秘巢穴。把门关上后，从这间密室的缝隙看外面的世界，像看电影，好像自己变成了自己生活的旁观者，甚至可以想象自己会在这画面中出现，他会做刚才那个"本我"做过的每一件事。又或者想象从这通道可以看到未来的自己，或者进入另一个角色的身体，体验另一种生活，就像多年后看到的电影《成为约翰·马尔科维奇》一样。

玩到憋闷了就开门回到现实，从书架上拿一本三哥的书，躺到报纸堆上翻看。里面写着"宫保"不是"宫爆"，玉兰片如何泡发，等等，挺有意思，每次都能看上好半天。出来又发现了三哥的春城烟盒，里面还有三五根，取一根，拿火柴点燃，实验一下三哥是怎么把烟用鼻孔呼出的。正被烟熏得猛咳，突然门外传来脚步声，赶紧一边咳一边使劲捂嘴，钻进密室，把夹着烟的手背到了身后。外面的脚步没停，走了过去，原来是住在隔壁的太婆。

神经放松后出密室一看，满屋子都是烟，原来烟是藏不住的。烟雾钻进了屋子正中的外绿内白的斗笠形铁灯罩里，闲着难受的我，开始转这个灯罩，把电线绞得越来越短，一松手就是螺旋落体，啪一声响，出现一个球状闪电，线头粘在了手指上，猛力摔了几下才甩掉。事实证明，电是能产生磁性的。幸好老房子电线细，不结实，不然不堪设想。

---

① 火花册，火花就是火柴盒上面的图案贴纸，曾是民间收藏项目之一。

顺着电线寻到外屋，把桌上被自己拆散的一套收音机配件和螺丝刀推到一边，学着三哥的样子，站上去拔下电表旁边的一个白瓷盒盖一看，铅锑合金材质的软塌塌的保险丝果然熔断了。新保险丝也不知道在哪儿，算了不管了，假装自己没进过屋。

外屋没什么可玩儿的，除了桌椅床凳就是相连成直角的半截矮墙，墙体上半截是连成一片的玻璃窗，红色木窗框嵌着浮雕效果的滚花玻璃。如果这收音机没被我拆散架的话，这时候就可以躺在床上，一边听广播剧，一边关上窗看外面的人影经过，并想象玻璃上会透出几十个人的影子，每一个是长大了一岁的自己，从过去到未来。窗扇角上钉着句号形状的螺钉，窗框上钉着长问号形状的铁钩，推开窗户，"问号"往"句号"里一搭，就可以固定。

老房子的楼层都高，可以看到这二楼窗外的前方是一直连到地平线的低矮的房屋和零星几棵高耸的桑树。在少城能看到的城市的这一面，像是突然把各个古老街镇整体移植过来，汇聚拼接而成的规模更大的街镇，它因正处在不安中而暂时保持沉默。这片街镇的原材料似乎都是原生态，并只是用物理方式获得和制作的，没有插入现代城市的设施和噪声，安静和平静得让人发呆。

发了一会儿呆，我又回到里屋乱翻父母的柜箱抽屉。抽屉里有好多方形的小塑料袋，打开，里面有一个橡胶"手套"，往手上一戴，只有一根手指头觉得舒坦，其他的都纷纷表示憋屈，这个手套说来也怪，只有一个手指套。

把它们甩到一边，又发现了一个茶色玻璃的小瓶子，盖着金色的铜质金属盖。打开一闻，一股自然植物的幽香扑鼻，看样子，这是大人用的发油。放在现在，它的名字应该叫"精油"，一般是从香料植物的花叶中提取出来的，即使在当时，也属于轻奢品。因此，二十世纪八十年代的成都青年男女早餐吃完油条，有人会顺手用刚刚抓过油条的手指，插到头发中轻轻抓一抓，捋一捋，代替发油来给头发增个亮定个型，比如我的母亲三嫂。

站上一根小板凳，踮起脚，再从漆面闪亮的五斗橱顶面上伸手够下来一个带金属折叠支架的圆形化妆镜，把它捧到门外的走廊，放在栏杆扶手上。只见那刷着红漆或者说那曾经刷着红漆的栏杆，扶手上的漆和木纹都已经模糊，但仍然扎眼地显露出一些笔迹稚嫩的用尖锐利器刻下的时代"咒语"，在它之上还覆盖或半覆盖着一层试图涂掉它的更新的痕迹。

我暂且不管这些，摆正镜子，把头油倒到手里，双手合十，然后摩擦，待掌心油分均匀后，就捂到头发上，抹出一个背头发型，露出自己高高的额头；再从兜里掏出一把刚从五斗橱抽屉里找出的小木梳，在头发三七分界的位置，划出一条线，把头发分别梳到分界线的两边，扮成一个油亮小分头，一边反复梳，一边透过镜子细细欣赏。

这时，突然提前下班回家的三嫂进到院子中央，发出了一声召唤。为了穿透院子里那一桌子打着旧式长牌的老大爷们的嘈杂，为了穿透择纸牌的啪啪声、嘴里算计的嘟囔声，还有大爷手里那几个巨型钢制健身球的摩擦磕碰声，这声召唤着实够响亮。

我冷不丁被吓了一跳，怕三嫂看到自己在偷用大人的东西，伸手去抓镜子腿，一把提起来。奈何手上有油，"嗖"的一下，镜子就从二楼掉向了一楼的水泥地面，只听"啪"的一声，玻璃向四处飞散，就像平静的一面湖水上出现了环状波纹，那涂着水银的玻璃也像水晕荡起再消失在水里一样，不见了踪影，只剩那副镜子的框架留在原地，像是通向地下的一道月亮门。真想找个地缝，不，找个月亮门钻进去。而这个月亮门却出卖了我，它正委屈地向三嫂证明着我刚刚犯了一个严重的错误，不可挽回地导致了家里的财产损失。

三嫂抬头一看，眼睛一瞪，嘴还没张，就听见脚下一楼传来一个低沉的吼声："小娃娃，你搞啥子名堂？把婆婆脑壳敲烂咯，你负得到责不？！"这个声音，就来自住在楼下的邝太婆那苍劲有力的喉咙深处。

不用下楼，不用站到邝太婆对面，就能穿进自己的大脑，打开一个脑洞，看到里面那顶瓜皮小帽，帽檐下面露着一圈光润银发的邝太婆，手挂黑漆油亮的龙头拐杖，圆睁双目吼我的样子。一边吼，手上的拐杖一边还要像走路摆动双臂一样自然地按照惯例地在水泥地上使劲地墩上两墩，以加重语气和壮大声势。楼上是木质地板，每当我在家把它弄得叮咚作响，邝太婆都会以同样的形式发飙，和今天没有什么不同。

但邝太婆还真不是虚张声势，据大人们说，她是有真功夫的，年轻时学内功，是个练家子。不知道她瓜皮小帽下面，挡着的太阳穴有没有鼓起，反正街头电视放的香港武打片录像里是这么说的。在深厚功底加持之下，邝太婆虽然已是耄耋之年，目光依然威严，气场足以吓跑一院子小娃娃。她面色红润，中气充盈，只是脸上那深褐色斑点和深刻的皱纹，不客气地证实着她已经垂暮的事实。

听说，为了保持练功所需的精气，邝太婆一辈子单身，无儿无女，是个孤①老太婆。她以前是大户人家的小姐，年轻时被我家院子里的陈太婆从重庆带来成都，在一所内功专门学校学功夫。那时候成都的内功全国闻名。

当然，那时她们还不是太婆。陈太婆叫小美，是这个院子以前的主人陈师长家的亲戚，邝大小姐投奔她后，也落户在了五十号院，一住就是几十年。作为大户人家的大小姐，邝太婆当年为什么离家出走不归，一直都是个谜，没有人知道她的这个故事，连三哥三嫂也都没有听过。我不太相信她是为了练功而孑然一身的。像天天捧在手里的《今古传奇》一样，这后面一定也有一个传奇的故事，既然邝太婆缄口不表，守口如瓶，我就自行脑补一下。

重庆，那是一座码头之城。在那个新潮时代，大户人家的小姐外出访友聚会是常事，难免要下个码头坐个船。这船把式里面有个小伙子，自然是容貌俊俏、挺拔健壮，见到邝大小姐就沉默腼腆。这邝大小姐刚入得船来还没坐稳，一阵风吹来船身乱晃，小伙子一把扶住，此后二人相熟，渐生好感。知道小伙子正跟着袍哥师父修习内功后，邝大小姐扭着要跟他去拜师，一来二去成了师兄妹兼情侣。

终于有一天，两人的事情被女方的父亲知道，他说这码头都是袍哥的人，自己是背靠官家的红顶商人，断不能来往，拒不成人之美。小伙子被愿景中的未来岳丈暗中逼迫，爆发了冲突。邝大小姐闻讯而来，用她稚嫩的初级神功全力相助，帮未来夫君杀开一条血

---

① 孤，成都话的习惯说法，严谨说，应该是独。

路。小伙子于是远走他乡落魄成都，再又慢慢地以功夫、努力加机缘，当上了川军第四师陈泽霈师长的副官。

这邝大小姐日后的闺蜜陈小美，受家族贵人陈师长和副官所托来到重庆，接邝大小姐去成都和副官相聚，共享荣华。邝父却认为梁子已经结下，没有复合的余地。于是邝大小姐毅然出走之时，自然是疾风骤雨，父女恩断义绝。

可是，当邝大小姐到了成都，却惊闻副官刚刚在外出公干时意外丧命的噩耗。邝大小姐有家不能归，身在异乡无亲可投，于是被陈师长家收留，甘愿和小美比邻而居，单身终老。这内功是二人的媒人，邝大小姐于是坚持练功，为情而守，自此一辈子留在了成都。

这一切令人唏嘘，但都只是我脑中臆想的，或用言情小说和功夫片中的廉价情节零碎拼凑成的虚构故事罢了。

言归正传。且说这邝太婆一个人住，一个人做饭，也一个人吃，但生活过得精致，吃得也讲究。每天在门口的水泥坝坝上，摆出那张束腰下面是祥云纹浮雕牙条、内翻回纹腿的楠木小饭桌，再摆上一蒲篮子①小碗小碟，对比她对面我家门口北方人三嫂摆出的那贴面折叠大方桌和它上面的单调饮食，那就是南北对决。

小饭桌不仅每天都有不同的内容，而且同一桌上都不允许雷同。可能是一小份回锅肉、一小份干煸苦瓜、一小份凉拌笋丝、一小份豆花加小蘸碟，外加一小碟自己坛子里捞出来切好，还要在上面装饰上调料的泡菜。荤的素的、冷的热的、拌的炒的就都有了。

---

① 一蒲篮子，川语，一大堆，一连串，此处形容桌子上摆满了碗碟。

鸡鸭鱼肉菜，红黄绿黑白，那是不重复的，有一盘热窝鸡，就绝不允许出现白果炖鸡，现在的"一鸡四吃"，对于当年的邝太婆来说，那就是粗鄙。

如果闻到对面飘来一股混合着油腻的蒜苗香味，就知道邝太婆又在炒那小朋友都能吃掉两盘的迷你版回锅肉了。邝太婆会赶早去菜市场，选一小块新鲜的"二刀肉"，四川人把旋掉猪尾巴后，在猪腿上切下的第二刀后腿肉，叫二刀肉。这个肉最大的特点是半肥半瘦，肥瘦肉被它们之间一条明显的分割线分开，同时又被这条线紧紧相连。邝太婆是行家，自然一眼选中，拐棍一指，认领成功。

把迷你二刀肉请回家，她就坐在厨房门口，慢悠悠地以她深厚的川派内功配合一把专用镊子，一根一根地把"二师兄"皮上的毛来个斩草拔根。然后放到锅里，入葱姜、花椒，煮到皮软捞出来晾凉，切起来才容易成形。锅内放一丁点油，五成热下肉片，肉吐油后，把打卷的肉片在锅内拨到一边，然后下甜面酱及剁细的豆瓣、豆豉，煸出香味后再和肉片顺利"会师"，下蒜苗段炒到断生即成。

我一见到漂亮的朒朒（gǎ）和饳饳（māng）①就高兴地跑过去欣赏，同时流上一番口水。而对面稳坐的三嫂，根本不想走过去看上一眼，这辈子她都不打算学习这么复杂的系统工程。

用三哥的话说，邝太婆做一份油酥花生米绝不超过十颗，做一

---

① 朒朒，川语，肉。饳饳，川语，饭。朒朒和饳饳，是大人哄小孩吃饭时，对肉和米饭的专用叫法。

份圆子①不超过四坨，盖的被子洗完了必须烫一遍才拿出来晒。那时候还不是电熨斗，要把炭烧红，放到空心的铸铁熨斗中，待热后再熨，相当烦琐。

除了生活讲究，她还是小朋友眼中的凶婆婆。当我掐她的胭脂花籽，剥开黑色籽皮，取出里面白色的像还没有煮熟过的成都人吃的粉子一样的瓤，正在严肃地进行"怎么让它变成红色的胭脂"的科学探索时，被邝太婆发现了，她就咆哮："小娃娃不准费！""费"就是四川话费精神的意思，在成都简称"费"，雅安等地方还直接说小孩子"真的是费精神"，和北方话"淘气"是一个意思。我在院子里玩水，她就会在旁边教训："小娃儿不要耍水，长大要得湿气②。"

她统治下的所有事物都整整齐齐、规规矩矩、昂头挺胸，充斥着她灌输进去的能量，都像是为了配合展示她的权势而生，表达着对她统治的服帖，并以此为荣。

她门口种着那时候成都最常见的喇叭花、胭脂花、鸡冠花、蝴蝶花。她的花圃很小，就在家门口一侧，很窄的一小绺，算起来大概只有一平方米的面积，但被她精心布置得秩序井然，没有一根杂草。她会在做饭的时候，抽空拿出几个破成两半的蛋壳，倒扣在花盆的泥巴上，给花儿补充蛋白质、胆固醇和鲜腥的气味。

冬天一来，邝太婆就把报纸糊个圆锥形的拢烟罩，在她巴掌大

---

① 圆子，川语，肉丸子。
② 湿气，成都话，风湿的意思。

的小厨房里挂起来，罩子里套着一小块腊肉，在下方的地面码一小堆花生壳，点上火，慢慢地煴。煴，在成都话，是熏的意思。剥花生壳剥出来的花生米，当然就像三哥说的，一组十颗，按照她规定的时间序列，过火山入油锅，实现自我价值，追求生命最后的辉煌灿烂去了。

烟雾钻进报纸筒里，在里面盘旋打转，肉变热了，变润了，变黑了，也变香了。一个冬天，邝太婆就熏这么几小块。我在她厨房门口打旋旋，就等她问一句："小娃儿，婆婆给你点好吃的。"显然，她从来没有一点点这种超出她正常逻辑思维轨道的奇怪想法。

但我吃到过她拌的皮蛋。那是在家里人摆放大折叠桌，不小心挨上了她的古董小木桌时。邝太婆决定要拿出这个精心雕琢的小菜，分享给邻桌或者说同桌的邻居。

皮蛋的蛋清，是深色半透明状，蛋黄外层要么是橙黄色，要么已经变成了青黑色，这要看裹皮蛋的原料有没有草木灰，或者草木灰的量是不是足够让它变得深灰发黑。中心那一颗橙红或者深灰色的蛋黄黏黏糊糊，用刀一切，就会在刀面上糊成一片。她就拿一根缝衣服用的细棉线，小心、平均地把一颗皮蛋割成六瓣或者八瓣——要视这只皮蛋的个体大小而定。然后，倒上酱油、熟油辣子、白糖、芝麻、细姜米、花椒油、香油。

把邝太婆拌好的皮蛋往嘴里一放，只觉得香辣鲜甜咸，混杂着蛋清结晶体的韧性和蛋黄的黏软，这皮蛋成了各种美味和各种美味混合出来的新的美味的一个载体，但它本身的美味并没有被覆盖，而是这个新的美味的核心。

八、去找福芳

那远在成都少城、带着瓜皮小帽、身着绸缎提花地主棉袄，洋气地带着民国遗风气质的小脚老太太邝太婆，正面红耳赤地在三道街五十号院里用自己的龙头拐杖，把略有空鼓的水泥地墩得咚咚响的时候，北京后海边上，朴实得像罗中立油画里满脸深刻皱纹形象的、满头银发上笼着一个三角头巾的北方农村小脚老太太福芳，双手搭在一根未经雕琢的"崎岖"木杖的杖头上，正笑眯眯地用别人听不太懂的河北话，和街上路过的其他老太太打着招呼。

正如南北两地人的不同，邝太婆的自信来源于自身实力，福芳的自信则来源于自己的好人缘。作为一个踏踏实实带大了三个孩子、睦邻友好的老太太，自然让人挑不出毛病。这人缘是她自己一辈子任劳任怨修炼来的。

这时福芳岁数越来越大，已经操劳一辈子，身体越来越老化，福芳想着，万一有个不测，怕不能落叶归根，于是决定回河北，住到我大姨家。大姨当年和三嫂一样也是知青，不过下乡的地点很近，就在福芳的老家深县，最终也落户在了那里，嫁给了她的表哥。大姨一辈子踏踏实实在县服装厂干缝纫活，她的生活和她自己的性格一样波澜不惊。丈夫作为税官，在地方上也吃得开，经常把仨瓜俩枣的福利领回家，日子倒过得不算差。

深县地处北京以南二百公里之外。暑假去深县看福芳，凌晨就得起床，出了家门，从德胜门坐五路公交车，一路慢慢欣赏着平常没怎么见着过的沉睡中的北京城，它这时候正沉浸在天还没亮的昏蒙中。街头零星冒着一团团白色热气的早点摊，像是北京城的喷嚏。

先走鼓楼西大街，这是一条北京城里已经越来越少的，两旁大树伸上天，树冠在路中心衔接交会后能够形成一条幽深甬道的林荫路。路灯藏在树里面，一路上，间歇性地扣下一个个赤黄如霞倒垂的雪糕筒。

到了鼓楼，车右转就上了中轴线，路右手稚拙的四个巨型铜字大得像窗户，写着"马凯餐厅"，是个湘菜馆，我没进去过，只是习惯性地想这马凯是谁。门口的广告画上，展示着这里的一道名菜——竹荪汤泡肚尖，它和川味官府菜开水白菜制作思路一样，只是因地制宜地调整成了本地风味的食材。住在不远处跨车胡同的湖南人齐白石，有时会带住在护国寺大街的邻居梅兰芳到这家餐厅吃饭。这什刹海一带和成都的少城很像，在同样的时期，同样也是新晋的社会名流瞬间取代清朝遗老遗少，带来了一时的鼎盛。

路左手是老号望德楼饭庄，早餐的第一轮烧饼不久后就要出炉了，时间一到，那沾满芝麻，热烫干香的椒盐烧饼，拿起来掰开一个口，夹上酱牛肉，就是土得掉渣的京式汉堡包。当然，掉的是烧饼外皮的脆渣。它落下肚就变成太阳，提供一天的启动能量。

往前，地安门的门洞早已从这个世界消失，留下一个空荡荡的十字路口和一个空洞的地名。就像东安门、西安门、有四个牌楼的西四、只有一个单牌楼的西单，还有白石桥、青龙桥、天桥一样，时过境迁，保留下来的名字，代表它曾经的样貌，和人们对它有意无意的纪念。

地安门路口的狗不理包子，从普通门脸到后来改造成仿古装饰，一直都在。这包子和天津煎饼一样，是天津对北京的文化侵略，北京非常欢迎这样酥软美味的侵略而且多多益善。狗不理据说秘诀主要就是靠天津本地酱油的独有酱香。北方包子不管怎么发挥，也没有成都包子掺汤搅打，再加馅子那样的想象力。得在褶上做文章，于是四分之一两重的小包子，每一个都捏出了十五六个以上的提褶。

一路绕景山，穿南长街，掠过我的中学北京六中后，路面豁然展开，横在眼前的是近两百米宽的十里长街。左边是天安门广场，由于广场过于敞阔，东面一条条刚刚冒出来的太阳的肋骨也被无限拉长，随移动的车窗慢跑。大会堂门前，身材高大、很有肚量的北方交警们，已经开始引导一列黑色轿车鱼贯驶入。

五路车在前门箭楼西南角停靠，顾不得抬头仰望一眼颜色开始炽热的箭楼，就抬脚踏上停在一旁的二路汽车，一路扎到北京城最南边的赵公口长途汽车站。一天就这一班到深县的长途车。这么早起床，在清冷晨露中，慵懒已经被头皮表面的兴奋刷新和覆盖，只觉神清气爽。加上这车出了车站口，还要前摇后晃，司机假意踩油，售票员反复大声吆喝，招揽到全车都装得满满当当，才依依不舍地真正发车，更让人困意全消。

一路，北方的景色没什么看头，田野、乡间杨树夹道、屋前圈着一块空地的农家院、院墙上刷着白底和大红大蓝的广告字……田野、乡间杨树夹道、屋前圈着一块空地的农家院、院墙上刷着白底和大红大蓝的广告字……画面不断地重复。一片空白的脑子，感觉到一阵嗡嗡的共振，一只苍蝇正在悬浮。这车以每小时五十公里的速度移动，这苍蝇看似没有移动，却也在以每小时五十公里的速度前进着。到底它有没有花费这个往前移动所需的能量，还是靠着车厢里充斥的空气的摩擦力，在往前蹭车呢，这像是一道不容易思议的物理问题，让人有点难以捉摸。这样的胡思乱想，就像那只苍蝇一样，不停地干扰、共振，然后消失不见。

一路走霸县[①]、任丘、河间，路上不多的、能够让人觉得有点不同的，就是一路上逐渐增多的骡子和驴，特别是驴，就像城里的小汽车一样多。以前在阿凡提动画片里见到过驴，而实物并没有那么小巧可爱，总是伴着一身的灰土和乡间粪草的气味。河间的驴，

---

① 霸县，现霸州市。

多到驴肉成了全席。

这驴肉有牛肉的质感，纤维却更细软，特别是在卤制之后口感最好。驴肉系列在北京最受欢迎的是驴肉火烧，简称"驴火"。驴火，就像是四川南充方锅盔的河北驴肉版，在先烙后烤、起着千层酥的长方形火烧里，夹上加了十多种香料的老汤卤制的驴肉或板肠，或者是夹上老汤勾兑淀粉熬成的像四川的魔芋豆腐一样有肥肉口感的焖子，就是一套正宗的驴火。这火烧要小，内容要多，驴火得咧着嘴合不上，得双手捂着、捧着吃，和夹不住肉的火烧一样，这汤汁在嘴里塞满后也往外直流。

在这县级公路上晃悠五六个小时也没有一个休息区，也没人听说过什么叫休息区。时间过半，车上有人内急叫喊，司机路边一停，不管男女老幼，仓皇分散到路基下的干枯沟道随意方便，情急之下，没有犹豫、选择和避讳的余地。这是农村，一切都是按古老而自然的规矩，至于隐私，就全靠别人的自觉了。

车子终于进了深县车站，下了车，背上包，出站沿着县城的南北向主干道往南走。与东西向柏油路面的主干道不同，南北向的是土路，高低不平，还随机分布着一些水坑和深深浅浅的泥巴塑成的车辙印，以及水坑和车辙印里遗落的一粒粒驴粪蛋。混杂了植物草腥的新鲜浓烈又暖烘烘的村野气息，正迎面而来并擦耳鼻而过。这里的人不怎么吃驴肉，但到处都是驴们破坏公共卫生的证据，它们无所不在。驴粪蛋像一颗颗种子，被种到了泥土里浇上了水，开始生长并成了这片土壤的组成部分，它和泥土混合的味道，就是这片土壤的味道。

这个县城和乡村没多大区别，就是横竖两条主干道。县城人在这里聚居，房子挨房子，院子挨院子，构成了街。说街都不太准确，汉字里，两边空旷的叫路，而两边有商铺，或降低点要求，有开着门的房子的道路叫街。可这街上有房子，却没有门，只是一串高过头顶的后窗户呼应着往前延伸。从分列左右的一对对小巷子拐进去，可以找到隐藏的院门，都是红漆铁扇，开门可见镶满绘有大红大绿风景画图案的瓷砖的影壁。

转到每个院子后面，是纯正的北方乡土景致，杨树林、牲口棚和小块的田地。正是午后，密布的蝉不间断地叫嚣，像结成了一张声音的网。牲口棚里打着盹突然把自己惊醒了一下的驴又发了脾气，暴烈地嘶吼，这嘶吼也像公鸡打鸣、狗吠或者烽火台上的硝烟一样，会传染并传播到很远的背景里去。

这人生理上那野性的呼唤总是要来的，又要开始面临世界观的新挑战了。进了村口，先找村里的公共厕所，第一次进去，再度震惊了。只见条形大木板组成的蹲位地面上，有一排长条形的孔洞，孔洞下面那无尽虚空的深渊并不暗黑，反倒很是敞亮，黄金万两的池子一览无余。因为后墙的左半面只有上半截，下半截是空的，非常利于采光。可以看到有一半露在室外的池子里面，竟然住着几只白花花、明晃晃，正在墙内外游走，翻身打滚，呼噜呼噜哼哼唧唧的"八戒师兄"，晃得我一阵眩晕。定神之后，还是没有悬念地选择了接受，同时，也深刻领悟到了人和动物作为命运共同体，在大自然中和谐共生的真谛，看到了自然资源终极轮回的真相。

这里是个县中村、村中县，并没什么热闹看，没事儿时跟着大姨父去上班体验下生活——就是去找各个商户收税。这深县话听着不太好懂，跟着福芳这么长时间也没学会，更不要说到了当地，人说话更快。大姨父是典型的北方汉子，典型的华北地区汉子，一张脸枣红发黑，有庄稼人的壮实，喜欢酒桌，性格稳健。说话口音浓重，含糊谨慎，本来就听不懂，说话还说一半，剩下一半让人猜，既说了话又不露破绽，很是高明，天生适合当官。我好奇地问这问那，回答基本都听不清或听不懂，一来二去之后，干脆你聋我哑，也就不问了。

这天，走访了几家商户，有人找来，跟他说了些什么，他立即跟我说："……。"看眉宇间蹙成的标点符号，似乎在征求我的意见，我听不懂，就说"诶"。然后就跟着他连赶车带走路，半天下来，到了乡镇下面的一处村子，寻到一处农家院，只见门口有人正在悬挂白色幔帐，有人正在往里抬新买回来的棺木。入内，一幅黑框照片上一个老年妇人，两边摆着几个花圈，这匆匆布置中的灵堂，看来还没停当。

几个披麻戴孝的年轻人和孩子上前迎接，大姨父冲着遗像，双腿一打弯，已经跪倒在地，面无表情，然后干号着："南慎砸……"我凑过去问，这是谁呀？大姨父说："……。"我又问："我也要跪吗？"大姨父说："……。"仍然是一句都没听懂。这么多人眼睛瞪着，情势所迫，不有所表示似乎说不过去，我心一横，管他的，姨父都跪了，又是个长辈，跪了也不吃亏，左右环顾一下，没有任何垫子蒲团，或者垫子蒲团模样的其他什么东西，一咬牙，跟着跪到干得冒烟的尘土地上，也喊"南慎砸……"。

大姨父仍是不牵动脸部一丝肌肉，二话不说，站起身来，掸了掸裤膝上的黄土，拉起我上桌吃饭。提起一瓶当地特产衡水老白干，给我倒了一满杯，说了句"喝"还是"干"也搞不清楚的词儿，我自然是知趣地抿了一小点。总之，饭桌上他似乎说了很多话，又似乎什么都没说，吃完就往回走。回去大姨家一学，全都笑了，大姨说，大姨父喊的是"俺婶子"。

这田园生活并没有文人诗中那么悠闲。福芳和大姨一早起来就要开始忙活做饭，吃完早饭就开始准备午饭，吃完午饭就开始准备晚饭，这一整天，几乎全都在做饭。只有晚饭后可以看看电视剧《末代皇帝》，前几集羡慕九五之尊财务自由的生活，到了后面就得出一个"还是当老百姓自在的结论"。这剧集蕴含深意，非常成功。或者晚上没事就在院子里坐着聊会儿天，当地人聊的内容以鬼怪故事为主，特别是对父母不孝的子女被鬼找上门来，最后不得好死之类的，都是很接地气的寓教于乐的乡村生活道德经。

早上，院里摆上一个矮桌、一圈小板凳，一家子围在一起吃乡村早餐。桌上有一盘摆成小山的馒头，每个人面前一碗小米粥，里面半浮半沉地泡着几块瓜，深县把这种长得很像超大号长茄子的南瓜叫作"北瓜"，普通扁柿子形的南瓜才叫南瓜，或者也叫"倭瓜"。这北瓜外面的硬皮更薄更深绿，里面软糯金黄，清淡略甘，和黄小米倒是绝配。

吃完早饭没多久，福芳就开始领衔准备烙饼。烙饼的面不需要发酵，随时可以开始。福芳会往面里加一点点"启子"，就是小苏打，这样烙出来的饼口感略蓬松。两揉两醒后，福芳把松软的面团，擀成长方形的面饼，抹上菜油撒上盐，揪起面饼的一个边角，往面饼中间贴几贴、蘸几蘸，再用面饼其他方向的角，重复这个动作，油盐就匀净了。然后，像蛋卷一样把面饼卷起来，揪成几个面剂子封口，再竖过来按扁，略醒后再擀成能够上铛的大饼。

锅里略刷油，饼摊放在里面后，在饼面上也刷薄油。饼的底面一定型变硬就翻面。饼慢慢地像被打了气一样鼓起来，里面充满的高温蒸汽开始熏蒸饼的内面。这煤炉火候还算均匀，但乡村版饼铛都大，边缘受火未必足，所以还是需要手法。按着饼转动，或者左右前后地平推饼身，都是基本动作，必要的时候，还要把饼的边缘放到饼铛正中心，饼的另一半悬出锅沿，不能弄脏，不能弄断，一通翻飞漂移。铛底炙热，面饼焦灼，它们之间的接触面轻微爆裂，发出嗞啦声，表面就随机显现出了深色斑驳。

饼一张张烙好，就可以做焖饼了，这是深县所在的衡水地区的特色吃法。先炒扁豆肉丝，肉丝要有一点点肥肉，煸炒出香味，炒熟后加水加酱油、盐、香油，等水开就把切好的两寸长的饼丝撒在上面，不做任何翻动，把锅盖盖上焖上几分钟，揭开盖子后，再用两双筷子，左右手同时开弓，挑起饼丝，撒下去，再重复到搅拌均匀为止。最重要的是搅拌的时候，撒上一把切好的生蒜片。蒜香、肉香、酱香、面香、豆香融合散发，比起北京的炒饼来，它的特点是饼丝有更多水分，且吸收了肥肉透出来的油脂，更香。

午饭后，福芳准备上几十个葡萄糖注射液用的玻璃瓶、上百个西红柿，大家一起动手，准备做酱。北方冬天主菜是大白菜、土豆、萝卜，特别需要有点味道的变化调剂，冬天能做一碗酸咸味疙瘩汤或者西红柿打卤面是奢侈的，需要未雨绸缪，在夏天就准备好。用开水把西红柿略煮脱皮，用手掰开揉碎去根，煮沸后再煮十来分钟断生杀菌，把这代表着夏天的汁液冷却后，就像灌香肠一样，把西红柿酱往瓶里灌，瓶口垫上塑料纸，塞上白色橡胶塞子密封好，就是民间版纯天然西红柿酱了。西红柿酱是习惯说法，果酱一般还需要加糖进行熬制，所以，它其实应该算是玻璃瓶版的西红柿罐头。

当然，不用等到冬天，这自制西红柿罐头随时都可以用，什么时候想吃了，就擀一张大面皮，折叠起来切成面条，用鸡蛋加这新鲜的西红柿酱做卤，吃捞面。捞面的"捞"，指的不是从滚水锅里把面捞出来的过程，而是煮熟的面直接入常温水过水，让面条遇冷受激收紧，同时表面吸饱水分再捞出来的步骤。这样的面条不会因瞬间吸收卤汤而干黏起坨。

乡村生活节奏其实紧张，一环紧扣着一环，做完夏储西红柿的工作之后，马上就进入晚饭的准备。主食已经有烙饼了，用福芳的话说，把它焅焅就行了。焅，在河北话里就是把已经冷了的食物再热透一次，蒸、烙、烤都算，而这里指的是本地最常用的方式，蒸。村里那先炸后卤、香酥细软的扒鸡也被小贩推着车过来门口叫卖，一个主菜也算有了。再烧个茄子，炒个豇豆，拌个黄瓜，熬个棒子面粥，另外再弄一个深县特有的猪蹄膀，这一日三餐就算圆满。

这蹄膀跟扒鸡工序类似，似乎正名应该是扒蹄膀，也是深县特色做法。把俗称叫"肘子"的蹄膀去毛洗净擦干，宰成大块，入油锅慢慢炸透，然后放在蒸屉上大火蒸至软烂，切块后，撒点酱油直接吃。或者等冷却后，蹄膀又再次变得坚韧时，切块，撒点酱油、醋、生蒜片略拌，清香韧弹。

很快，这以做饭吃饭为主题的暑假就结束了，导师福芳继续留在深县。两个月的实习下来，作为学徒的我，自以为完全继承了福芳的衣钵，可以出师了。不料回到北京后，第一次独立蒸个馒头就遭遇了挫折。那已经是入冬之后的事了，我的方法过程都对，没想到蒸出来的全是死面疙瘩，干脆再也不做馒头了。到了下一个假期见到福芳，一问才明白，冬天发面的温度太低，需要加温延时。烹饪方法，是要根据时令时机进行调整变化的。

好在还有隔壁的美食家王老太太。老太太每天拿一个大碗，把所有的菜都夹两筷子，凑成一个鲁菜美食荟萃端过来。我一边垂涎一边向她表示，要自力更生艰苦奋斗，自己动手丰衣足食，并不断地展示出自己做的各种黑暗料理。王老太太一看，摇着头，转念一想，也对，也该学着做了，说："我先教你一个最简单的，把油烧热，放点花椒炸煳，冷一点后泼点酱油醋进去，装瓶。煮好面条撒点盐，浇上这花椒油，味道香。"可这种寡淡的简版面条哪里能够满足身体正在做加法的小公兽，好在到了下一个暑假，三哥传授了一个荤肉版预制方便食品的方子。

那是在成都的暑假结束临回北京的时候了，三哥带着我去盐市口买火车票的路上，刚刚意识到孩子要走了，想起来要教教我怎么做吃的。三哥说，最方便营养的就是做蘸水菜，弄点肉煮软烂，再烫点菜，打点蘸碟，简单撇脱①。说着，就到了盐市口铁路售票点，

---

① 撇脱，川语，方便，简便，形容省事。

每个窗口都排着长龙，从售票大厅一直拐到马路上，还往复折了几个弯。

三哥在门口看了看，说，晚点接着说。然后径直进了大厅，在几条队伍的空当里，背着手转了一圈，找了一个排在队伍靠前年纪相仿的外地师兄借火，点燃一支烟，给对方也递了一支，然后聊了起来。三哥仍然是选择聊着对方最感兴趣的话题，三言两语自然就很投机。

成都开往北京的特快列车一天只有一班，每天放出来的是七天后那一班的票，据说每列火车的卧铺票在这个售票点只有十几张配额，售完即止。我怕队伍越排越长，想赶紧去排队。三哥说，今天来得晚，估计买不成了，我们再要一会儿，摆会儿龙门阵就回家。我信以为真。

队伍前面的七八个人，逐个买完票离开了，轮到了三哥刚刚聊到最火热程度的新朋友，他一步抢到窗口就要掏钱买票，三哥像是刚刚想起什么似的，不慌不忙地对他说，师兄，顺便帮我带一张嘛。师兄痛快地大声说，莫得问题！

三哥帮我把行李举到行李架上，把我拉下火车，又多塞了一张大面额钞票到我兜里，继续摆。我说，还有五六分钟，车快开了。三哥说，早得很，不要慌。三哥背着手，漫不经心地继续口传心授烹饪心得，说到了饺子。

三哥说，平常买点现成的半肥瘦肉馅嘛，自己绞麻烦。放点清油放点姜，慢慢炒，把水汽焙干，加点酱油，盐要加够，用油淹过去，多放些天都不得坏。吃面炒菜都可以用。要用冷油开始炒，炒出来才酥脆。

馅子是既好吃又能放的四川人专属预制肉酱。我躺在列车的上铺，看着天花板，心里默记着三哥给的配方。沿途秦岭的山色被车轮和铁轨间摩擦的火星点燃，钻到这个想坐起身来后背都不能挺直的逼仄空间里，哔啵哔啵地燃烧，配合刚刚驶出一个个隧道后空旷中"哐哐……哐哐……"的节奏，像一首带着画面的离别进行曲。

又想着，不管是北方的福芳还是南方的三哥，他们都不流露感情，从不直接表达想念、关怀、鼓励以及赞美等，他们只是不动声色地给孩子传授着生活技能。

如果人们不选择这样压抑的方式，在那丢失的十年里，人们是不是不会出于封闭、逆反或恐惧，而去表达与自己内心相悖的情感？他们会不会和自己和解？

九、一九九四

一九九三年底，我和小伙伴们到月坛公园里的北京第一个小商品批发市场"天外天"买新年贺卡。和给老师送挂历类似，互赠贺卡是每年元旦时孩子间的例行节目。

这市场是防空地道改造的，不见天日，名字叫"地下地"似乎更合适。个体商户们虽然还在不透光的地下徘徊，但这走不到头的商品巷道和拥挤不堪的人流，显然昭示着自由商业的繁盛已经势不可挡，看来它早就走在了这一年刚刚宣告的建设市场经济的决定之前。天外有天，是它的未来。

我选了一张封面写着"遥远的思念"的蓝色卡片，翻开卡片，在页面间相连的一条活动纸片带动下，触发了音乐开关，响起一段像家门口洒水车路过时一样的电子味旋律。往里面夹了一张讨要生活费的信笺，塞进信封，贴上一张面额八分、蓝灰色调长城图案的外埠邮票，投进了新街口邮局门口冰凉的绿色铸铁邮筒。在春节前，就收到了来自三哥三嫂温暖的压岁接济。寒假太短不想挤春运人流回成都，有了这点钱，就能留在北京把年给过了。

很快到了暑假，小伙伴乔治带着朋友找过来，约着一起去买回成都的火车票，这才考虑，也该回去一趟了。

乔治的母亲在一个刚刚流行的国际传销[1]大牌里做得风生水起，子以母贵，乔治穿着洋气，贝纳通的裤子、埃斯普利的上衣、锐步的棒球帽、爱世克私[2]的运动鞋、百事的邮差包，都是当时的名牌。他带来的两个朋友也洋气，一个是央视导演，一个是德国摄影师林德曼。

我见乔治带了四五个凉菜熟食，下午正好也有其他小伙伴过来，晚饭就再弄了几个北京常见的烧茄子，葱爆羊肉，由韭菜、肉丝、粉丝、豆芽、鸡蛋凑在一起的炒合菜，由黄瓜、花生米、鸡胸肉丁组成的炒三丁[3]，这都是北京最常见的家常菜，最后又炒了一个平菇炒鸡蛋。林德曼挤起满脸像堆叠的十几个大括号一样的皱纹，笑着说："这个菜好，我喜欢。"我说："这个菜我可是跟你学的，那次在你家吃了这菜，我印象深刻。"

---

① 那时候传销刚进入中国，还不算违法。
② 爱世克私，亚瑟士更加传神的老译名。
③ 三丁，更古老的版本应该是胡萝卜、莴笋、肉丁，但当时的北京见不到莴笋。

林德曼我之前就认识。我上一年生日时，那段时间他刚在北京安家，乔治把他带过来吃涮羊肉，他大概四十多岁，牛仔裤、T恤衫，欧洲人的朴素装扮，身材高瘦，窄脸高颧骨，蓝绿色眼珠前面挡着两块厚玻璃，金发稀疏，袒露脑门的前半球，放射着日耳曼人那种因为替全人类进行深层次哲学思考而发出的智慧光芒，像个学者。林德曼据说是明星吴某隆的摄影师，平时在台湾、北京，以及新加坡之间辗转，汉语说得还行。我见他一身行头，背着拎着大包小包沉重的摄影器材，打招呼说："林大爷好，您这么多行李，开车来的？"二十世纪九十年代中期有私家车的人极少，林德曼舌头发硬地说："我不开车，我有司机，北京地铁全是我家的，地铁司机也是我的。"林德曼已经入乡随俗，学会了北京爷们儿好面子吹牛，还给升了级，北京爷们儿也就说个"我今儿给司机放假了"，林大爷却比他们还衬①。

那晚是吃涮羊肉。桌子中央摆着一只形似北海琼岛上那座白塔一样的紫铜火锅，环状的锅槽里镀了一层锡，看着像上次吃完火锅留下的痕迹。锅的中心冒出来一只大烟囱，里面的炭火刚刚在屋外面被点着端进来，木炭还没有充分燃烧，正在噼啪乱响，往外飞着零星的火星。过一会儿，揭开盖子，只见锅槽的自来水里，飘着几段大葱、几片紫菜、一两颗微型虾米和微型螃蟹，作为点缀了海

① 衬，北京话，指某人的背景里有什么样的财富，如衬钱，表示某人的背景是"有钱"。也作形容词，"这人挺衬的"则指这人挺有钱的。

味的标准北京式火锅底料，开始剧烈沸腾。锅周围的桌上，摆着羊肉片、牛百叶、豆腐、粉丝、白菜、茼蒿、蒿子秆、糖蒜、芝麻烧饼，每个人跟前一个小碗，里面是用芝麻酱、韭菜花、酱豆腐加辣椒油调成的蘸料。

林大爷钻进屋，一边聊天，一边从包里把生日礼物掏给我，眼镜还凉着，一沾蒸汽就成了磨砂效果。他顾不上擦拭，甩到边上，一边问这是什么，一边赶紧上桌，现学现卖地开始"涮完了羊肉涮白菜，涮完了豆腐涮粉丝，就完了糖蒜就烧饼"的一套逻辑清晰、简单完整的京式涮肉流程。

打着官腔的央视导演已经被忽略，只能拉着乔治单聊，深入群众的林德曼成了主角。林德曼是从啤酒国——德国——来的，为了把他照顾好，北京本地产的绿玻璃瓶的廉价普通燕京啤酒——简称"普京"，像保龄球的十个木瓶一样，围在了林德曼面前，林德曼半秃的金黄色脑袋，像是即将要把它们击倒的三孔球。当"普京"一次次注满林德曼身前软塌塌的一次性透明小塑料杯后，林德曼一仰脖子，它就放了空。待十柱倒了六柱，林德曼又舀了一碗飘满油的火锅汤，连喝带吸溜，一点记不起来德国分餐制的卫生习惯，正经成了一个新北京人。

不过，德国原浆啤酒锻炼出来的身子板，抵不过工业淡啤灌溉的北京小伙，时间也不早了，林德曼晃悠着站起来，眼神飘忽地说："我司机快下班了，回头到我家来喝。"

过了几天，哥儿几个凑着闲聊，说既然请林德曼吃了涮羊肉，我们也得去他家蹭蹭饭，再说，林大爷也邀请了咱们不是吗？于是，商定买一瓶葡萄酒带上，考虑到听说老外收了礼物跟中国人习惯不同，不会拿出来当场分享，就又说不能买太贵的。其实几个穷学生也没什么钱，不过到了超市，还是选了一瓶最大号的长城干红，心里想，万一要是能喝上呢。

坐地铁绕半个北京城到了方庄，敲门进屋就闻见了饭香，不用说，正好赶上林德曼在做饭。我把葡萄酒递给林德曼，果然他一回身，就放进了户门对着的厨房尽头高高的橱顶柜里，让人有点失望，也有点预测准确的得意。

林德曼用绊绊啰啰的中文问道："我正在做饭，你们要不要一起吃？"所有人心想，我们就是来干这个的，嘴上异口同声："吃。"林德曼说："好，你们先坐一会儿，我很快就做好。"

只见林德曼家里满满一屋子镶满螺钿古典图饰的中国漆器古董家具，客厅里除了最大的一只漆柜里藏了一个大屏幕飞利浦电视以外，其他柜子里面塞满了中国古董，各种碟形和圆筒形的黑胶唱片，古旧瓷碗瓷碟瓷壶瓷人瓷动物。铺满房间的波斯羊毛地毯一角还摆着各种样式的红塑像和红像章，作为古典和现代之间，反显突兀的过渡。

同时，他也是典型的德国人，客厅立着满满两柜子激光唱片，几百张唱片上面全都印有同样一个伟大的名字——巴赫。他竟然只听一种音乐，这到底是德国人的执着，还是德国人的单调，很难说得清楚。再往旁边的两大书柜，是他的摄影作品，一部分是商业图片，一部分是他业余时间走街串巷拍的纪实照片。

打开纪实相册，只见第一张照片中，一个上身T恤衣身卷起，露着后腰赘肉，下身一条大短裤的中年男人和一个同样居家装束的中年女人的背影。这两人手臂下垂，分别提着一根木棍的两头，正要走进一个大杂院。木棍中间吊着一只铁桶，满满一桶沙子，看样子正在给家里搞装修的平房添砖加瓦。这是非常平平的北京胡同的一个场景瞬间。我脸上感到了一点灼热，从小受到的标准教育告诉我家丑不可外扬，这样的画面被外国人拍走是丢人的，彰显了外国人的阴暗。我们应该展示给他们看的是国贸、京广大厦，还有在鼓号队的喧天伴奏下，两边红脸蛋和吉祥痣的红领巾仪仗队夹道举着鲜花，大声喊"欢迎欢迎热烈欢迎"才对。就像七十年代意大利导演米开朗基罗·安东尼奥尼拍摄的中国纪录电影一样，这应该是被禁止和批判的。林大爷，你为什么不拍一拍中国的大好河山和灯红酒绿呢？我不知道的是，十年后，我背着包走了很多地方，吃住在陌生的当地人家里，竟然也是为了拍到一些类似的人和场景。我不知道的是，这是因为我和当年的林德曼一样，对这片土地和文化太过好奇和热爱，觉得真实的东西才是最美、最体面和值得热爱的。

　　过了一会儿，林德曼拿了一摞碗和勺子过来，然后又端来满满一锅汤，里面零星浮沉着几张透薄的羊肉片、几片白菜、几块豆腐、几根粉丝。几个小伙伴对视一眼，互相都知道对方心里说的是，这玩意儿烧成灰我都认识，这不就是烩了一锅搅成了稀汤的涮羊肉吗？林德曼转身回了厨房，哥儿几个琢磨说，林德曼前几天吃涮羊肉吃高兴了，正准备在家涮个一人份，结果咱们突然一来，还这么多人，不够吃，人家就改成汤，跟咱们有福同享了，真局气，一个人的饭改成这么多人吃，稀了点也正常，咱别挑了，喝吧。几个人老老实实把汤喝完，把碗摆在了一起。林德曼从厨房回来一看，很惊奇的样子，把一摞碗重新摆在每个人面前，说："还有菜。"

一会儿，林德曼端来一个锅，从里面给每个人舀了一勺菜，然后自己坐下来喝汤。这个菜是平菇炒鸡蛋，里面有几粒蒜片，作为世界烹饪大国的几个年轻人，愣是从来没吃过这道菜。见过平菇炒肉，就是没见过平菇炒鸡蛋，看着新鲜，猜想这会不会是道德国菜，但别说，虽然烹调简单，味道却鲜香无比。林德曼喝完汤又钻进厨房去忙了。吃完菜后，几个人仍然没吃饱，意犹未尽之余，再次把碗摆在了一起。林德曼回来一看，又是很惊奇的样子，把一摞碗重新摆在每个人面前，脑袋一歪，动作一停，然后又收起来，回厨房重新取了一摞干净碗，摆好，挤出脸上的厚褶子笑容，说，还有饭呢。说完，又去端出一个高压锅，里面有足足四分之三锅的大白米饭。

然后，下一个场景就是五六个没吃饱饭的中国小伙子，围观一个德国大叔一勺一勺地低头干吃白米饭。哥儿几个实在有点接受不了，哪怕来碟咸菜或半拉咸鸭蛋也行，嘴上说，我们吃饱了，一边看林德曼津津有味地朵颐蠕动，一边觉得嘴唇发干，喉咙发紧。回去路上，一个哥们儿说，你们不懂，先喝汤，再吃菜，再吃主食，人家这是中餐西吃啊。

聚餐结束，送走了乔治等人，第二天，我又和乔治一起到西直门火车站窗口排队，运气好，弄到了两张最紧缺的下铺。回来路上顺便到新街口邮局拍个电报，内容只有六个字——"七月十五七次"，意思是"我买到了七月十五日七次列车的票回成都"，在看得懂的情况下尽量短小精悍，因为电报是按字数收费的。太遥远和太漫长，思念好像越来越少。在回到家之前，觉得回家好像主要是为了蹭饭，然而只有到了家之后才知道并不如此。

回成都的事一旦提上日程，脑子里就会开始不安，并随时思考它。一直住在北京，对北京的变化麻木不觉，而成都每一次的变化就显得跳跃突然，甚至令人牵扰。虽不能以音声求法，但音声却是法的依存，一面希望这城市越来越发达便利，一面又担心回去找不到依靠，让自己感觉这城市和自己越来越没关系。

一九九四这一年，成都升至副省级，有了第一条国际航线，有了更多的可能性。我却一厢情愿地认为，作为一个刚转入高速更新迭代的城市，成都还有一种回不去的伤，不过，喜忧参半也是一条成长和发展的别无选择的必经之路。

成都是我记忆中第一有印象的地方，因而也是第一喜爱的地方。这个第一既有初次的意思，同时也有排在第一的意思。初次的喜爱，缘于没有去过别的地方，后来则是因为距离产生的，而现在再去见它则是失而复得。尽管我已经不再适应它冬天的湿冷，思想会出轨到北京的暖气或热带的太阳，也大部分时间远在别处，这种喜爱仍没有什么变化，特别是在距离性磁力增强和失而复得之后，自然不情愿看见它面目有所改变，因为改变意味着陌生，陌生是一种阻隔。只有独特的独有的东西才能调动精神中专属于它的那一部分，这种独特性经过长时间的经验或者远距离的想象，也成为我自己独特性的一部分，成为我思考坐标上的一个尺度，所有的发展改变，都是在这个尺度上的游移和失焦模糊。

模糊中，墙面地面变成了水，墙和地面之间的缝隙是水质感的不知名的花草，漫天细雨用透明的线扯起一个个面孔，在湿黑的路面上空悬浮，熙熙涌动，他们身后的尽头，黑白底色的古老成都的布景被越甩越远。市场摊位中像挽袖管一样翻开的麻袋里装着新疆辣皮子或云南鸡爪椒，却插着二金条①的牌子；白布包头的乡下菜农踩着草鞋、挑着扁担在路口犹疑，路边街头能容纳这一脚黄泥的位置已经不多；笨拙钻行的夹夹车很快会被轿车、公交车挤扁成一张纸片，留到怀旧摄影集中发黄的画面里去；鸡鸭鱼肉蔬菜水果被人们关押起来，赶进崭新的钢架塑料顶大棚。路过的人不用再忍受买卖吆喝的市井节律，但也不能再沿街顺道欣赏本地鲜嫩喜人的时令物产，人们开始在一排排整齐的贴着白瓷砖的水泥板的阻隔后面寻找探望，并在付出代价后，认领它们回家。

这已经是在暑假结束后从成都回北京的悠长铁道上，我对刚刚离开的成都产生的一种感觉，类似的情况总是发生在任何有距离的对象上，距离越远，感觉就越负面，就像久不见面的人可能会产生一点点间隙和怀疑一样。而现实却很有意思，在成都亲身经历这些场景的时候，心里的反应却恰恰相反。按照倒叙的手法，接下来，我又要开始回想这次回去成都时的情形了。

---

① 二金条：成都本地辣椒中一个常见、质优的品种，常被俗写为"二荆条"。二金条实际又包括两个主要品种，分别适合制作干辣椒和泡椒。

忽然发觉，车窗外北京内城的东南角角楼正在向着车尾平滑掠过，原来火车已经悄悄地从北京站驶出了。这里的地名叫作东便门，但东便门的城楼、箭楼和瓮城因为被指控妨碍交通，早就被铲平，只剩下这独立护卫北京站东口的角楼，它一直尴尬地被误认为是东便门本尊而成为东便门的形象代言。

这是一列橙白相间封闭式新款空调列车，从北京到成都已经缩短到只需要二十八个小时。北京吐出去的列车都是单数，而吞进来的都是双数，T是特快的字头缩写，这T7次，就是北京开往成都的特快列车。

我和乔治结伴坐在车上，即将回到二人在成都各自的家过暑假。乔治父亲是北京人，母亲是成都人，和三哥三嫂一样，当年也是知青，乔治平时在北京和乔爸一起生活，假期回成都找乔妈。我们俩对成都和北京都一样了解，对T7也一样熟悉。

列车过角楼往南一拐，就奔着丰台、石家庄的方向蛇行，开始了这两千零四十八公里的奥德赛。火车低沉行进，华北平原的景色平淡无奇，有时候还不如看一根根电线杆子上挂着的一条黑色电线的起伏再起伏，活动活动眼球来得有意思。或者，没事可以看看躺在旁边的另一条轨道，平行且永不相交的两条冰冷铁轨在地面上保持距离地互相陪伴，有时一同静止，有时一同左右摆动，看着没有尽头，直直地盯着它，下面承托它的枕木和碎鹅卵石就没有了颗粒感，模糊成一个平面，上面的铁轨由于表面被磨得白亮，像是飘浮在上面的两条水线。那时候还不是无缝钢轨，每一根十二米五长的铁轨之间，都有一个几毫米的间隙，作为应对热胀冷缩的冗余，每一个车轮滚过每一个缝隙，就会间歇地发出沉闷规律的咣当声。

当列车刚刚和它下面的两条水线一起漂浮起来的瞬间，车里的人们开始自由活动，好像突然得到了解放，天性的解放，从毛发一直放松到骨头。右脚鞋跟往左脚鞋跟上一蹭，运动鞋、皮鞋就纷纷从脚面剥落。人们从行李箱、红蓝条编织袋或牛仔布质地的手提袋里翻出来一双双拖鞋，各色的塑料拖鞋，还有带毛绒面薄底的无纺布拖鞋，上面还会有深棕色的几个小字，写着某某宾馆，就和他们次日早上在车厢头尾洗漱时会拿出来的白色牙刷和塑料梳上面的字一模一样。车厢和宾馆一样，最高的境界是宾至如归，能吃能睡。

包里翻出来的毛巾往窗户上方的毛巾杆上摊开一搭，像是一面面旗帜，和砸落在小桌板上的保温杯一起，是占领了新地盘的标志。左手抓上一把被误称为瓜子的葵花籽，用右手塞进嘴里，上下牙床配合，先咬一下籽尖，第二下咬后半段，用舌头一顶，就叼出里面的精华，把被牙齿刮下落在嘴里的一点瓜子皮碎屑往车上的长方形不锈钢盘里一吐，吐不准掉在桌上或地上也不再去理会。用水果刀把苹果皮螺旋形削成一整根，落下去时半拉牵到盘外断成两截，也不理会。反正地上不管是脏，还是特别脏，过不了一会儿，自然有人过来拿着扫把，把它们连同其他落网的鸡蛋皮、火腿肠外套、方便面调料包装一一扫掉，每个人只需要条件反射一样的，随着拖把凑近的节奏高抬一下双腿，再抬一下，然后恢复之前的画面。车厢里，弥漫着一种在北京大杂院能见到的那种国民风情的悠闲自在。

在检票口紧绷着千军万马过独木桥的那根弦儿一松懈，加上车轮下规律性的重复，让人更加觉得闲得无聊，一路上就只能不停地吃喝。广播里适时响起了含混的女声椒盐普通话，"餐车正在供应晚餐，餐车正在供应晚餐，回锅肉、麻婆豆腐、辣子鸡丁、蒜薹肉丝"，证明这是一列虽然出发地是北京，归属地却是成都的列车。

线上预告完，线下也随即出动，运钞箱一样厚重结实的铁皮推车呵护着美味，滑进车厢，列车员嘴里重复着广播里同样的话术。不知吃过多少遍了，不用看都知道，这里面的鱼香肉丝味道一定是很正宗，又很不正宗，里面有成都人熟悉的泡椒，也有北京版鱼香肉丝独有的胡萝卜丝。这是一盘薛定谔的鱼香肉丝，它会根据餐盒被打开的时机受到影响，列车行驶在四川境外时还算正宗，而一旦跨入四川省界，就变得没那么正宗了，与背景和期待值相关联。但不管怎样，这个味道预告着，离家越来越近了。

二人走到卧铺对面的窗边，把窗边竖直的折叠凳压平坐上，拿出两个花花绿绿的方便面纸桶。电视广告里一句对白，"客官，您是打尖儿还是住店"，回答"我吃面"，然后画面上筷子一抖，面条从螺旋形，瞬间拉直变成了直线形，像弹簧一样，又缩回成了螺旋形。迫不及待拆开这像弹簧一样的方便面，撕开纸桶盖，把调料倒在面饼上，灌进开水，在纸盖子边沿插上一把塑料叉，被封住的工业化美味在里面开始吸收、充胀、融合。

二人像是对暗号一样，又从各自书包掏出火腿肠、榨菜、八宝粥、上车前买的煮鸡蛋。再来上两瓶刚刚从铁皮推车里买来的燕京啤酒，这一整套，就是卧铺旅行的标准配置。

关于出远门的路上应该吃什么，全国人民还是很团结一致的，不管自己家乡川鲁粤湘闽浙徽苏的八大菜系有什么独门特色，到了火车卧铺车厢，那都得放下地域门派之争，全国的火车上都得实现暂时的江湖一统局面，甚至方便面的品牌就叫"统一"。

不过，到了不同地方的火车站台，瞬间拥到列车窗外的推着更大号铁皮车的小贩们，就会用车里的大饼、烧鸡、鸭梨、白吉馍，昭示着到了他们的地盘，同时也带来了足不出户就可以领略的地方风味。火车一动，铁皮车一散，还会有点小惊喜留在桌板上，比如令人熟悉而又陌生的"康帅傅""可日可乐""雷碧"之类，让人有一种瞬间又回到了暑假前，在地安门租书店里看见"吉龙""全庸"名字时的亲切感。

车继续开，人们继续过日子，把保温杯盖子拧开，拈些茶叶进去，就往两个车厢接口处的锅炉走，回来时杯子里的茶叶已经往水底沉了一半，刚才正互相打听目的地的、打扑克牌的，又迅速回到了刚才的角色状态。一切都很自然，就像刚刚回到自己家的客厅。

二人勉强体验完这广告新品方便面，觉得这面又不是皮筋，弹不弹也没那么重要，还是传统的"康师傅""统一"二面味道好。乔治说，赶紧到成都吧，随便找碗面都比它好吃。顿了下又说，北京所有吃的，都比不了成都街上的一碗面。

我愣了一愣，一年没回成都，都忘了成都的素椒杂酱[①]面什么味

---

① 素椒杂酱，四川人平翘舌不分，"素椒"应为"熟椒"，"树德饭店"一章有说明，此处遵俗成；"杂酱"即北京所说"炸酱"，只是因地域饮食习惯不同，做法有变化，"炸酱"中使用黄酱和甜面酱，"杂酱"一般用酱油。

儿了，尤其爱三洞桥路著名老号"鸡汁锅贴"里的那一碗"素椒牛肉杂酱刀削面"。如果是下午去店里，得先抬头看看进门右手柜台后面，墙上几排深红色小木牌上白色油漆写的那熟悉的九个字是不是被翻过去，变成了无字真经，如果来得及时，就可以满怀期盼地静待面碗上桌。这面端上来，表面只是雪白无奇的拇指宽的面条和一撮松散的棕红色牛肉馅子，和意大利馅饼所有馅料都要浮于表面的张扬个性不同，得用筷子把面挑翻过来，才能发现埋藏在这下面的一片艳红色江湖。

素椒馅子面是专属于成都的面条味道，有意思的是，成都无人不知它的存在，面馆菜单上它也总是头牌，可各个经典菜谱上却找不到它的影踪。它的配方是动态的，可以根据不同的店、不同的人、不同的口味偏好和心情，甚至家里上一顿剩的菜汤而任意调整。不过，它包含的成都川味面的最底层逻辑总是不变的，简单来说，这个逻辑就是不同性质和层次的香和口感味道的叠加复合。

一千个人就有一千种不同的素椒杂酱版本，如果我自己做，就要弄一碗满配版。首先在空碗里加入酱油、油辣子、蒜泥、花椒油、花椒面、芝麻油、少量澥好的芝麻酱、红酱油或白糖、一丁点儿醋，把面条、豌豆颠儿或莴笋叶煮到刚刚断生就捞到碗里，面上覆一瓢根馅子，撒一点熟芝麻、葱花、几颗油酥花生米，再进阶就加煎蛋一枚、猪油半勺，以及家里可利用的各种菜汤菜汁。甚至很多成都人是因为中午剩了半盘回锅肉或肺片，而决定晚上吃面。

北京人总是先决定是不是吃面再决定用什么卤，成都人则根据有哪些适合的调料和配料，决定是不是吃面。北京人的卤，似乎是为了用来顺利地把面条送进肚子；成都人的面，则是为了利用好或者不浪费一切可以利用的美味。

一碗面被缠满了葱香蒜香酱香醋香、两种不同的花椒香、三种不同的芝麻香、菜香、肉香、花生果仁香、鸡蛋香、动物油脂香、红酱油里的香料香，最后再有点回甜。红酱油和油辣子本身已经是复合味，再和其他成分搭配组合成复合味之大成，各种材料的口感复合叠加交错。在北京人纠结炸酱面里黄酱、甜面酱二重奏的分工比例的时候，成都人已经把酱香进行了边缘化处理，排演出了完整的面条的组曲交响。

想着成都传统美味的同时，又有点想念刚离开才几个小时、象征着现代生活的北京，心里有点空落，同时还有点紧张，不光是因为对成都又重新生成了一层陌生感，还因为从成都到了北京后，一直和同学朋友说北京话，却和三哥三嫂说四川话，这一次回来，决定要跟他们改说北京话了，这种感觉应该很怪。语言是思维的工具，说成都话的人用成都话思考，说北京话的人用北京话思考，如果脑子里有两个人在轮流争抢自己的嘴和舌头，就会变得迟钝而不是更灵敏。我想赶紧结束这场战争，哪怕是用略显贫乏的北方话来取代更丰富更有幽默感的成都话，取舍是必需的，代价也是必然的。

在慢悠悠的火车上发着呆，有点煎熬。到了秦岭就更加煎熬，列车开始无休止地钻隧道，刚刚出了一个，就接着进入另一个，隆隆声入耳，在脑中回荡、重叠，消磨人的感知锐度。车厢的灯全亮着，但一入隧道仍会立刻像夜晚一样昏暗。谁说白天不懂夜的黑，那是因为没有钻过秦岭。在这一连串的黑暗穿梭中，偶尔闪现的幽翠群山没有直插云霄的壮丽，只有连绵不绝的柔软隆伏。不过，想想整个暑假都能够拥有旧地重温的新鲜体验，让人心生期待，觉得值得承受当下的枯燥。

火车终于逃出了秦岭，隆隆的回响掉进了宽广的音域中，被天地吸收，一片空灵开阔。所有躺在卧铺上萎靡的乘客暂时恢复了精神，把茶杯捧起，睁大眼睛，默不作声，只在心里为窗外这一片片精耕细作一直延伸到天边的绿野欢喜。随身听里，Pink Floyd的新歌《High Hopes》被我设置成无限循环播放，Our weary eyes still stray to the horizon, Though down this road we've been so many times①，歌词应景。

终于驶入成都，出了站回头一看，成都站透明玻璃房子的前额上，郭鼎堂衣锦还乡留下的榜书"成都"二字还新，其他一切如旧。跟小伙伴道别，我和三嫂上了一辆坨坨车②，上北一环再往西二环走，这时候的三道街五十号、半截巷一号院、太极酒馆旧址、树德饭店、新华西路老宅，已经全部在尾随着时代巨轮的尘土云朵中陷落，成为历史，老居民都被邀③到了西边的城乡接合部，当然也包括三哥和三嫂。

坨坨车利用它的小身材大能量频频穿梭加速，车窗外的几辆车陆续被甩在了后面。这一年我十七岁，虽然次年才能拿到驾照，但

---

① 释义：我们疲惫的眼睛仍然游离在地平线上，尽管沿着这条路我们已经走了那么多遍。
② 坨坨车，成都人把拳头叫坨子，此处因奥拓出租车小得像拳头，而谑称为"坨坨车"。
③ 邀，成都话，轰赶的戏谑说法。

191

因为学校和驾校有合作，我已经刚刚提前完成了驾驶课程，坐在副驾驶开始有了新司机才能体会到的惊险感。司机左晃右摆地变换车道，其实一环路几年前扩建，显得还新，车不多，径直走并没有太多阻碍。这种源自血液里的冲动和没来由的飞车，让我觉得有点熟悉。这才发觉北京人开车其实都是慢慢悠悠的，而这里的人，才是自己的同类。

一环路唯一缺少的就是树，阳光不客气地四下扫射，行人和自行车被暴露在柏油路和水泥砖上，无处躲藏。非机动车道上，随时可见的本来全黑色的人力黄包车①已经变成了框架镀铬配红色座位的老年三轮车，之所以叫作"老年三轮车"，是因为车身上就喷着这几个白色的字，有的还要喷"自用""老年骑游队""接孩子用""非营运"。这样的车，可以招手即停，你说出目的地并讨价还价，然后就可以作为车主短暂临时的亲戚或朋友，心安理得地坐上去。

一环路上新起了一溜连绵的镶着茶色玻璃的新楼，看来是建设太快，买房人的口袋隆起的程度还没有跟上，暂时没有太多人入住。让人想起北京二环路上围城一圈的板式高楼，那都是门面，板楼后面并不是更多的板楼，而是矮旧的胡同平房。有了这层掩护，后面的改造就更不用操之过急。按这个思路来看，成都二环路这些楼后面，应该还藏着不少熟悉的青瓦竹笆房。

新楼房的商业店招流行用荧光色文字，显得扎眼，让这新城区

---

① 黄包车的得名并非因为车身有黄色，而是来源于英语 Yellow cab。

更有城乡接合部偏城市的气质。还有一些匾额，背景是一副绿色系的巨幅风景，文字则是大红色，让这新城区更有城乡接合部偏乡村的气质。红绿似乎反差很大很醒目，实际反差却很小，当然这要去色、调成黑白后看才能明白，这些店铺的老板不是平面设计师，当然不懂。再说，这时候成都这样的二线城市甚至还没有平面设计师这样的职业。街角新建成的商场外立面，红底白字的巨型条幅从楼顶一直垂到楼脚，一条挨着一条，密不透风，争相用供货商和商家的名义写满庆祝自己商场开业的贺词。一切超前的建设和夸张的口号表明，成都已经为未来的高速发展做足了准备。

三哥正叼着烟卷在小区门口茶铺悠闲地等着接车。小区才刚建成，这外围一圈底商业态却已经很成熟，饭馆、茶铺、裁缝铺、五金店、发廊、干杂店、影碟租赁店，该有的都有了。茶铺大多改名叫了茶坊，感觉像是城市化带来的升级，尽管只是换个名目。茶坊里川剧改成了录像，盖碗茶的盖碗也改成了坦卡德①玻璃马克杯，菊花茶甚至还要在杯子里插一根吸管，但名字暂时没有升级成坦卡德茶或坦卡德菊花茶。

见自己儿子乘坐的出租车停在了跟前，三哥上前一拉车门，把行李箱抢过去提着，手臂青筋暴起，不减当年在云南客串业余农民时的一把子力气。

少城中的东门街、槐树街被拓宽后，向西一直延伸到新建成的二环路外，把这句话缩写一下就是这条街的名字，叫作西延线。三

---

① 坦卡德，Tankard，德国扎啤马克杯的一种，直筒型。

哥的新家，就在这西延线与二环路交叉的位置上。屋子里，窗户两边垂着猩红色的厚重幔帘；天花板围着一圈欧式石膏线，在乳白色六只灯盏可以分组开关的西式复古吊灯下，深蓝色真皮沙发长得到了尽头还要拐个弯，茶几和餐桌椅也都是欧式，表面都是锃亮的清漆面，里面嵌着仿石材花纹；电视柜茶色玻璃柜门后面，日本先锋音响红白两色的波动灯随时准备跳闪，柜面摆着二十九英寸的超大屏幕电视，闭路信号已经有了几十路，只是电话线路还没通。

院子里的绿化暂时还有待发育壮大，楼群里有人在家飙歌的声音显然没有被很好吸收，正在窗边震荡。经历了样板戏、靡靡之音、抒情歌曲、摇滚乐几个阶段，人们一路小跑，又迅速进入了"发烧"时代。古典乐和流行乐在小区不同的立体坐标中低鸣或浅唱。夜深后，楼梯道邻居回家的脚步声、说笑声山响，天花板上也不时会有塑料麻将牌跌落的声音，却没有人会像北京人一样，在暖气管道上"发电报"沟通，或上门去找对方晓之以理，进行温馨提示。在成都，根本没有人在乎。

二十世纪八十年代末期观念松动，三哥和云南一起回来的知青兄弟搞起了制服生意。三哥是场面上的人，负责做销售，按当时的说法，叫作业务主办。以前国营单位的供销科可都是坐办公室，等着别人拿着介绍信来接洽的，关系硬的才给供货。市场经济以后，事情正在起变化，三哥开始出去跑生意，这客户们也没见过跑业务的人上门，都不知道该怎么应付，万一是领导的关系呢？见三哥拿出来的是产品，不是打招呼的字条，就开始逐客。三哥说，不要慌，我只说三句话，"……"，最后说，外面的事，我懂。客户说，你先坐着，喝点茶摆嘛。

大白天，三哥进了亮堂的单元，竟还要摸摸索索找房门。终于进屋落座，我照例拿一个茶杯，倒上百分之八九十的凉白开，再从三哥的酽茶杯里倒出一点，略一勾兑，就成了一杯标准浓度的茶水，一口喝下，歇一歇。

三哥说，晚上要来人吃饭，你一会儿陪你妈一起出门买点菜。三嫂说，什么吃饭？他们就是喝酒。眼睛都看不见了，还喝。原来三哥长期饮酒影响视觉神经，生了白内障，正在等待成熟后做手术摘除。以前都是出门喝酒，自从行动不便后，各路朋友就上门来找。三嫂又说，一喝酒就凌晨三点，一家子觉都睡不成。

毕业于社会大学，拥有"人性的弱点专业"学士学位和"增广贤文专业"研究生学位的三哥振振说道："在家不会迎宾客，出门方知少主人，朋友来耍还是要好生招待。穷在闹市无人问，富在深山有远亲。人家来找你，说明你现在经济条件好得嘛。"三嫂听到这一句，开始有点笑意，到嘴的话就收住了。

这新小区后面的菜市场竟然在一片嫩绿耀眼的田埂边上，哪儿有什么城乡接合部，一脚就踏进了农村。临时搭建的竹竿，歪斜着支棱起大片大片彩条编织的布棚子，两个条凳中间横着一块门板的菜摊连成一片，规模还不小。听说这块地已经卖给了开发商，但并没有急于建房，也没有整修路面，到处是稀泥，脚底松软打滑。

不过菜可真是滋润新鲜，都是这片菜地上的菜农现掏①现卖的。

---

① 掏，成都郊县话，音 tāo，采摘之意。

那些在北京消失了的蔬菜，又冒了出来。到处都是"相因①咯，相因咯"的吆喝声，像长顺街的老样子。

各种蔬菜水果干货被码得整整齐齐，高下层叠，红黄青紫，鲜艳讨喜，个个都体形饱满，是浸淫在天府肥土中饿吃饱睡、营养过剩的姿态。可菜摊老板还嫌呵护不周，时不时举起一把喷壶，喷一团细密水雾补充水分，心里喊一句"都给我打起精神来"。饱和鲜艳不算优秀，娇艳欲滴才行。

守菜摊儿的太婆一边和邻摊儿摊主摆龙门阵，一边自觉自愿地为每一颗芋头、荸荠削掉粗糙外皮，好像这些泥巴里钻出来的丑坨坨，不露出里面或粉嫩或雪白放光的肌肤，就会被买主错过一样。

买鸭蛋可以给工钱让老板帮忙腌成咸鸭蛋或皮蛋；只需要跟面食加工摊儿的老板说一声买了几两肉末，就可以拿到对应数量的饺子皮。扁豆②早已经在头一天晚上被摊主煮熟撕去表皮，泡上一晚去掉毒性后才换了水，又放在盆里一边继续泡着一边卖；土豆不光要削皮还要擦成丝，洗去淀粉泡水，保持不变色和肉身水嫩，下锅一炒，一点儿都不粘锅；豌豆颠儿的老叶老茎不吝惜地丢掉，只剩下三分之一甚至四分之一的嫩叶尖，开水一烫，入口即化。这菜市场卖的哪是产品，根本就是在卖服务。

任何可以削皮皮、剥壳壳、去根根、拔须须、掐叶叶的都可以免费加工：买鱼负责刮鳞挖肚去腮凌迟，买块肉还可以切成片片丝

---

① 相因，川语，价格便宜之意，出自成语陈陈相因。陈陈相因，原意指粮食太多堆积到腐败的程度，表达可以低价甩卖的意思。
② 扁豆，此处指真正的扁豆。北京人把成都人说的四季豆叫扁豆，和这个不同。

丝块块丁丁，甚至剁成末末渣渣。菜摊老板成了半个"墩子"，家里厨房不需太大，这菜市场就是半个厨房。

只要不赶时间，蹲上半天，虚心求教，能学到各种农业种植、畜禽喂养、中草药性味、泡菜冲菜豆瓣醪糟豆花咸蛋豆豉酱油等民间食品加工知识和技术。如果把太婆的独门秘方大声复述一遍，就会惹来邻摊的、对面的其他太婆的反对声音，以及不同版本的另外几套独门秘方，这市场就是非物质文化传习学校。

排骨可以指定具体的某一根，选择宰成寸段或者半寸段，青黄豆可以只买半把，胡萝卜、玉米买上一根，藕甚至可以只掰一截。一大早上趁着新鲜，逛上一圈，把这几样带回家，丢到砂锅里淹水熬上一两个小时，就是半锅粤式靓汤。

交完钱接过菜，正要按北京的江湖规矩道个谢，被菜摊老板抢先说了句"谢谢哈"。原来买主才是真正的老板，让人受宠若惊，在北京可没享受过这个待遇。

走到菜市巷口，一辆河南牌照的货卡堆满一捆捆北方粉条。一个太婆上前抽出几根，往秤上放，身形壮实、面色黑亮的老板，不顾太婆的不解和失望，不客气地一把抢回去，说："连一斤都不到，卖不了，我这儿都得整捆拿。"说来也怪，全国人民只有河南人说普通话可以不带一丁点方言口音，这句话的语气，果决的态度，做生意的原则，再加上用标准普通话讲出来，让人只觉得亲切熟悉，像回到了北京。

在这样的夏天，韭菜花、苋菜、软浆叶、蕹菜、二金条、紫豇豆、六棱丝瓜、扁灯笼海椒、茭笋、莴笋、地瓜又东山再起、重出江湖、卷土重来。菜是一样的菜，但人已经不是一样的人，所以称呼也不再是一样的称呼。成都已经不全是成都人的地盘，成都以外的省内人带着自己对蔬菜的看法也涌了进来，软浆叶有了别名"木耳菜"，厚皮菜叫"牛皮菜"，扁豆又叫"狗爪豆"，蕹菜成了"藤藤菜"或"空心菜"——这空心菜，让人想起《连城诀》里的那个空心菜，那不是江南的叫法吗？瓢儿白默默地向一线城市靠拢，也被宠成了"上海青"。

菜蔬瓜果们相继按自己所属的月份登场，周而复始，绝不冷场。关键是味道是在北京所想象不到的，北京所有的东西似乎都大了两号，味道也随之被稀释，这里的，是浓缩的精华。

选完菜肉，在卤菜摊切点卤肫肝①，来份糖醋排骨。这糖醋排骨和北京人概念里的完全不同，北京所说的糖醋排骨是糖醋味的红烧排骨，软烂脱骨。成都的则是把中排宰成半截拇指大小，煮一刻钟再炸收后，加糖醋干烧收汁，骨肉紧连，干香紧致，颜色深红油亮，外面沾上几粒芝麻，看着像糖果。

回到小区，到楼下的馆子门前，三嫂叫了一份盆菜。这时候成都的川菜正在受到围剿猛攻，重庆火锅、自贡江湖菜、湖南干锅正在大肆入侵，深切地扰乱着正统川菜的神经。这份盆菜就介于几地融合之间，肉片、芹菜、魔芋、豆腐干、洋芋、藕片、午餐肉之类的混在一锅，像是不久后出现的香辣锅的前身。

三嫂又对我说："我做菜不好吃，你在外面多点两个菜吧。"

---

① 肫肝，鸡胗，此处"肫"读 jùn。

我想，自己和三哥都爱吃蘑菇，那就来两个蘑菇菜吧。这灶台就在馆子的靠门口位置，于是就站在旁边，边看边等。这两个菜都是菌菇类，厨师却用了两种完全不同的烹饪方法。第一个是平菇肉片，只需要五成油温，码过盐和水淀粉的肉片下锅，停留几秒钟后再滑散，下蒜片、挤过水的平菇炒香，勾芡就可以起锅盛盘。第二个菜口蘑豆腐并不是用油炒，而是先下高汤煮沸，然后放姜末、玉兰片、口蘑片、盐，汤再沸后氽入豆腐，撒点胡椒面，淋一点芝麻香油。我心里一琢磨，因为口蘑和含水量大的平菇不同，自身锁水功能不强，高温急炒之下会急剧收缩，这高汤烫熟的方法确实聪明合理。

三哥的酒肉朋友还没来，客厅里已经临时坐满了一群不速之客，都是小区里的邻居。主要是和三哥讨论国际形势、治安新闻，以及沪深两市。狂热的年代正在开启，即使买股票还需要本人物理到达证券公司大厅，像到银行存钱一样填表格认购，也阻止不了后面排山气势的层层巨浪的到来。闸门被一个"小个子巨人"扳开后，所有的财富像是喷涌的泉水，都正在往一个池塘里灌。先来的人刚想出去，看到水涨船高，又改变主意留了下来。有意思的是，这个池塘的堤岸竟然也在跟着水一起涨高，像是幻觉，尽管越来越深不见底，人们却愈加狂热。这些狂人挤在三哥的客厅，听他的分析。三哥倒不是股票专家，只是还保持着在每天晚上电视滚动重播白天节目的时候，学习一遍所有新闻及其背景解析的习惯。

等人散尽，三哥跟我说："现在不应该炒股和打麻将，应该做业务挣钱，有了钱多买房，外面的事，我懂，我们在金鱼街又买了一套房，这两天带你去看看。"然而，他并不是在告诉我，以后又有多少新增财产会留给我，三哥的父亲二十多岁开始独当一面，他更是十几岁就独立谋生，理所当然地认为我也应该沿袭这一优良的家族传统。很早，他就暗示或明示我，必须经济独立和生活独立，此时，他只是在提前传授我投资理财的理念。没有了后盾和后路，让我一直有危机感和独立意识，并从不依靠、依从和依附于其他人。多年后我努力工作和创业，都源于他的这种无为而治，或者说既无为也不治。

三哥一边说，一边趁三嫂正在厨房忙活，从茶几后面把一只五升装的透明塑料桶拖到身边，拧开红色的盖子，举起来，往嘴里闷了一口，又盖好盖子推了回去。塑料桶上的标签写着纯粮六十度，三哥这像是在为晚上的大酒热身。

三嫂自顾自地大半天都泡在厨房忙活，任人在屋里说笑喧闹。她对烹饪的理解主要不在于烹制和调味，而在于料理。猪肉要挑出每一根细如毛发的筋膜，然后顺着肉的纤维方向，切成横截面半厘米见方一寸半长的丝，每一根肉丝间的误差精确到毫米，每一颗青椒也要顺向切成和肉丝相匹配的粗细。每一棵韭菜，都要用手捋掉根部的叶膜，一根一根地扯开与根部相连的叶片，再用冷水泡上一段时间，以便洗掉藏在这旮旮角角①的泥巴，以及虽然她肉眼不可见却相信必然存在的农药残留。

三嫂并不是有美食追求或匠人精神，匠人只是技术工人，三嫂

---

① 旮旮角角，川语，指缝隙和角落。北京话叫"犄角旮旯"。

已经超越了技术层面，达到了修行的境界。这是北京人的一个性格特点，也是福芳要求的，干活不能心急火燎、毛毛糙糙，要慢慢悠悠、踏踏实实，干活得有规矩有样子。

第二天下午，三哥宿醉方醒，不知道昨晚上是烟抽多了还是酒精作用，或者因高密度吹牛消耗了太多唾液，只觉得口干舌燥，耳朵嗡嗡响，昨晚从众人嘴里蹦出来的四季财、五魁首、六六顺、七个巧、八匹马，还在脑子里和半空中交叉回响。

洗漱完毕，咕咚咕咚喝上一大杯水。昨天晚上没顾上提前泡好今早要喝的隔夜茶，那喝白水也行，总之按三哥自己极力推荐给自己的日本饮水疗法，每天早上第一件事，要先喝一大杯水，可以治未病。

躺下来，左手揪起眼皮，右手往里滴眼药。眼药水是三哥的万能秘方，不管眼睛发炎，还是感冒、鼻炎、咽炎、气管炎、咳嗽、头疼、浑身无力，这眼药进了眼睛，流过鼻腔，穿过嗓子眼，灌溉过的地方，一片清凉舒畅。其实不是因为眼药水真是万能神药，而是这眼药水是三哥免疫系统的独家激活剂，一滴见效，可以治已病。

眼皮裹着一汪清泉，正闭目养神的三哥，皮带上别着的数字传呼机响了，上面显示了七个数字，这是成都本地的电话号码。收到这一串号码，想回电话还是有点费事。新小区不光每家每户都没有电话，甚至没有公共电话，因为电话线都还没拉进小区。于是我推上自行车，搭着三哥进二环路去回电话。

骑到二环路口，身边冒出个交警，用手一指说靠边停。我吓了一小跳，这骑车搭人①被抓，不光罚款，还要通知家长，甚至全校开会时公开批评。我被自行车的惯性拽着，过了路口才停下来，三哥说，莫得事，你在这儿等我。只见远处交警挥手拒绝了三哥手指头缝里变出来的一根烟卷，然后开始交涉。不一会儿，交警快步走过来，说："同学，谢谢你，你是哪个学校的？我们通知学校表扬一下。"我有点懵，说没事没事，应该的。

三哥慢慢蹭过来，重新坐上车后架说："走。"骑出几十米，我问："刚才这警察怎么还谢我呢？"三哥说："我告诉他我眼睛白内障，看不见，这是我邻居家的娃儿，学雷锋做好事，送我出门。"然后又说："今天就把电话装了。"

回完电话，三哥就拨给邮电局，邮电局说小区里面还没有线路资源，如果着急，可以单独从八百米外的隔壁小区给你引一条过来，安一部家庭电话费用是普通人一年的工资，单独引线过来要加收四分之一。三哥说："装。"

钱是发展的原动力。第二天下午，沙发边柜上就摆好了一只长方形乳白色、嵌着十来个浅蓝色数字按键的国产仿欧美最新款电话机，把听筒拿起来凑到耳边，就听到"嘟——"的长声鸣响。姐姐过来看新鲜，顺便给朋友们打个传呼，通个电话。完事就拉着学了车但还没驾照的我，出门练她的面包车。

新建成的小区，靠近边缘的道路有一片封闭区域，暂时还没有

---

① 带人，北京话，成都叫搭人。

行人和车辆。深色发黑的柏油路面上刚画了行车线，路口还没装红绿灯，更没有多年以后才会出现的监控摄像头。路上几处没有井盖的洞口，围满一圈红砖头，证明着这些路还没有完工启用，交付市政和交警管理，正好适合练车。在四周围挡的保护下，我准备在这里一展拳脚。

虽然没有车内车外的干扰，但开起来还是胆战心惊，毕竟出了驾校后这是第一次摸到真车，点火，踩离合，挂一挡，松离合，轰油走，换二挡，换三挡，换四挡，减挡，左拐，然后……，然后就该报告交警操作完成，等着拿驾照了。按训练成果，到这儿就是大功告成，见好就收，驾校教的就这么多。

但为了巩固并试图超越应试教育的丰硕成果，我临时决定硬着头皮，向着拐弯后发现的史宽阔的路面再多撒一会儿欢。不料，几十米后，前面突然横亘了一座山一样的土堆，猛然间不知道该先停下再掉头，还是先掉头再减速，一紧张，脚一歪，"北京片儿鞋"滑脱脚面，赶紧用光脚板一踩刹车，说，姐，我歇会儿，你开。姐姐潇洒自如地开了回去，然后拉上一家人进二环，到西延线上吃火锅。

西延线两边的楼房崭新，几乎没什么住户，基于成都人对商业价值的信心和敏感，以及希望创业而不是去打工的欲望，当然，还有一点敢于承担风险的能力，底商已经开始有一些店家进驻了。

一家当时成都最大的超市和隔壁的火锅店都刚刚落户开业，火锅店门前一匾，上书"云南拉祜村"几个大字，老旧木头作为装饰，充满异域风情与怀旧格调。招牌写的是云南，可云南虽然吃辣，但怎么也没有产生重庆码头火锅文化的土壤，更不要说拉祜族，八竿子打不着，锅端上来一看，果然还是四川火锅。或者严格来说，应该是重庆火锅。

在我离开成都去北京生活之前，火锅这东西除了八宝街一家写着"重庆火锅"的小馆子以外，还真没见过第二家。看上去，它就像这家馆子隔壁的云南过桥米线和长顺街的山西刀削面一样，只是调剂日常饮食的地方风味。

八宝街真正的主流是"重庆火锅"斜对面的刘鸡肉，这是一家成都市饮食公司下属的市井风格的炒菜馆，招牌菜是怪味鸡丝、鱼香八块鸡、熘鸡片、月母鸡汤，以及其他主流川味炒菜。每天中午拥挤喧闹，十几张大圆桌都拼满相互陌生的食客，门口围着排队等候的人群。他们不知道的是，川味炒菜的盛况即将落幕。

一九九〇年，重庆火锅派了一只扮成小天鹅样子的"阿喀琉斯"，正式进攻正宗川菜的"特洛伊"，没过几年，蓉城被一只名叫"廉价"的"木马"的肚中流出来的火锅底料染红，成了一座火锅之城。但故事很快反转，重庆火锅被成都人变成了四川火锅，最后变成了成都自己的火锅。

在重庆火锅出现以前，成都本土也有类似的吃法，叫麻辣烫。在三医院对面青龙街华协电影院门口，晚上散场的时候，带着三个轮子、可以被老板踩着脚蹬子到处跑的麻辣烫摊就准时出现了。那麻辣烫的汤可不是红味的，都是棒子骨和鸡架子等材料用大火滚出来的奶白汤，充满胶质感的肉香味。这"烫"不光指趁热吃的意思，也是烹饪方式，一串串兔腰子刚刚烫熟就从汤里取出，根据口味自己蘸混合了五香粉的海椒花椒面，往嘴里一放，既有调料的麻辣，也有高汤的醇鲜。不想吃麻辣的不蘸干碟就可以了。火锅看似就是把几十倍蘸碟倒进了汤里的麻辣烫，也像是把卤汤锅端上桌，一边卤一边吃，它的底层逻辑其实就是新鲜卤制。

且说回这拉祜村的火锅，我一层一层地开始往锅里投入材料，耐煮的在下面，最上面投上一大把香菜，这种对待香菜的方式，是北京人不敢想象的。说到北京的火锅，传统就是用白水涮，顶多加点葱姜以及几颗微型海味干货。因为以涮羊肉薄片为主，涮几下，水很容易就变成了汤，汤鲜，不能破坏，加上肉片能被切得极薄，容易入味，因此调味主要靠蘸料；而四川，或者说重庆火锅的内容，泥鳅、兔肉、鱼头、藕片之类都需要略煮一会儿，要在煮的过程中入味，味道主要得在锅里，调料相应也就简单，只需要一碗浸了盐、味精、蒜泥的香油用来提鲜，也可以掺半勺火锅里的红汤加重口味，或者干脆不用调料都可以。

拿筷子只是往这锅里，或者掺了红汤的蘸料里一伸，深色的木筷竟变成了鲜红，不管从锅里夹出来的是什么，都和锅下的煤气灶一样，全是冒着火的，往肚里一咽，从喉咙到胸腔再到腹腔，形成了一条火线的灼痕。第二天一早，自己的尾部就会体会到油毡被烟花溅上火星的痛苦。

几年后，这段街成了火锅街，满街便道上都摆满了火锅桌子，夏天的晚上，都是打着光胴胴[1]、流着鼻涕汗滴吃火锅的景象。客人们喊加菜，太婆们端来底料、汤料和蘸料，再端菜端肉端豆奶端银

---

[1] 光胴胴，川语，光着上身。

耳汤端蛋炒饭，桌上一团团面巾纸球，盘子层叠，地下油腻，整座城市地下的窨沟里流淌的都是火锅油。一菜一格、百菜百味的川菜暂时退居二线，变成了成都人口中的"中餐"，所有菜放到一个味道里浸煮的火锅时代，开启了。

火锅在成都落地开花，继而遮天蔽日，一定有它的土壤和必然性。

一群来自各地的人凑在一起吃饭，其中的每个人都做一道自己家乡风格的菜，凑到一个桌子上，这桌菜必然就是一菜一格、百菜百味。移民过程是持续的动态，因此，就像哲学就是哲学史一样，川菜就是川菜的发展史，它的面目一直是在动态变化的，而变化的底层是地域文化碰撞史。

清朝官员带来了一部分满汉全席的传统；《醒园录》一书，带来了很多江浙粤和北方饮食；丁宝桢带来了掺揉了贵州风味的山东酱爆鸡丁，再结合蜀风，成了宫保鸡丁，以他为代表的要员名流带着家厨入川，带来了不少官府菜做法；陕西商人带着家乡饮食的习惯，大量进入自贡，开拓盐业；还有抗战期间入川机构外来人口带来的饮食；再往回看，清朝回族迁入的高峰期，带来了麻花、馓子、炸糕、八宝饭、酥饼、锅盔①、切面、水饺等小吃；以及最著名的湖广②填四川，这个迁徙潮中还有赣徽两广等地移民饮食。

长久以来蜀道难，交流不易，实际上每一次的碰撞都很剧烈，

---

① 锅盔，实际是烙烤馍，前文有述。
② 湖广，清朝的湖广省，即今湖南湖北二省。

影响也更深远，碰撞之后经历了长时间的磨合期和融合期，海纳百川并不是一次性纳入，而是持续的常态。

到了二十世纪的九十年代，交通便利呈指数改善，各地文化已经开始趋同，成都移民规模更大。虽然省内的移民数量远远覆盖了省外移民，地理跨度小导致碰撞烈度降低，但过多过频，留给融合消化的时间也不够多，所以太多不同的人、太多不同的思想意见需要一个利维坦来一统江湖，让所有人在还没反应过来的时候，摒弃门户之见，熔为一炉。这个熔炉就是火锅。

另外，移民加剧导致人口膨胀，专业厨师群体被稀释，烹饪速成班、半路出家的厨师增多。以前个体饭馆招厨师都要看专业级别，如今这个门槛干脆被取消。连锁店开始发展，为了降低成本以及人员流动和核心技术流失的风险，开始采用中央厨房，去厨师化。

从口味来说，虽然重庆火锅与成都菜的思路相背离的不少，但成都本来就具备接受火锅的基础。传统川菜以锅巴肉片、韭黄肉丝、咸烧白甜烧白这些不辣的，以及回锅肉、豆瓣鱼、鱼香肉丝等一些微辣的为主，倒是凉菜和小吃口味稍重略显刺激。

传统成都菜的面目虽不是大麻大辣，但麻辣却是成都菜的一个用以开胃的亮点。麻辣像饭前和饭后的药丸一样，被成都人长期服用。成都人不像重庆人周身毛孔都是辣椒和花椒，正好相反，成都人周身毛孔都是辣椒和花椒的抗体。重庆火锅以不断刺激成都人的抗体强度为突破口，撕开了一个口子，却也帮助成都人提升了自身耐受力的极限。更重要的是，火锅迎合了成都人爱热闹的毛病。一般的炒菜吃着吃着就凉了，不适合长时间热闹，成都人连喝杯茶水都要凑在一起，这最重要的吃饭问题，当然更要凑在一起。

然而，这些都是表面，最深层的问题在于制度的变革。近代八大菜系里的川菜体系形成，其实就是最近一两百年的事情，它的巅峰除了来源于地域的碰撞，还在于系统的稳定，包括传统家族结构的稳定，学徒制度的稳定。奔流不息的水和岿然不动的山一起，易与不易，才构成真正稳定的系统。

但是，新的体制一直在打破宗族纽带，学徒制度也与劳动法规冲突。家族买卖更多地被夫妻店代替，精力有限，又没有稳定学徒作为帮手，因此难以规模化或者长久可持续经营。学徒的头几年不再为师父充当苦力，学成很快就想另立门户，导致师父不愿意倾囊而授，选择留一手，甚至核心技术全都保留。以教授技术为主的烹饪学校出现了，但学员缺少传统学徒期间在商业经营方面的耳濡目染，创业失败率很高。

公私合营让传统烹饪进入了飞速发展和最后的回光返照，随之而来的代价是全面的衰落。这个阶段的前期，民间美食秘方被上交，刊印成书或内部资料，保留住了很多珍贵文献，行业深度交流带来了川菜发展的最高峰，川菜文化甚至输出到西方各国、联合国。没有太多文化的灶台师傅被尊为了大师。

但更多像志诚这样的民间卤菜专家，却在变革后被边缘化，志诚不久后被派到了焦家巷口打锅盔，甚至没有权利留在自己创办并仍任股东的馆子里，哪怕在自己的馆子里打锅盔也好。

被收编的产业大多数因外行指导内行的体制导致经营不善而

关闭。川菜的发展在于源头活水，也就是个体所有者对传统的继承和秘方创新，人的天性有自私的成分，而因自私被研究出来的秘方可以实现错位竞争，保护行业的生态，长久以来累积出了行业的辉煌。无恒产者无恒心，秘方既无法保留，品牌也被迫拱手让人，数十年的积累也就灰飞烟灭。得到秘方的，也不能据为己有，当然也就没有呵护它和继往发展的动力。这个新阶段呈现出来的创新是短暂的，之后川菜成了死水一潭。苍蝇不叮无缝的蛋，任何轻而易举的全面胜利都是因为里应外合或乘虚而入。

当然，事情并没有这么悲观，成都实际是在韬光养晦，适时地示弱，不逞匹夫之"愚"，以退为进，高调接纳了江湖菜和火锅，敞开胸怀先让对方称霸。接纳的方式有两个，第一，成都人不是排挤火锅店，而是立刻开了一批比重庆火锅店规模更大的火锅店；第二，不知道是不是为了趁机吃垮敌人，吃客们拥到价格低到令人咋舌的重庆火锅店门口排队。根本不需要斗争，只需要把自己的内涵扩充，改写川菜的定义就可以了，反正川菜的面目也是动态的。动态的，才有生命力。川菜如果主要是炒菜，炒菜不行了，就纳入火锅，川菜自然就又行了。

这还没完，下一步把火锅的核心牛油去掉，换成清油，就成了自己的面目。然后成都人还要立刻把火锅开到全国，迅速文化输出，直到成都变成火锅的代名词、成都城成为火锅的应许之地为止。这种包容并蓄、为我所用、改头换面并强势输出，是藏在川菜性格基因里的智慧。

火锅的来临是时代的选择，半成品预制菜造就的连锁店模式也是时代的选择，这是城市人口急剧扩张后的一种暂时解决方案。但如果它们无节制地发展，过于强势，抹杀人的个性自由，同时还存在食品安全隐患的话，就必然会被历史抛弃。川菜的发展道路不仅吐故纳新，还会自我调整维持中庸，左了就往右，右了就往左。一旦失去了调节能力就会走向毁灭，被新的代替。当火锅和连锁饮食的覆盖面足够广之后，客人的需求又会继续按历史规律，滚动循环，也就必然会重新诞生新的特色小店。只要保持调节能力，它最终会实现螺旋上升。

吃完火锅的第二天，我和乔治约了出门吃喝，想清理一下被火锅碾轧过的肠胃和味蕾。

中午，先到小谭豆花点一份全成都顶级地道的粉蒸牛肉开开胃，再去红照壁的老南门金字街牛肉馆①或者三桂前街的皇城坝牛肉馆吃正餐。它们几乎是成都仅存的、还能保留二十世纪八十年代正宗市井川味的馆子。值得一提的是，大多数的川味炒菜都在搞创新研发或者迎合江湖菜口味，反倒是清真川菜馆一直固守传统，特别是保留了很多白味，也就是不辣的川菜。清真菜在去腥膻和香料运用方面本身就有独到之处，加上川菜的调味手法以及对肉质嫩化处理的手段，把大众川菜做到了最高境界。所谓最高境界就是平凡里见不凡，且归于平凡，就像皇城坝牛肉馆的一盘葱香牛肉，肉质纤维里面没有一丝动物的筋络且嫩滑如酪，只觉得自己在吃饭，而不

---

① 老南门金字街牛肉馆，拆迁后已不知所终。

是在品尝美食，好吃的东西吃起来顺利得让人没有品尝的想法，在这"颐之时"，一心只想"吞之乎"。①

入得皇城坝牛肉馆，找一张大圆桌落座，点皇城肺片、凉粉、萝卜烧牛肉、番茄牛肉汤，再来一份干煸牛肉丝——这个菜在菜单上是没有的，只有老客才会点，服务员一般都会战略性劝退，说："这个菜等的时间长哈。"我说："没事，等。"其实很快就会上来。"蒸、拌、烧、炒、汤"就算齐了，当然，"蒸"是提前用小谭豆花的粉蒸牛肉来凑上数的。

而其中的这碗不起眼的凉粉，却足可代表川味的调味巅峰。用栀子染过色的豌豆凉粉切成指粗条，浇上油酥豆瓣和豆豉、酱油、芝麻酱、蒜泥、花椒面混合的复制调料。当然，我知道的只是标准配方，除此之外一定还有些独有的成分，通过复合调制和熬制之后，已经很难分析出具体的内容和配比，这也预示着它失传于江湖只是时间的问题。

下午闲逛消食。新式建筑在北京都有，没太多新奇，于是二人一起到长顺街参观"古城"。招了一辆坨坨车，司机随机停在了长顺街的红墙巷巷口，下车往巷子里一望，左手一截红色矮墙，以及上面三个白底红圈和圈里的"红""墙""巷"三个字还在，我竟不自觉地松了一口气。

其实红墙巷得名，并不是因为这段红色宫墙，宫墙上更不会再嵌上几个寺院风格的字体。这都是在我小时候的年代，被人根据

---

① "颐之时"和"吞之乎"分别是成都两家老字号餐馆的店名。

街名臆想并打造出来的。可记忆如果有性格的话，一定是保守的，没有人理会它有没有文化根源和出处，小时候就有的东西就是正宗的。不过越往深处走就越明白，本身就不完整的这一截红墙，实际已是一个时代的残垣尾声。

这时候的长顺街和整个成都一样，正处在鼎革之际，田园诗和狂想曲同时存在，人们暂时丢弃了共同的底线①，长顺街也被房产项目暂时切成了一段段，奇数段是楼房小区，偶数段还是老的青瓦房门板户。如果一个现代化城市的胸怀可以包容一条老街的原样保留，或者在只改善基础设施的同时，留存下各个不同时期的新老建筑并能自然过渡、和谐相处，都将是了不起的。而当下黑白琴键式的状态，无疑是即将被推翻重来的标志，在非黑即白的理念下，只能有一个选择。

不管现状和未来如何，满街的川味馆子仍然积极地充塞于任何一个可以被允许营业的空间里。老字号都成了官方大品牌，搬去了更好的地方，但老味道还在，新味道也插了进来，新派菜和火锅登场。"满城"的安静也变成了满街的音乐，唱片店里，盗版激光唱片一片片嵌于墙面，或者一箱箱摆在地上任人挑选，新近舶来的各种品牌日本组合音响贴着彩色荧光贴纸，几何流线型外观格外夸张，正朝着店外嘶喊。当红的张学友和Michael Jackson，正同时在这条街上飙歌或是对唱。隔壁饭馆的店内及门外都摆满了桌椅，人们

---

① 鼎革之际、田园诗和狂想曲、共同的底线，在此是引用了历史学家秦晖先生的三部书的书名。

顶着三十多度的高温，围着一口滚烫的火锅汗涕横流。十多年后，有一句话形容这样的场景——吃着火锅唱着歌。

除了馆子以外，各家店铺门口常甩着一张四方桌，摆着四把椅子，椅子上恍惚有晃动的人影，正在桌面上打太极、搅拌、搬砖、砌墙，最后拆迁、收钱，然后开始新的生活。我俩到小卖部里买可乐，店里没人，乔治朝着里屋喊"老板"，冷不丁身后一句答应。刚才椅子上一个恍惚的人影说："自己拿，把钱搁在那儿嘛。"乔治说："没零钱，要找我钱。"老板说："那等一下，等我和（hú）完这把麻将嘛，已经落定①了。"

拿上冰镇可乐，胸口一凉，走到过街楼口，发现自家老宅居然还在原地挺立。这两层的联排小楼，此时成了一家豆花庄。

已是晚饭时间，一楼和门外的便道上已经全部客满，挤进去直奔二楼，楼上四面白墙，大白天也灯火通明，吊扇像磨豆花的石磨转个不停，临街的整面窗户完全敞开，已经不是记忆中的幽暗场景。老板追上楼来，递来一张菜单，问："吃啥子豆花？"一看价格，最贵的是鱿鱼豆花，价格只需七元五角，我和乔治对眼一看，说："来两份鱿鱼的。"

二十多分钟过去了，两人往楼下喊："老板，两碗豆花还没好吗？"老板说："快了快了，等一下哈。"又过了十多分钟，上来两个服务员，一人手里端一个不锈钢脸盆，到了桌前一放，把我俩吓了一跳。只见盆里一些半拉砖头大小的豆花坨坨，垒成了一座

---

① 落定，读音接近古音，音 lào tìng，打麻将时，差一张和牌叫落定。

塔，冒着尖，搭配着红绿灯笼海椒、莴笋、竹笋、香菇、芹菜、鱿鱼等，最后还淋了一层热油，撒了一把芫荽。两人同声问："这一盆是一份？"答："是𠱸①。""一份七元五？"答："对的……"

两个外地来的本地人，没想到是这么个局面。本以为是街边扁担挑子挑着的、两只黑红漆木桶里的那种担担豆花的高配版本。可这两大盆，足可赶上那一扁担的量。事已至此，看来只有尽力而为才是对它最大的尊重了。

这脸盆豆花的烹饪思路很江湖，干豌豆用水发后蒸至熟烂，用油炒至翻沙略煳，然后倒水熬汤，再过滤掉豌豆，加鸡架和棒骨继续熬一晚，作为豆花的底汤。热油放葱姜泡酸菜粒炒香，入现磨现点的豆花煮入味，加入配菜配料泼油。清淡不辣，吃的时候，捞出来的豆花可以再单独蘸辣碟，辣碟用炒熟的红油豆瓣、红油、富顺香辣酱、糍粑辣椒等，随意搭配。

过了半晌，二人从豆花老宅缓慢踱步而出，只见老宅对面是当年那些柴油打桩机种出来的居民楼，整体围成"回"字形，"回"字形的南边是四道街，另一边，是我更加熟悉的三道街。

---

① 𠱸，成都话，读 sān，语气助词，相当于北京话"呀"。

十、三道街

　　若干年后，我得到了一张大英图书馆收藏的清代北京内城地图，迷幻的是，地图上离福芳家不远的新街口北大街像是鱼的脊骨，两边分布着很多横刺，左边一列胡同分别叫二条、三条、四条，而"三条"的对面，竟就叫半截胡同。这让我想到了成都的少城里那同样像鱼脊骨一样的长顺街，两边同样分布着很多根横刺，左边的叫二道街、三道街、四道街，而志诚家所在的半截巷，就正在三道街对面。

　　说到这三道街，清朝时曾叫忠孝胡同，是满族正黄旗一甲所在，和少城其他很多巷子一样，因为曾经有贵族居住，所以也隐藏着很多旗人留下的大宅院。铁打的宅院，流水的主人，民国来了，主人换成了军阀、官员、教授、文化名流，后来他们没落了或者南渡了，总之消失了。又有人来了，改造了，分配了，就成了大杂院。

四道街与三道街相邻，它和三道街平行并列。南北相距七十米左右，这两条街的中段被一条名叫横四道街的南北向小巷子连通。同时，横四道街也就把三道街和四道街分别分成了东西两段。放学时，我习惯性地从四道街东段拐到横四道街，再拐到三道街西段，就到家了。

走进四道街口，可以看见从街右手一直连到三道街的区域，房子被推成废墟，露出孤零零的几棵像大伞盖一样无所遁形的古树。砖块瓦砾中，工地崛起，一个露天石灰池正在被灌水，不断翻腾着白泡泡，滋滋地冒着白烟，像一口煮沸的大锅，泡泡不断破裂，把水沫弹射到水池沿，形成的积淀物慢慢堆叠翻展，像个即将要不顾后果喷发的火山口。白烟后面有几团黑烟，是几个柴油打桩机冒出来的，它被自己身上冒出的烟熏得黢黑，带着怒气，挥起像锤子一样的拳头，把一根根钢筋混凝土的柱子往地里钉。听说不久后，这些钉子就像种下的树苗一样，上面会长出一栋栋现代化楼房。路过的人并不知道，这一团团古老遗迹废墟上像呼吸一样冒出的黑白烟，标志着未来数十年将遍及全中国的房地产大开发开始了。

废墟中有一些房子，主人已去，梁柱还在，长顺街上的馆子为了取新鲜肉，有人牵了山羊过来，把这断壁空屋当成了屠宰场。我和几个刚放学的小孩子一起，围到跟前默默观看。这山羊被固定在宽矮的杀猪条凳上，脖颈处被刀刺中，短暂地哼叫喘息后就无声

216

息了，片刻过后抽刀放血，然后被高悬于房梁，外衣被慢慢剥离身体。在庖丁手里，这山羊任由自己慢慢分崩离析，变成了上脑、里脊、外脊、羊腿、羊蹄、肋排等烹饪技术用语。

没有人注意到羊的叫声是不是比平时高亢和嘶哑，没有人大惊小怪地抗议，要求"行凶者"放下屠刀、放可爱的小动物一条生路，饥饿年代走出来的一双双眼睛，看到的不是活泼生灵，而是新鲜食材，毕竟《新华字典》里也写得明白："羊，皮、毛、角、骨都具利用价值，肉、乳可供人食用。"

满足了好奇心也带着一点点惊恐的我，继续往家走。左手的省皮肤病研究所里，有人正在拧开所里研发的特效自制药的透明塑料瓶，瓶盖里面连着一根毛笔样的刷子，平时像标本一样泡在瓶里的药水中，打开后，就可以用刷毛上无数肉眼看不见的毛刺挂着的药水往皮肤患处擦拭，周围的空气也被刷成酸腐的气味。再往前是省中医研究所①，门口的水泥坝坝上铺着大张大张的竹席，席上晒着一些被切成片状的植物或动物的骨肉，在太阳的炙烤下，正在自我升华，准备变成名叫当归、远志、生地、独活、防风、穿山甲②的中药饮片。往右拐进横四道街，右手长长一段泥巴墙，墙面和墙头的官司草和狗尾草，正在被阳光搅动，生发土腥味和草腥味。

这段回家的路太熟悉了，闭着眼都可以走，只需要沿着石灰的碱味、打桩机的柴油味、动物的血腥味、药水的酸腐味、中草药

---

① 省中医研究所，现四川省第二中医院。
② 此处的药名是引用了金庸先生《倚天屠龙记》中胡青牛写给张无忌的暗语。

味、泥土味和植物汁液味，拐到三道街，就找到了家里或是邻居烹煮的香味，这味道比路上的所有味道都更加治愈。

在打桩机队伍攻进来之前，三道街是特别清静的。听三哥说，尤其在五六十年代的成都，人口还不到百万，少城里面，像三道街这样的巷子，院子本来就隐秘幽深，加上住的人很少，就格外僻静。

从横四道街到头左拐进入三道街，道路右手一大片住宅，一直延展到相邻的二道街，曾经都属于同一个主人。这个大宅子如今被分成了几个独立院落，其中最主要的一片区域被编号为五十号院，由于这五十号院也实在太大，又被分成了新五十号、中五十号和老五十号。我的新家在这中间的中五十号院。

这些院子的旧主人是陈泽霈先生。我只找到了一张关于他的照片。照片中一个大大的宅门，我只能猜想，那也许就是陈泽霈先生在三道街的宅邸"一庐"最初的正门。门前空荡荡，安静地站着一个身材清瘦的中年男人，手拄着佩剑，目光安定，没有笑容，没有刻意的炯炯锐利和挺胸昂首，身着北洋政府的陆军校官礼服，礼服也不奢华笔挺，甚至略显陈旧，可能是因为他的身材不像一般人对军官的印象那么魁梧，而显得裤腿不太贴合，倒有点像后来我在小学参加鼓号队时的制服。这样一个貌不惊人的男人，很难让人想象他当年如何在沙场叱咤，在十里洋场的文人名流中如鱼得水。据说他曾被蔡锷缴过械，当然，说这话的人们认为这是他值得宣扬的荣耀之一。之后任蔡锷麾下的川军第四师师长，被授陆军中将衔，再任成都市政工作督办。

陈师长乃文乃武究佛修禅，是个儒将，甚至是个被戎马生涯耽误了的书画家。《紫山积雨》本是元代大画家黄公望的一幅作品，临写过这张画的大家不少，一九三一年的某天，陈泽霈先生也临写了这幅《紫山积雨》，画桌对面正站着一个宽口阔鼻、留着一撮与鼻同宽的卫生胡、操着一口京片子、表情严肃的日本军人。后来，这个人迅速地发迹，给中国人的生活带来巨大灾难。

　　画左虽题诗"积雨紫山深，楼阁结沉阴。道书摊未读，坐看鸟争林"，但意趣却大有不同。他并没有因身处乱世而把没落之痛融入笔端，反倒是一种即时的抽离超脱、置身事外。画中没有反映这个时代"楼阁结沉阴"的真相，而是描绘了每个人向往的世界"积雨的紫山"。这也是一种逃避，中国文人似乎都有一种寻找桃花源的遁世情结。

　　陈先生画风萧散，尽管格调古野寂寥，却没有八大山人那种无边的落寞，倒隐约有些日本的侘寂之风①，物哀之美。这种山人的境界，让人觉得将军和樵夫原来可以住在同一个人的躯壳里，只是不知道这种共存到底是和谐还是纠结。

　　诗尾分明写着"土肥原贤二先生雅正"，身为中国人，正在为中国人奋战，同时却要取悦于敌人，如何不纠结？没有人会背叛自己的国家，除非这个国家被专制与腐败所控制。显赫的外表是被强加的，他对面那个正在看着他挥毫的土肥原贤二，也是强加给他的，诗里也说了，他想读的书已经摊好，就等争林之鸟安静了。

---

① 侘寂之风，或曰"禅寂之风"。

在上海时，陈泽霈在和张大千、张孜善兄弟俩交往时认识了黄宾虹。据说黄宾虹非常好奇，什么样的地域风土能够滋养出陈泽霈这样的风采和画作，于是开始向往四川。后来在成都东方美专冯建吴先生邀请执教的机会下，最终于一九三二年成行，巴蜀之行也成了黄宾虹艺术风格的转捩点。

到成都后，黄宾虹住在三道街一庐——即陈泽霈寓所花园的阁楼上。我后来的家，三道街五十号，就是这一庐宅院的一部分。谢添、赵丹、白杨、秦怡这几位经常到长顺下街志诚的太极酒馆吃饭的明星在成都时，也是住在一庐。几人中，主演过电影《马路天使》的赵丹是黄宾虹的学生，这是他们来成都后落脚在这个院子的渊源。

传说陈先生后来去了上海，听起来，他的后半生似乎在和上海的文化名流饮酒赋诗，大圆满的结局，让我和多少受其余荫的人亦感欣慰。然而，现实却很惨烈。陈先生其实晚年仍在成都，人间风流已被雨打风吹去，他在"文革"中患精神病，被铁链锁着。女儿因吸毒等原因卧床十多二十年，年老后才下床行走。一家人里凡是有行动能力的，竟都拉上了那夹夹车，以卖煤炭为生。陈师长死后，女儿竟又遗传了他的精神病，不知所终。只有陈师长侄女辈的陈小美，也就是邝太婆的闺蜜，以及陈师长最小的一个姨太太所生的儿子陈小盟，还留在这五十号院子。

陈小盟家在中五十号院主楼一层的中间位置，这是陈氏家族仅剩的一丁点房产之一。那时陈小盟三十岁左右。他上衣总是绿色军便服，下面总是公安蓝的警式阔裤，在院子里经常不是修自行车就是接外面的订单做沙发。他烫过的头发微卷，留着一点稀拉胡茬，脸上带笑，身体粗壮，但干活把细①，衣服也干净，即使难免会蹭上一丁点深色机油，也很少。

下午我放学回来得早，就顺便观赏一会儿他做沙发的过程。小孩子最感兴趣的是大人正在做的事，尤其是这种能够看见事物构造和原理的事，绝对是不可错过的内容。

制作一张纯手工沙发，要会做木工，再会点儿金工和缝纫，需要体力，也需要心细，适合陈小盟的沉稳性格。他首先慢慢悠悠用木材打个框架，在框架中固定住一些黑色弹簧，上面铺垫上有名的北京泡沫②，泡沫外面用粗糙的麻袋布包裹。再拿一根约一拃来长、棉签粗细、月牙形的钢针，针孔纫上麻绳，绷住麻袋布，然后像裁缝给衣服打版一样逐针缝合。他缝完一针用力拉扯，再继续下一针。雏形有了，再修形整边。最后，覆一层粗纹平织布，一只新的时髦沙发就诞生了。

买主搬回家后，讲究点的要搭上一块漂亮的垫布，一般是粗编织的提花布，上面的图案可能是《山路松声图》，落款写着"唐寅"，也可能是水墨《奔马》，落款写着"悲鸿"。靠背顶端还要搭块雪白的镂空蕾丝方巾，尖角朝下。

陈小盟的隔壁就是邝太婆家，邝太婆另一边隔壁是过道，过道

---

① 把细，川语，细心。
② 北京泡沫，那时成都把海绵叫"泡沫"。

旁则是老五十号的红色砖楼。住在红楼一楼的一家人的后窗户，正对着我家厨房门口的通道，窗户有防盗的铁栅栏。往家走时，总不自觉地会往那个窗户里看，白天里面一直漆黑，晚上拉着帘，那房子地基高，只是在窗帘和房门都敞开时，踮着脚尖，目光能从窗户穿过去，看到人的剪影。他们家今天炒什么菜，来了什么亲戚，打架了哭闹了，电视拨到了哪一个频道都听得一清二楚，走到三道街上八成也见过面，却并不认识。

这家神秘邻居的男女主人，应该比三哥三嫂年轻，按年轻人的习惯，每天下班回来把靡靡之音放得山响，而且是靡音皇后邓丽君的升级版——靡靡音乐剧。我只能想象铁栅栏里面那个暗黑房间的写字台上，放着一台银灰色日本走私的大功率卡式立体声收录机，喇叭防尘网的包边做过镀铬处理，闪着一圈白光，卡槽里有一盒印着一男两女时髦青年照片的卡带，卡带上的两个轴孔正在徐徐转动，微微的摩擦声被音乐掩盖。

这是台湾歌手谭顺成、谢玲玲和尤菁表演的悲痛爱情音乐剧，名字叫"水仙"。这部剧他们放了不下百遍，我也听了上百遍，现在想想真是凄婉动听又时髦，心儿碎了，肠儿断了，剧情和曲调同样千回百转，跌宕起伏，回肠荡气，是符合莎士比亚经典套路的现代演绎版。只不过当时没有这个觉悟，只是觉得好乱好吵，大人们之间的事情，真是复杂，一起玩玩具不好吗？

这家人偶尔会爆发激烈的吵闹，男主人骂女人频率最高的词是"你个缩爷子"，女主人骂娃频率最高的是"你个私娃子"。成都话，几个男人可以说"几爷子"，爷子是指男人，但缩爷子的意思并不是指女人是什么样的"爷子"，而是骂女人有一个缩头乌龟的老公，也就是男人骂回了自己；私娃子是"私生子"的意思。男人骂女人是缩爷子，女人骂孩子是私娃子，那时候，并不知道他们语言的含义竟是在骂他们自己，听着只觉凶狠，感觉和背景音乐中的那个凄美的爱情故事有不小的反差。故事里男女间有柔情蜜意、背信弃义、悲伤和叹息，却没有咒骂，这也许就是艺术和生活的距离吧。

闲暇的时候，可以在院门口看上门师傅拿着像巨型苍蝇拍似的两只黑色铸铁架子烤土蛋卷；看游街师傅用一个像安着方向盘的原子弹一样的铁罐罐，在炉子上转来转去，然后在一个软管筒里，一脚踩出一堆爆米花；或者串巷师傅把大米、玉米扔进一个空空空响的柴油机器里，另一头就挤出空心的金箍棒，干脆甜香，往嘴里一放就化掉；可以从构树上俘获一只牵牛，再顺便掐下一片构树叶，看茎管里流出叫作"构奶"的白色汁液；也可以在院子里跍①着干很多事。跍着当然还可以搧洋画，可以玩玻璃弹球……或者跍在自来水旁边看人洗菜，谁家今晚吃什么，都会在水池前播放预告。

这水池的旁边有一个小独院的侧后门，小独院正门开在三道街，院身被套在五十号院内，里面住着徐家一大家子。徐家是茶商，徐家老两口和三个儿子儿媳、孙儿都住在一起，家里到处都是大麻袋装的茶叶，储藏条件并不怎么讲究，一来是这茶叶流动速度

① 跍，川语，音 gū，蹲着的意思。四川小孩子蹲在地上埋锅做饭叫跍跍宴，按字音被俗写成了"姑姑宴"。民国时期，黄晋临先生在包家巷开的餐馆就以此为名。

比较快，再有，茶是四川人的口粮，是生活物资，没那么金贵。

四川以成都平原为主的地区，地理气候土壤条件适合种茶，不光是能种出品质不错的茶，产量也极高。但四川对外的货物交通不便，导致卖到外省的成本高，除了通过茶马古道销往西藏等茶资源匮乏却又刚需的地区利益可观以外，大多还是省内消化。省内销售，茶叶价格比较低廉，大多数人消费得起，培养了饮茶的习惯，使得茶成为继柴米油盐酱醋之后的日常消费品和必需品。

川茶品种简单，基本就是大宗绿茶、名优绿茶、茉莉花茶几类。大宗绿茶是三哥喝得最多的素茶，一买就是二十斤，是三哥的精神大米。名优绿茶包括叶形自然完整的毛峰、卷曲的甘露、扁平的黄芽。再有，就是成都人最喜欢的茉莉花茶。

茉莉花茶并不是简单的茶花混合，而是用干茉莉花和茶坯一起窨制出来的，品质高的反而花少，甚至不掺花。茉莉花选下午采晚上就能开放的含苞待放花，茶坯事先烘干到合适的程度，二者混合进行"堆窨"，让茶叶吸饱茉莉花的香味。其中，茶和花按十比六点五的比例用量窨花一次、提花一次，且按干花含量在百分之一点五的工艺制成的花茶，性价比最好，这也就是成都人最喜欢的三级茉莉花茶（简称"三花"）的原因。徐家到处都是这茉莉花和茶叶的味道。

徐家小独院出侧后门，是五十号院的自来水及水池。自来水取水装置是一个半人高的铸铁柱，颜色黑不黑棕不棕，准确说，就是铁的颜色。上端横着一根铁质杠杆撬棍，取水时，手握撬棍高翘着的那一头，用手一压一压地抽出水，下水池由几块大张青石板铺成，水就从经常被水花和拖鞋趿拉板拍得噼啪响的石板间的缝隙流走。徐家买卖做得火热，常搞家宴办招待，整个院子，徐家太婆无疑是宰鸡最多最熟练的。

小孩子不知道什么是杀生，什么是残忍，只是对任何东西的结构原理都感兴趣，包括鸡的内部构造。半空中的蝉突然停止了吵闹，水池青石板上出现了阳光的反射，像透过放大镜聚集成的点，院子里晾晒的衣服也围拢过来，徐太婆踏着被流水磨出了丝绸质感的石板，登场了。

徐太婆身形瘦小，留着齐项拖把头，只见她手提一只鸡婆①，飘到水池边，跐在一块青石板上，鸡脖子扮演二胡的丝弦，刀扮演弓毛，徐太婆手上一滑动，奏起了低沉的"怨曲"，鸡血徐徐淌进一个白色大瓷碗，冒着新鲜滚烫的热气，然后开始慢慢凝结。剖开鸡腹，除了能看到腹内的心肝脾肺肾，常常还会有一颗掌心大的鸡蛋，大小和生出来的鸡蛋没什么区别，只是蛋皮摸起来还是半软的，像是颗肉球。大鸡蛋后面跟着一颗小一点的鸡蛋，蛋皮更软一些，后面还有一颗再小一点的，排成一条曲线，一直无穷地排列和变小下去。后来中学数学老师讲课，说有些曲线会无限接近于坐标轴但永远不能到达坐标轴，这在实际生活中是见不到的。我就在琢磨，看来老师一定没有观赏母鸡肚子内部光景的经验。

三嫂越来越晚归，为了多挣点奖金，她在那个小小的别人的集体作坊日熬夜熬，经常天黑才回来，无论怎么加班，收入也少得可

---

① 鸡婆，川语，即母鸡。鸡公就是公鸡。

怜，稍不留神奖金还要被克扣。一九八四年，三嫂和邻居们一起领到了中国历史上的第一批身份证，绿色花纹小卡片上的名字和地址都是手写的，外面用透明塑料皮封装。所有人都以为户口时代要过去了，觉得这表示中国人即将可以在自己国家流动了，而关于流动就业的问题却还在门外的河里来回摸石头，这张小小的身份证，只能证明人们是中国居民，没有个国营单位做依靠，感觉自己还是没有真正的身份。

三嫂反正也进不了"门槛"，决定转身"下河摸石头"。河里稀稀拉拉几个摸石头的人，基本都是被逼到河里、硬着头皮干的。石头也不是随便摸，需要有许可，俗称"个体户"。一九七九年，中国有了第一个个体户，几年过去了，真正有勇气从体制内出来干个体的凤毛麟角。进不去体制的三嫂明白，再怎么给那个集体作坊当苦力，自己也不是其中的一分子，还是得自己干。

她第一个生意是冷饮摊。三嫂不会骑自行车，冷饮摊需要三轮车，正合她的心意。成都的三轮车和北京的平板三轮车不同，车厢比较低，四周有铁框和白铁皮围挡，里面可以放一个冰糕箱和几箱汽水。冰糕箱是主管部门刚刚推出的新款高技术含量的排他性产品，规定不准自己钉一个木头箱子刷个白漆就干，必须买统一制式的浅绿色铁皮箱，价格特别贵，相当于普通人一两个月的工资，三嫂心疼了很久，可它是行业准入证，强制的。箱子外面写着白色美术字、斜体的"冰糕"二字，内部是白塑料。铁皮壳和塑料内衬之间是空的，但不是真空，保温效果并不如传统木箱。好在箱子漂亮，箱子顶盖可以整体揭开，也可以只开一个小圆盖，少量拿取倒也方便。

成都的流动冷饮摊，商品分冰糕、雪糕和汽水。冰糕在北京叫"冰棍儿"，雪糕在北京叫"奶油冰棍儿"。成都的冰糕半透明状，本质就是水、色素加糖或糖精，有的顶端还会嵌一两颗樱桃。当时北京的冰棍品种似乎更多一些，有小豆冰棍——就是再加一些小豆汤冻成冰，顶端留着一层赤小豆，还有山里红果浆加糖冻成的红果冰棍，味道酸甜，像糖葫芦的味道。

最常见的雪糕是双棒，多了些奶或奶油的成分，就是两个瘦小雪糕并连在一起，像是为了方便两个人分享。成都的娃娃头雪糕，被没来由地设计成一个棕色帽子下面一张嵌着棕色眼睛和嘴的白脸；北京也有，但名字改成了"雪人"。成都的汽水和北京的"北冰洋"汽水一模一样，橘子味色素糖精碳酸饮料，只是它的品牌和性质一样，瓶子上就印着白色的"汽水"二字。

这个生意辛苦、自由，虽然收入比普通人强不少，但发展空间不大。总算有了点商业经验，不久，三嫂第二次创业选择了去菜市场摆摊包饺子、抄手。城里面竞争大，三嫂就往西两三公里，去金鱼村菜市。金鱼村菜市场在金鱼村的金鱼街，属于成都西郊，整条街长一公里，茶店子，甚至郫县①的农民都拉着自家的农产品，跑过来赶场。蔬菜、鱼肉、农民自制调料、腌腊、卤菜，样样齐全。街道两边、藏在菜摊后面的，都是生意火爆的小馆子。每天一早，这条街就开始前心贴后背。

天还没亮，三嫂就要准备馅，饺子皮、抄手皮则是在国营面条

① 郫县，现郫都区。

加工厂当天现买的。在菜市场一坐，拿一根两头圆形，像冰糕棍一样的扁竹片，慢慢地填馅、捏褶儿，整齐地排列在木质大案板上。

包抄手的方法，像是把人的双臂抱在胸前，抄起手来的样子，所以四川人叫它抄手。抄手在北京叫"馄饨"。这抄手两臂相交，应该叫饺子更合适，饺，交也。而饺子才应该叫馄饨，不管什么馅，拿一张面皮一裹，吃起来，有肉有菜有面，混沌一片。

成都人家里吃饺子一般是拌熟油辣子、复制红酱油①之类的调料，不适合捏褶儿，基本就是对折一捏，包完的饺子全都躺平。北京人的饺子调味都在馅里，不需要外皮光滑平坦，所以三嫂的饺子都是带褶儿的，立着的，看着精神，花边也好看。成都饺子以纯肉馅为主，加精盐、胡椒、葱姜水，搅打上劲，不加蔬菜，吃的时候需要调味，否则味道单薄，即使吃原汤水饺，家里也得有点现成熬好的汤。但出来买饺子的人，就是想省事。三嫂做的北方饺子因为有菜有肉有调味，煮好就可以吃，方便。

三嫂的饺子、抄手，每天要包上千个，手艺越来越精。为了提升卖相，饺子可以包出十几种不同的褶，动作也越来越麻利，麻利到中午就把所有准备好的皮和馅包完卖光了。

条件略微好了点，家里请②了保姆，不用再每天回家吃三嫂提前做好的冷饭冷菜了，还有吃不完的饺子。也可能是我记忆偏差，当时并没有吃什么饺子，因为生意好，饺子都要拿来挣钱，三嫂的饺

---

① 复制红酱油，又名复制酱油、复制甜酱油。在川菜烹饪中，"复制"指将不同调料混合、熬制，进行再加工的方法。
② 请，四川说法，这里为"雇"之意。

子不够卖，但我觉得自己理论上拥有了吃不完的饺子。兜里鼓了一丁点的三哥又开始躁动起来，经常把我放在自行车前面的大梁上，骑上车，赶一大早去逛房屋交易市场。

现在位于市中心的成都市房产管理局，在二十世纪八十年代，对面曾有这么几间空屋子，临街一面完全敞开，每个房间之间只有几根水泥方柱，柱子和三面墙上都巴①满了大大小小的手写贴士。三哥站在里面，时不时用食指顶一下鼻子上箍着两块厚玻璃的眼镜框，还是穿着一件凸出着四个立体包包②的深蓝色中山装，左上口袋照旧别一根永生铱金笔，背着手，和其他几十个同样穿着一身深蓝色中山装，左上口袋别着一根英雄或者永生钢笔，背着手的中年人，混同在一起，从左看到右，从右看到左，再三三两两交头接耳，想从中发现一点点属于自己的机会。

确定所有的文字消息和口头消息都了解清楚了以后，"中山装们"陆续散出大厅，每个人都从兜里摸出一串钥匙，有的上面系着一条军绿色的尼龙编织绳，编织绳在向裤腰上的皮带襻延伸的途中，还横向绕了很多匝。把绳头上的钥匙插到蟹钳锁的一头，弹簧一响，圆弧形的锁舌就消失不见了。

"中山装"们各自推出二八、二六国标型号的凤凰、永久、飞鸽、峨眉牌自行车，到停车场出口处，把挂在车把铃铛上的用麻绳系着的上面用墨汁写着阿拉伯数字的小竹牌交给管理员，交出黄色

---

① 巴，川语，贴。
② 包包，川语，此处为"衣兜"之意。

的、绿色的几分纸币，单脚踩蹬着自行车，滑行出去，另一条腿一伸一迈，人就消失在熙攘的自行车流之中。明天的他们，可能还会踩着新的希望再来。

不久，三哥终于找到了一个铺面，饺子摊要变成饭馆了。可代价是，饭馆的房子是用三道街那有着民国大户气派、木构红漆、高轩明窗、四面通透带檐廊、木质地板咚咚响的房子换来的。即将要迎来新的生意和新的生活，可熟悉的一切也都成了过去，让人有一点点伤感。

伤感是属于夜晚的，特别是躺下睡觉还没睡的那段时间。刚搬到新家的时候，有好长一段时间我都是很早就上床了，手里攥着搬家移开家具时才找出来的、丢失了很久却一直惦记着的弹弓之类的玩具，略感安慰。灯一灭，又告诉自己，先不要睡着，留点时间怀旧。但这种怀旧并不纯粹，还带着很多主观臆造的胡思乱想。

在这个境界里，城市原本是不断生长并一直保持着鲜活的森林，它生产一切动物植物成长所需和各种多余的物产，同时接受深处泥土和高处雨露阳光的供给滋养，它是平台和媒介。人们生活在其中，到处游走，有的墨守，有的突破边界，人们觅食、把其他生物变成食物、寻找储藏食物和避雨容身的空间、设置私人领地、制定规则和契约，然后一部分人征服另一部分人，砍掉树木种植农作物，消灭四种动物，再挖掉农作物重新植树，他们建造了房屋、宫殿，为房屋和宫殿设计了排水系统，把宫殿的排水口用兽首装饰，并撰写和匹配对应的典故，记载自己的历史。

人们开始制造人工森林，新的森林不断外扩，树木进化成了钢和混凝土材质，柏油和水泥遮盖了森林与天地沟通循环的通道，一些动物和美妙的声响消失，城市按照人类的需求进化，变得越来越好用，越来越完善。但入夜后，人们又会在脑中思索本来的森林，搜索自己的记忆、前人的记忆，以及自己所在群体的记忆。

然而，群体记忆是一块玻璃，有人在上面写字，旁边有人立刻把它擦掉，人们不断地写，另一群人不断地擦。于是有人在玻璃上哈气、写字，然后吹气，让字迹暂时消失，等寻找字迹的人找到镜子，再往上哈气，才能看到隐藏的玄机。为了更巧妙地隐藏字迹，哈气变成了快乐的哈气、魔幻的哈气、晦涩的哈气。一部分人负责保存或寻找，一部分人负责擦掉或掩盖，有人变得更智慧更善于寻找，有人选择忽视遗忘，又有人以能看出而不说为高明或为荣。忧伤消失了，矛盾消失了，循环得以继续。

胡思乱想也得以继续，但胡思乱想到一定程度又会让人很快入睡。人来不及怀旧和思想，也来不及准备，就要开始迎接新的一天。

十一、树德饭店

从长顺街往北到头再一直延伸出去的街道叫宁夏街。一九八五年，三嫂在宁夏街的北头开了一家饭馆，当时并没有名字，因为离树德巷近，蹭一点树德中学的威名。而二十世纪八十年代的成都把餐馆书面语叫"饭店"①，就姑且叫它"树德饭店"吧。

三哥仍在草市街馨怡饭店当主任，借着在国营饭馆积累的经验，帮着三嫂把馆子开了起来。饭馆的铺面是用三道街的家和别人置换来的，我家就搬到了饭馆附近新华西路的一个院子里、俊华养父母兴发

---

① 牌匾都写饭店，但成都没有人口语称饭店，而是称"馆子"。

和玉冰之前住过的一套房子，这是三哥在成都搬的第四个家了。

这院子刚进门的巷道和福芳家所在的院子很像，但进到里面就变成一片方形的院坝，宽敞些，房间也大一些，毕竟小城市人口少，地方宽裕。每天天不亮，三嫂就从这里出发，骑着她唯一会使用的交通工具——一辆三轮车，飞快地出门去了。馆子里一日三餐都做，清晨六点左右就要开始售卖早点。

树德饭店是典型的八十年代的成都饭馆，房子也是老成都典型的门板户。凌晨，打杂的店员小李，蓬着头发，眯着眼睛摸着黑，晃悠着从二楼的床上爬下来，下楼后，从屋里拉开两扇木门的门闩，出门登上自行车，后面架一个竹编大筐，直奔菜市场去取一天所需的肉和菜。回来后，再一块一块地把饭馆朝街的一整面木板挨个卸下来，从上面用白粉笔写着编号一的木板，一直卸到二十号。卸下来的木板分两列，立着码放在左边隔壁库房门口的外墙立面，拉一根铁丝挂到另一边墙上的钉子上，把门板固定住。

门打开后，先给灶台生火。在头一晚封住的炭火上，加来自山西的燃烧值超高、带着银色光泽金属质感的无烟炭，用鼓风机吹起，就去开始准备一个大锡锅①，开始熬稀饭。锡锅其实是铝锅，表面氧化发黑的铝看着像锡，就像北京人把厚一点的铸铝锅叫钢精锅一样，都是因为对这个新材料还陌生，保留着传统的认知和叫法。成都的稀饭一般就是指大米白粥，放一丁点碱，熬出来的粥微黄。人的身体本能需要这种弱碱。

---

① 锡锅，"锡"，川语读 tī。

小李把面缸里的老面团抓出来，这面稀松软溜，小李提了三提，才把这五十来斤的面团平铺到大案板上。和上一团新面，加老面再加些猪油一起揉，讲究的饭馆还要在面里加牛奶。揉好了醒一次，加碱面再揉，揉好了再醒。这两次醒发之间的时间，小李已经把火勾好，火开始转旺。小李的师父、大厨老张也拖沓着从楼上下来，准备好调料，就开始做包子馅。

　　成都的包子分大包子和小笼包两种，树德饭店早餐是做大包子。胡椒面不用说了，对于肉来说，它有着起死回生的作用。馅如果用葱姜末，吃到肉的同时也会吃到葱姜，二者的味道是在嘴里混合的，肉的异味并没有充分被消解，会被味蕾发觉。所以，老张要把拍松的葱姜在水里揉搓，挤泡成汁水。在瘦猪肉馅里撒上胡椒、盐，和准备好的一盆葱姜汁水，把水分三次倒进肉末，用手顺同一个方向用力划圈护[①]打，让葱姜以水为介质，充分融入肉的肌理纤维之中，就可以深层次地中和掉肉的异味。而且融入了更多水分的馅料就更嫩，水分保持住，肉就不柴。搅打完成后，加入占比百分之三四十的煸好的臊子，混合搅匀，增加包子馅干香略酥的层次。一般要再放芽菜增加风味，松软面团底下衬上一张油纸，放进铝制蒸屉里，出笼后，包子皮会被油浸润成半透明状，皮和馅都是肉香。

　　树德饭店的早饭快要做好，我也起床出门了。左脚踩上左脚蹬子，右脚斜跨穿过成人款自行车大梁下面的三角区域，踩到右脚蹬子，向左倾斜身子，骑着向右倾斜的自行车到树德饭店。这时的屋

---

① 护，川语，此处为搅打之意。

里屋外，几座铝制蒸屉山间升腾的仙气正在扩散，空中是白馒头、甜花卷、肉馅包子、淡碱、白稀饭的味道糅合在一起的混合气体。掠过鼻腔到达大脑后，不由自主地又再把它分析成麦香、肉香、葱香、碱香、米香，甚至融合它们的蒸汽的温暖和潮湿也成了一种味道元素。

舀上一碗稀饭，匆忙喝几口，然后抓上两个包子就去上学。三嫂总是会在里面趁忙前忙后的空当，向我喊上一句："上学听老师话，别惹事儿！"拿着包子一边走一边吃。我不喜欢商用包子惯用的猪颈肉的肉质，上学路上掰开包子，找地方把肉馅抖出去，只享用有肉香味和油香味的包子皮。后来看《射雕英雄传》里黄蓉给洪七公做豆腐，里面嵌上火腿，蒸完了弃火腿只吃豆腐，就会想起自己弃肉留皮的树德大"肉"包。

过了八宝街路口，宁夏街自动就变成了长顺下街，走不多远，就能看到桂芳管理的国营饭馆，有时候碰到留着齐项短发、身穿白色饮食公司工作服的她在门口，她总是会眯着眼，满脸堆笑地喊一句："培儿，快过来，拿两个包子！"

中午，从奎星楼街小学出来，沿长顺街走回树德饭店吃饭，远远地就能看见门口蒸锅炉灶正在开工。灶上一口大铁锅水滚开，锅口有一张嵌着三个圆孔的铁板，白色的水汽通过三个圆孔，分别顶着自己上面的一摞迷你型竹质蒸笼。三摞小小的蒸笼堆得像山高，山底熔岩蓄势翻腾，山间烟雾缭绕，像东海上迷蒙中的蓬莱、方丈、瀛洲三座仙山，蓬莱山上是粉蒸牛肉，方丈山上是粉蒸肉，瀛洲山上是粉蒸排骨。

四川的粉蒸系列里面，粉蒸牛肉是最具风味的。把牛肉去筋后横切成骨牌片，加入剁细的豆瓣、酱油、菜籽油、姜粒、醪糟水，再码上混入了八角、草果、橘皮等香料的二米粉——以八成大米、二成糯米炒熟至金黄，用碓窝粗略春碎二至四成，掺在一起即是二米粉。拌匀码味后分装到直径八厘米、高四厘米的迷你竹蒸笼里，牛肉上面盖一层红苕①块。视肉质大火蒸十五到三十分钟。

出笼时，把小竹笼拿下来，上覆一个菜碟，快速翻面，拿走竹笼，就留下一个半球形、紧致的粉蒸牛肉球和下面的红苕基座。豆瓣的红油会从肉球的上面和里面慢慢渗出，直至肉球的周边团转形成了一圈红色的"护城河"，这盘粉蒸牛肉就成为一座美味的城池。最后再给这座城一点装饰，舀上蒜泥、辣椒面、花椒面，撒上葱末，以及任何时候都是牛肉绝配的香菜。

这粉蒸牛肉最重要的味道来源是豆瓣的风味，到了二伏三伏，树德饭店就要自己做豆瓣②、晒豆瓣。七月底，早上一过七点半，每天新鲜上市的牧马山出产的二金条辣椒中，品相最好的那一部分基本就要被太婆们挑光了。为了抢占先机，大厨老张亲自出马，带上伙计小李，一大早用自行车驮着大竹篮直奔菜市场。

上午回到馆子，就把树德饭店门口的坝坝腾出来，先把二金条洗干净晒至略蔫儿，去蒂，剁碎或绞碎到胡豆的三分之一到二分之一的大小，然后混合上提前加白酒晒香了的霉豆瓣和霉小麦，再加高

---

① 红苕，川语，红薯。
② 豆瓣，成都以外的人称其为豆瓣酱，成都本地人称豆瓣。

度白酒、生菜籽油、醪糟水、泡菜盐、姜末、少量花椒和青花椒、香料粉，在搪瓷盆里搅拌均匀，最后在表面再覆盖一层生菜籽油隔绝空气。

做好了就在坝坝中间摆根宽条凳，往上垛几盆生豆瓣，盆口蒙一层棉线稀疏的白色棉纱布挡灰尘，用太阳暴晒。阳光照射下，紫外线可以杀死一部分有害菌，温度升高可以促进一部分发酵菌的生长，还可以烘干一些多余的水分。等到了白昼被夏夜的暖风吹落的时候，就冚上盖子收进屋。为了避免发酸，要在第二天一早起来，趁豆瓣温度低的时候搅动，白天再继续晒，一个月后就可以用了。

对于川厨来说，豆瓣和泡菜都是重要的佐料，自制的更能把握风味品质。泡菜的话，张大厨当然也要自己做。泡菜坛子和太极酒馆的酒坛子一样，最好的仍然是隆昌下河坛。古人对泡菜坛子、酒坛子、水缸等饮食存储类陶器的设计都是底部尖窄，胸腔宽鼓，自然对那些热爱却不擅长攀岩运动的虫子和耗子来说不甚友好。这泡菜坛子的坛沿口外展上弯，拱卫中心的坛口，坛口上凸，平时扣上一只碗形的盖子，坛沿里盛上水和盖子配合，就可以隔绝空气和外部杂菌。鉴别坛子质量的时候，先在坛沿上倒水，点燃一张纸投到坛内，把盖子盖好，燃烧过程消耗掉了坛内的氧气，就会把坛沿水迅速吸进坛子，这个过程表明坛釉完整，没有漏水漏气的缺陷。

新坛子起泡菜水，十斤熟水调成一成浓度的盐水，加一两白酒、三两料酒、三两红糖、二两醪糟水、半斤干辣椒、半两花椒，另外再找邻居太婆要一碗老泡菜水接种，效果就更好。

泡菜像养鱼，关键在于水的卫生，保护水不受污染不变质，保持菌群生长条件正常。泡菜的发酵和风味形成，靠的是水里存活的微生物菌群，而微生物菌群是有地理标识性的，它会携带它所在地域的独特风味，是风味的来源。要想养好水，保持菌群健康活跃和风味，最重要的程序就是蔬菜出坯，避免外部杂菌污染混入，也就是入坛的菜首先要用浓度比泡菜水略高一些的盐水预泡，对蔬菜进行深度清理，时间长短视不同菜品而定。预泡完成后，再入坛静置。

老张养了三坛泡菜，每天都要用抹布把坛子擦一遍，不定期更换坛沿水，保持清亮。第一只坛子里是仔姜、大蒜、二金条海椒等佐料类。第二只坛子里是莴笋、萝卜、豇豆之类，可以凉拌生吃或做配菜。第三只坛子是泡青菜。成都说的青菜，不是其他地方人说的青叶子蔬菜，而是特指一种大叶芥菜，适合洗净晒蔫后泡上几个月，炒香了烹鱼拌面都行。

平常，水泥坝坝被摆满桌椅板凳，还有一副宝龙柜。柜子橱窗玻璃里面是各种调料，供应素椒杂酱面的时候，就撩开后面的纱帘把碗和手一齐伸进去，右手用勺柄上绑着一根筷子用以延长舀取范围的小瓷勺，从作为物斗①的瓷碗、搪瓷盆里，往外重复一挑一挑的动作。干湿不同的调料之间，还要切换不同的瓷勺，左手的面碗里就被涂上了酱油、复制红酱油、熟油辣子、芝麻酱、花椒油、花椒面、蒜泥几层颜色。回身到面锅灶前，把一把豌豆颠儿塞进一只直

---

① 物斗，物，按古音读 mǎ，近似于现今粤语中的读音，因此也被讹写为"码斗"。物斗，指用于配菜和盛放调料的大小盆碗。

柄竹笊篱，浸到面汤中烫上一烫，叶子一软就捞出来夹到碗里，再捞出煮好的面条，在笊篱中抖上三抖，沥掉水分，面条入碗，再回到宝龙柜，覆上两勺绍子，撒上葱花、几粒油酥花生米。

等着吃面的人伸手接过，从摆在桌子中央的竹筒里取出一双一头方一头圆的竹筷，挑起面拌上几拌，喜欢酸的，可以在桌上找到一只写着"醋"字的三弯嘴瓷壶，在面条上点上几点，就变成了酸辣面。拌匀后停留几秒钟，让面条吸饱各种滋味，再夹起来放到双唇之间，噗的一声，靠着两片肺叶的极速扩张带来的气流，猛力吸进嘴里。

素椒杂酱面本名是"熟椒杂酱面"，是成都本土风味的面条。内江等地有放小米辣的生椒牛肉面，辣味极为霸道；成都则用双流牧马山二金条，制成熟油辣子，味香而微辣，极为醇和。熟椒的名字是相对于生椒而来，川语"熟""素"音近，讹为"素椒"，这面条表面铺着一层肉绍子，可一点都不素。

面条用的是粮店提供的韭菜叶子面，因形似韭菜叶而得名。制作时，每五十斤面里加上三两菜籽油、二两碱、十二个鸡蛋、少许盐，压出来的切面会比较劲道，但也比不了现今加了面粉改良剂的面条那么耐煮。于是，成都人为了避免面条很快变坨变糟，把面条煮到刚刚断生就捞出来，入口有生涩硬心感，但在调料浸润下稍作静置，面条就会变软，一边吃一边能感觉到它的质感变化，吃面条，是有它的最佳时机的。

下午是所有饭馆最闲的时候。如果是夏天，为了充分利用厨师的闲暇时间和消解无聊，宝龙柜里还会增加旋子凉粉、凉面之类的小吃。三嫂虽闲不住，但也早没有了在三道街住时没事就让我绷着一圈毛线，她绕着我双臂卷线球，然后再用两根毛衣针练习左右互搏的兴致，于是就又捡起老本行，坐在钱柜跟前，机械快速地包上一排排的饺子和抄手，提供生鲜半成品售卖。我看完闲书没事就想找机会自助料理，调点自己喜欢的味道。

旋子凉粉白色半透明，是用纯豌豆粉混合三倍的清水化开做成粉浆，锅里放四倍的清水加热到五六十度，把粉浆一边搅拌一边倒入，搅到浓稠熟透冷却就成了凉粉。这凉粉一看形状就知道是用脸盆为模具做成的，因为这样一个圆形的坨坨，妥妥的就是搪瓷脸盆扣过来的形状。拿起一把带柄的像罐头筒铁皮一样材质的圆形小刮刀，上面有很多翻边倾斜的小孔，往脸盆凉粉上一刮，每个小孔中就会有一个圆柱体往外冒，刮上半圈，就得到了十来条凉粉，可以装上大半碗，另外小半碗消极空间是留给调料的，淋上花椒油、熟油辣子、蒜泥水、酱油、醋、花椒面，再撒上葱花，这一碗的味道就是酸辣清凉。

川味凉面像武汉热干面的前期工序，把面条煮到断生捞出来，摊在案板上，立刻浇菜籽油，左右手分别拿一双筷子，在电风扇急吹降温下不停地抖散，让菜油在面条表面包裹均匀，隔绝空气，三伏天里摆着卖上大半天，它也不会变质，而且面条表面被去除了水分后，可以保持刚出锅时的硬度和弹力。把焯好的绿豆芽放凉，在碗里垫底，挑上一夹凉面，淋上酱油、复制红酱油、白芝麻、蒜泥水、花椒面、保宁醋、葱花、香油，把煮熟的鸡肉撕成细丝撒在上面拌匀，就是一碗鸡丝凉面，有荤有素五味俱全。夏天里，极速干掉一碗，浑身也不会冒汗。

过完手瘾之后，大多数的时间还是只能过过眼瘾，看大厨老张掌勺。面食小吃都是副业，树德饭店还是以供应炒菜为主。这炒菜用的是主灶大锅。一进门右手墙根下就是灶台，标准川式馆子的双眼灶，灶身和屋里整体墙面的下半截一样，周身贴满十五厘米见方的白色瓷砖。灶上嵌两只直径八十厘米的黑色生铁锅，两个灶眼之间的高台处还有一个专门锅高汤的铸铁锅子，它上半截是圆筒形，下半截是半球形。按说无足的叫釜，无足且左右有双环可以吊起来的叫锅子，有足的叫鼎锅，但四川习惯把无足无耳的叫鼎锅。这鼎锅既然是球底，无法端下来放置于平面，所以它永远都垛在这个专用灶眼上，位置在砖砌烟囱的旁边，它没有专用热源，只需要另两个灶眼的炭火从烟囱路过时的余温来煨。早上起来就先把猪棒骨投进去，时不时用安在鼎锅上方的自来水龙头补充水分，或者手动投喂补充骨头，一天不间断地熬着，这是做菜要用的天然味精，是大厨老张和其他川厨的秘诀之一。

大厨老张三十多岁，手脚麻利、体型敦实，头发花白——俗称"少白头"，每一根头发都直直向外辐射，一直保持在寸许长，像一把粗硬的刷子，但更硬的是他的腰包。老张手艺好，收入就高，是打杂的小李和服务员工资的两倍以上。荷包鼓精神头就足，一身深蓝色的中山装永远利落，脚上一双军用三接头黑皮鞋，随时都要找块布条擦几下，占着手或者找不到布的时候，就偷偷把鞋面伸到另一条腿的裤脚背面，蹭上一蹭。

老张爱研究，喜欢和徒弟们探讨各种技术理论，什么爆、炸、煎、熬、倚花刀、滚刀肉、下锅十八铲之类的江湖技艺、武林绝招。客人点火爆腰花是对他的尊重，这能让他施展去腥、刀工和火候的一系列功夫手段。首先把猪腰对剖，用平刀片去腰臊，在剖好的腰片上每五毫米斜切一刀，四刀一断，切好后洗净，入加了葱姜的料酒浸泡，泡出血水，再用干淀粉码芡。爆炒并不是超高温就叫爆，而是在一定条件下，操作不断变化的完整过程。首先，作为导热介质的油要够宽，便于食材均匀快速全方位受热。油温火候不是一味地高而是需要变化，六成油温就要下腰花炒散籽，加泡椒、姜葱蒜，再利用正在迅速升高的油温锁住水分，加配菜，翻炒几下，下芡汁，挂芡后就可以盛盘了。

老张用的可是大灶，烧的都是大块煤，哪儿能随时靠旋钮调整火候大小，这么大的锅也不能端锅离灶来调整油温，所以更加考验功力，老张说的下锅十八铲就在这时发挥作用。十八铲，指的是一要铲的次数少，二是成菜的整体时间短。时间短是相对的，不是慌忙完成，过程中，需要不间断却又从容地翻炒。铲子在腰花与锅中间像一个若即若离的隔热层，腰花触底加温，漂移时降温，后面的调味、配菜和裹芡，也要在这个连绵的操作和温度变化过程中完成。并不是严格的十八次铲动，而要在似是非是之间，让腰花达到熟而不老，外表脆弹内部水嫩。

这精彩的功夫还没看够，就要暂告一段落了。天下没有不散的筵席，三哥有了新的业务，一家人又要和树德饭店告别了。

还有几天就要过年，大街上就像树德饭店歇业后我的时间表，空荡荡的，整个成都城静得出奇。这天下午，广播里突然播放了一个全面介绍崔健的节目，所有收音机的扬声器振动出了一种非常稀有的音乐节奏，代替已经消亡的高跷和舞龙游行，打破了没有精神年的尴尬。主播高亢兴奋地介绍歌手和热门曲，说中国也有摇滚乐了，喧躁的略带民乐风格的配乐声中，有个不懂颤音、泣音和转音技巧的、一个个字短促爆发、故作低沉的男声吟唱着："总有一天我要远走高飞，我不想留在一个地方，也不愿有人跟随。"

我一边举着收音机听着，一边看着门口，三哥骑着自行车由远及近，到了跟前，他掏出三张像古时候银票一样的扉扉儿①，说，火车票买到了。这票和平常见到的比粮票大不了多少的硬纸片火车票不一样，上面还有站长的手签字迹。三哥接着说，过几天你们可以和你妈一起回北京了。

为了专心搞业务，三哥决定把孩子送到北京的孩子姥姥②家，创业和家庭存在必然冲突是一方面，另一方面，三哥觉得首都教育资源更好，发展机会更多。三哥的经验以及三嫂嫁到成都后的境遇告诉他，个人意志和奋斗在出身、机遇、时代语境中既很重要却也微不足道。

有的话三哥要说没说，我又觉得他好像这样说了，成都闭塞，在这里就只能像画眉，飞不了多高；北方天高地阔，高度和视野不同，画眉可以变成鹰。

---

① 扉扉儿，成都话，即纸片、纸条。
② 姥姥，京语，即外婆、外祖母，成都话叫"婆婆"。

十二、对折的城市

我是一只金翅白爪的鹰。在一个秋日午后乘着南风滑翔时，我发现西山一处山顶上，一只蓝灰色的鸽子正在扑腾，它是捕鸽，也叫诱子，是险诈的人类专门用来诱捕我这样初涉江湖的菜鸟的诱饵。我一个俯冲，擒住诱子的瞬间，不料诱子脚下一张六尺见方的网，被藏在一侧的窝棚里的鹰把式一拉，网直立起来，再一翻转，我就落入了其中。

我被人用绳子捆得结结实实，外面用两头扎着皮筋儿的套袖一样的布筒裹成了一根棒子，说是怕伤了我的羽毛。我被鹰把式连夜送进了城，在白塔寺边上的一个市场卖给了新主人。

这主人住在什刹海边儿上的院子里，院儿里人叫他老孟，有两个儿子。他头发后背，俗称主席头，前瘠后茂，显得智慧不凡，啤酒肚可以藏下两个足球。

当天晚上，他就开始了对我的"熬"。熬鹰，就是把我这样的野鹰驯化的第一阶段，在我和人之间建立信任关系，为下一步训练捕猎做准备。北方酷寒地带的猎人喜欢用鹰和犬来作为打猎的帮手，东北满族人入关后也一直保持这个传统。清朝的皇帝每年都要到北京的西苑、北苑、南苑进行名曰打秋围、模拟狩猎的户外游戏。为了卖个好价钱，总有人会先把我们驯服训练好之后，再卖到宫里。清朝过去了，民国也过去了，这时候已经是二十世纪九十年代，可还是有人想要熬鹰，而这时，人类仅仅是因为好玩。

老孟用绳子拴着我的两条腿，他胳膊端着，让我站在他的棉套袖上。他死乞白赖地往我嘴壳里塞肉条，我生来高傲，哪儿能轻易受这嗟来之食，尽管路上已经饿了好几天，眼冒金星。老孟用手指头敲我的嘴壳，我张嘴就咬他的手指，突然嘴里多了一根肉条，他脑袋歪到一边去，好像是回避一下，保存我颜面的意思。我一看，算了，鹰是铁，肉是钢，先吃了再说。我给了他面子，没过两天他却开始坑我，把肉切成片，血液被泡得一干二净，颜色像麻绳一样惨白，我吃了几次后，他又把白色肉片外面偷偷裹上一层白麻绳，我带着对他的信任，见了就是一口，到了夜里，我开始反胃。麻绳我消化不了，直到把它吐出来，肠胃里的油脂能量也全都被带了出来。他喂我的目的不是为了让我吃饱，而是为了让我更饿，这样我才会有捕食猎物的愿望。

老孟开始给我戴上一个类似三K党的头罩，露出我的眼球局部和鼻子、嘴，据说可以让我看到的陌生环境信息少一点，这样情绪就可以稳定一点。不管做什么，他其实只在做一件事，就是全天候不让我闭眼。我的眼皮和他的不一样，他的眼皮从天上往地下盖，我的眼皮从地上往天上包。我装作不在意，却在伺机偷睡，只要看见他往下盖，我就赶紧往上包。

房顶上有几个小孩正在参观他儿子大勇的鸽子窝，搞得屋顶咚咚响，他眼睛马上又睁开了，其实有没有动静都一样，他是装睡，看我合眼，就抽一口烟，往我脸上喷，似睡非睡的时候被吵醒是最难受的。我试着抗议，飞出去两三米，扇得满屋子都是旋转的气流，他被气流卷起的烟呛了两口，也没有责怪我的意思，毕竟我还能值个好价钱。

我这么折腾无济于事，要么着不了地，要么碰到什么地方根本就站立不住，最后我被他手里的绳环给拉了回去，他胳膊摇来晃去，我只好稳稳地用我铁钩一样的爪子死死抓住他的套袖，站着不动。我跟他就这样僵持着。他还找来了一个帮手换班，白天晚上两班倒。

熬鹰要把鹰往热闹的地方架，晚饭后，老孟架着我，一直长途跋涉走到前门箭楼外面。民国时期，这里的五牌楼曾是全城熬鹰聚点，现在却已空空荡荡，因为根本连五牌楼都已经没有了。①再往南溜达，到天桥折回来，再去没有牌楼的西单牌楼、没有牌楼的

_____

① 五牌楼，后于二〇〇八年重建。

西四牌楼，再到平安里。老孟还在留恋以前熬鹰人的老路线，只是过去那平安里茶馆门外的熬鹰俱乐部早已人去茶凉，因为连曾经遍布北京的茶馆都已经消失了。回到什刹海，天已经快要亮了，再换人，白天继续折腾。这么一直持续了十天，我眼睛里的火，就被北京深秋呼啸的冷风彻底吹熄，没有能量了。

有意思的是，老孟对着我掏心掏肺地说，你不吃点苦，怎么能成为鹰中的海东青呢？什么是海东青，捕兔子捕得多吗？我只需要捕够我自己吃的，鹰和人不一样，鹰捕的是食，大概只有人才会不仅仅为了吃而杀。

他胜利了，我终于被驯服，乖乖地站上他的棉套袖，和他依偎。就这样和他朝夕相处了三个月后，一个清冷的凌晨，他把我带到了郊外，准备跑绳。跑绳，首先把我放在一个架子上，他站在十来二十米开外，架子和他胳膊间有一条主绳，我脚下绳子另一端的铁环套在主绳上，我飞向他时，铁环在主绳上滑动，我可以向着他规定的方向飞却又无法逃跑。刚刚飞了两趟，旁边看热闹的小孩们一阵闹腾撺掇，有人突然往前凑，让老孟分了神。

我一跃腾空，没想到绳子脱了，我飞起来，停在了不远处的树端，看着老孟，他也看着我，开始大声地召唤。他脸上的得意切换成了懊恼，我却面无表情，对他，我谈不上有感情或是没感情，我只是在短暂的瞬间依赖过他。我想，如果他爬上树来拉我脚上的绳子，我就跟他走，但我的野性也在慢慢苏醒。他一犹疑间，我就再一蹬树杈，向北飞去，这是我的本能。一转眼，他又成了失败者。当然，我也没有胜利，一时间，我不知道要往哪里去。我终究没有成为他想让我成为的海东青。

击飞长空，我的瞳孔映出北京上空的蓝色。鸽哨的啸鸣，在空中像滑冰的冰刀，勾画被打开禁锢后的自由的形状。我飞过太庙，和一群灰鹤擦身而过，那些灰鹤见了我，震颤得像一群白色的乌鸦；紧锁清秋的深宫中，乌鸦一惊四散，像《瑞鹤图》上无首的群鹤。远处一些鸟儿被云摩擦后起火燃烧，再纷纷跌落。我都全然不做理会，我脑中的目标，只有吓得飞奔的兔子，我要到更北方的林缘去寻找。

翱翔中，身下的景色让我脑中突然闪过了很多画面，似乎是电影镜头中那些失忆后受到某种刺激又开始恢复的记忆碎片，慢慢地，通过这些画面，我勾勒出一部属于我自己的电影。

原来，这些是我没有被擦除彻底的前世记忆。就像太庙旁的灰鹤，其实早已是北京过往多年的景象了。同时，我发现我是一只陷入了无限轮回的鹰，我有很多的前世，每一世都是鹰。当然，我也不是很确定，因为我似乎有人类的思考和理解，也许曾经切换到人道中去过，也未可知。

这部电影的最初画面，是我前四十六世的事了。同样还是这块被半包围的小平原，它叫北京湾，西、北、东三面都是山。和远在西南的四川盆地不同，这个平原的南面无限地敞开，像个土簸箕，这个三面环抱的拱门上有两个缺口。一个在西北角，叫南口；一个在东北角，叫北口①。

——————

① 北口，现称古北口。

这个小平原后来被称作"燕"，燕的都城叫"蓟"，蓟中汉人和北方少数民族就是通过这两个口子交通往来，以及交战厮杀。这里是要塞，也是贸易中心。后来，燕国成了幽州，蓟成了幽州城，幽州被女真人占领后，幽州城被立为金的都城，改叫"中都"。

大多数的城市都是依傍一条大河而建，现在的北京似乎不然。而事实上，在现在北京城的位置，历史上曾有过这么一条河，只是那时候还没有北京城。由于北京的地势过于平坦，河流极易改道，它历史上有一条动态的河。这条河路过一片洼地时，积下的水慢慢形成了一个风景区，叫"积水潭"。这条河最终迁移到了后来的卢沟桥下，叫作"永定河"。而这个初期的积水潭，就包括后来的什刹海和北中南海的整片水域。

蒙古铁骑入南口，将中都城付之一炬。四十多年后，忽必烈来了，改国号为元，定都在此。可这烧成灰烬的"都"已经没法住了，于是把积水潭的泥沙石块淘出来，在中间堆成一座山形小岛，称作"琼华岛"，就是多年后北海公园里的塔山。元大都就在这潭水的东岸开始兴建花园宅邸，作为未来皇宫的基础。

我一盘旋间，就又过了好几世到了明朝，这个地方被改称作"北平"。燕王朱棣当了皇帝后决定迁都至此，改称"北京"。这一年开始，大量的江浙移民出现在了北京，他们带着资本和家族血脉，开始了京城大开发。十三年后开始修建皇宫。十万多名河南、山东、山西、安徽籍的工匠又涌至北京。这些移民、工匠从此留在北京，成了近代北京人的主要来源。

再经过六世，我飞过这景山东侧时，看见一位三十来岁的青年皇帝把自己悬在了一棵曲颈树上。替代他的人用一身新衣掩盖了起家的手段，却掩不住贫瘠的大脑，毕竟皇帝不是挑担刨地的体力活，弹指间又被更新的朝代取代了。这个朝代的掌管者从关外而来，后脑勺拖着麻花辫子，他们没有焚烧前朝的皇宫，还学习汉人文化，主动拥抱了异族的教化，把整个北京城变成了一座"满城"——满族人之城。但和远在成都满族人自困的"满城"不同，它更像一座被满族人围困之城。满族人分别驻扎在八个城门之内的区域，日日在各自城门外排兵操练。城内的汉人看似被他们封锁包围，而实际上却是在以柔克刚，以打太极画圈圈的方式，用琴棋书画、斗蛐蛐、提笼架鸟等世间绝学制造旋涡。满族人慢慢被卷入这个文化陷阱，成了新一代北京土著。

我在城市的中心穿行，这城市的中心竟然有一条无形的线，整个城市依靠它，形成了左右镜像，似乎北京城是可以用这条线来对折的。这条可以对折的线，起点在南面的永定门城楼。我一眼就发现了它是个冒牌货，门口左右奇怪地摆了两个汉白玉石狮子，轮廓精致规整，像现代工业预制件组装拼接出来的。这让我想起了前某一世见过的一个奇怪版本的前门箭楼。

那是清朝末年，洋人打入帝国，而最让慈禧感到害怕的并不是联军的坚船利炮，而是他们带来了一个真相。这个真相就是，统治者不是上天委派的天子，也不是主人，统治者和被统治者之间仅仅是供需关系。被统治者是需方，统治者是供方，如果供方不能让需方满意，需方作为真正的主人，应该取消供方强行提供服务的权力。

慈禧被这种天机泄漏后巨大的恐惧笼罩。一旦获得了终极权力，即使自己阳寿无多，或者死后有被鞭尸的风险，都不能让她就此罢手。慈禧甚至起用"匪徒"来帮自己封闭这个真相，维护已经延续了千年的谎言，但她的作为却更快地促进了朝廷的崩溃。

外国联军破城之际，慈禧仓皇逃往西安，待得回銮进京时，尴尬的是，前门在战乱中被炮火轰击，城台宛在，可上面的楼子已被抹平。为了维护老佛爷仅存的一点颜面，大臣们赶紧组织，用竹木纸绳在城台上，像糊风筝①一样建起了一座纸扎门楼，十根立柱加上横竖骨架，镂空透风，影绰模糊，恍惚间，像是街上的牌楼升了天。又像一座海市蜃楼，如大清的命运，在这个世上强势出现，却又淡出离场。

我掠过前门，过大清门，再过一条长长的甬道，像进入了时间隧道。再往前，是汉白玉石桥、銮驾、大铜缸、长长的指甲套、抬着漆器餐盒的队伍、拖着辫子的不知是男是女的人们。女子长叹、小孩追逐的后宫，像是一座按时饲喂，来人远观的动物园。

透过地面上一扇闪烁反光的玻璃小窗，我看见里面一块写着"三希堂"的牌匾。在只有半间屋大小的书房里，阳光像探照灯一样硬硬地打到这牌匾下的软垫上，这三希堂像是个静中取幽、格调高雅的审讯间，或是牢房。这一切红墙金瓦、雕栏玉砌背面都写着自卑、卧薪、登极、独裁、盛世、欺瞒、没落，它们被这条对折线串起来，似乎是这个帝制时代的主题。

---

① 风筝，其实应称纸鸢。风筝只是纸鸢上的哨，此处遵俗称。

我的若干前世分别飞越过类似的对折线，线上一切东西的背面也同样写着自卑、卧薪、登极、独裁、盛世、欺瞒、没落，它超越了时间，成为永恒的主题。戏不断上演，重复着离合悲欢。人类中有人说过，人们从历史中得到的唯一教训，就是人们不可能从历史中得到任何教训。每一个时代看似不同，其实并没有什么不同。新朝的人怀念旧朝，他们也将被新的一朝怀念。

　　过宫殿，一路向北，眼前是空寂和光芒。下面的夜露聚集了一晚，也抵不过猛然席卷而来的干燥北风，只好散了，天空只剩下它们卷起棉被四散而走时散落的几团棉花。

　　突然望见左前方有一面明媚的灰绿色湖水，闪亮的水面在阳光下蒸腾，滋养湖边像长发一样的柳枝。晓月和星辰还在残存和隐匿之间，枝条被天空抚摸而斜低着头，弹回时，叶片的露水就裹着光斑洒向地面和水面，这是一片原本用来治愈围困它的四面荒芜墙头的美景。我舒了一口气，这样的景致和大量的负氧离子迎面轻拂，终于让我有了喘息的机会。不可思议的是，人类明明只有一个世界，而他们却生活在另一个世界里。

　　这时候我突然发现，我怎么像一只恋家的鸽子，又飞了回来，这不就是老孟家旁边的什刹海吗？我在这湖面上空滑翔，下方地面上有个纷杂市井的菜市场，人们熙攘吵闹，喧哗不休，没有那个宫殿群落里的人们高贵，甚至有些寒酸，却自由自在。市场一侧的大街上，空旷冷寂，一个孩子被东面伸来的太阳手臂牵引，正一路向南，不快不慢地骑着一辆时髦的老式自行车。

　　他不知道的是，其实我是他昨晚做的一个梦。

升到中学，到了法定年龄，我可以骑车了，于是到鼓楼前的地安门商场地下一层选了一辆黑色发光的永久二六自行车。永久是品牌，二六指的是车轮的尺寸。说它时髦，因为它是被追逐的时尚，说它老式，因为它是经久不衰的经典。刚拥有了自行车，觉得哪里都完美，顶多加个车筐车铃，推上就走。那些大人们选二八大杠，还要配座套、闸把套、脚蹬套，挡泥板尾巴还得加长一条橡胶挡泥皮，生怕没把爱车保护好。这时的自行车已经算不上家里的"四大件"了，不过也要花费一个人近两个月的工资。

在之前还没有自行车的日子里，每天早上一到六点三十六分，家门外就会按时响起的一串由远渐近的、院内巷道地面水泥便道砖被敲击而发出的橐橐声，这是一双黑色尖头皮鞋的木头鞋跟制造的节奏。黎明的静寂中，甚至可以听到随之而来的皮鞋弯折和扭动下的吱嘎声。这脚步声和指纹一样，每个人都有专属的辨识度。

我本是提前洗漱后再睡下等着的，等这声音刚一在远处响起，我就又醒了，迷糊地木然地听着它和自己正在看着的墙上挂钟的秒针同步的节奏，向前、右转、左转、再向前、加速，脚步声变慢，然后停下来。我的头脑也慢慢清醒，还没等那两根指骨关节碰到门板，我就一跃而起，推门钻了出来，把门一锁，就跟在这坚定的脚步声后面，一强一弱两串声音二重奏着，一起往鼓楼西大街的五路公交车站走。踩着这主音脚步声的是一位严肃的先生，连他其实很亲和暖色的笑容，也像是用刀刻出来的一般不容置疑，令我觉得很不自在，可在这气场笼罩之下，逃也逃不了，只能硬着头皮。

这回有了自行车，总算有了个合理的借口，算是摆脱了严肃先生的监管，感觉一身轻松。自由了，连空气都自由了。这天，深秋的早晨，我推车出门，到了院门口停下，从车座底下三根黑亮的弹簧之间，掏出一团微含机油的彩色棉丝，把车擦拭一番，用身体压一下车把手和后车架，看轮胎气足不足，检验完毕，就蹬上车，向南上了德胜门内大街。

天刚亮，就已经见不到一个环卫工人了。全北京所有的环卫工都必须要在天亮前隐退，把一尘不染的整座城市呈交出来。大街空荡，除了五十五路公共汽车，零星地有几辆拉达、波罗乃兹、伏尔加、帆布棚子的吉普，或更高级一点的富豪、萨博、欧宝小轿车，呼着白汽飘过。干净的街面只沾染了几片新落的树叶。

腰上挂着一部日本三洋牌随身听，里面塑料卡带上的两个孔被机器里的两根转轴顺时针带动，和自行车的前后轮一样，往前行进。把耳机往耳洞里一塞，很多像诗一样的句子掉出来，沿路串成同步向前的河流，"不知道你现在好不好，是不是也一样没烦恼"。这靡靡歌声，浮华柔弱，掩盖不住远处电报大楼十三秒钟前发出的充满神性的悠沉钟声，连续响上七声，《东方红》的昂扬旋律一出，左边的天空果然就换成了浅色。

去往北京六中的这条路，像是老北京的一条观光路线。路上的景色不仅是名胜古迹，更是烟火市井。骑过德胜桥，左边的后海、右边的西海一闪而过，这景色早就刻在脑中，不细看也能看得一清二楚。从后海西沿方向散出来的人们，手里提着的是塑料彩色捆扎带编织的菜篮子，或者不同颜色的食品袋，一天所需的肉菜水果就从里面往外冒，往外钻。

　　往前视野开阔，远处的天上有一只鹰，似乎是传说中的海东青，很像我昨晚梦见的那一只。它摊平双翅，像高耸的雪山上有个踩着雪橇的人，正高速滑翔，不过从地面看上去很慢，和我骑车一样慢。比起公交车，骑自行车已经很自由了，没有了严肃先生的监督，起早了慢慢骑，起晚了就蹬快点，想停就停一会儿，不过比起天上的鹰，就羡慕它更立体的自由。

　　旁边的五十五路公交车就要进站了，提着菜的人们走到站台，有的散布到整齐排队的等车人群中，有的则不客气地插在了队列的前面。人群一看见车来了，就乱了，纷纷从便道往马路上涌。逼得售票员女士把半个身子伸出窗外，不停大力地用右手臂机械地拍打着车身的铁皮，喊道："都往后站站，往后站站，先下后上，别挤了嘿，甭着急，都能上去。"可他们哪里是怕上不去，只是为了抢个座位罢了，即使排在最后面的也怀着个侥幸心理。

　　车上的人很多都从上一站作为交通枢纽的德胜门站下车，去换乘其他线路了，车上比较空，"呲……当"的一声气动门声响，车门向两边折叠缩回，所有座位瞬间就被填满，包括那几个上方喷着红色油漆字"老弱病残孕专座"的位置。如果有一个人的左屁股和另一个人的右屁股同时挤上了一个座位，无法坐稳时，两个人就会交换一下眼神，分别衡量一下形势，看看谁的屁股占据的范围更大，谁坐的稳定性更高，谁的年纪更长，是男是女，所有的信息会在瞬间完成计算、分析、研判、决策，以其中一个人主动离场而达到车景和谐。如果一旦势均力敌，或有不甘示弱者，小争小吵就在所难免，但北京人是最在乎占不占理，也是得理不饶人的，这时候，售票员女士就会扮演裁判，果断地指出占理的一方，另一方往往就知趣退让。

只坐两三站就要下车的人，虽然抢先上了车，却希望能够离门近一点，好方便及时下车。后面的人被半堵着，就喊："往里走一下。"售票员也来帮忙壮大声势，喊道："往里走走，往里走走，里边还空着呢。嘿，拿大包的那位，您得买两张票。诶，您得把包拿下来，您买了两张票，包也不能放旁边座上，您得放脚底下，这座是给人坐的，不是给包坐的，您放座上，别人怎么坐呀！"话虽难听，但气势所到，加上一旁等着想坐上来的人正虎视眈眈施加压力，人家只得乖乖地听话。

这黑压压的人群填满车厢的速度，完全超过了司机的反应，司机的头脑还没有从停车状态出离，全车人员就已经整装待发了。车内一片寂静，仿佛在说，都坐好半天了，怎么还不开车呢？

刚才被斜刺里别过来的五十五路挡住道路的我，左脚着地，支着自行车，等待着。直到五十五路被低沉爆发的后置引擎的轰鸣推着往前继续奔跑，屁股后面卷起一团黄的红的青的落叶，我就把歪着的自行车一正，一踩脚踏板跟了上去。

路两旁的树进入了北京最动人的季节。一部分黄铜红铜紫铜制成的叶片已经红得刺目、黄得明亮；另外半截身子还留在夏天的是没有擦除绿锈的青铜，暖与青渐变夹杂。秋风被鼓起成重叠的手臂，一些成熟的叶片被拂落，获得了自由和独立，有的被抛到了路中间，追着过往的车跑上一段；有的被地球引力吸附在原地打转，在水泥条围成的正方形树坑里的泥沙上干燥地摩擦。

风再一起，阳光如烈火，正在灼烧暖翡冷翠，所有叶片不断组合翻飞。虽然风只来自一个方向，树叶的闪动却不是从一边陆续闪动到另一边，而是星布其中的一些局部的、突出树冠的叶团先开始闪动，这些局部中的局部也相继在各自闪动，像是滚动在半空中的，麦粒正在成熟变重的麦浪。

在这纷乱闪动的瞬间，却有一个大的秩序，所有的闪动都在这个秩序的掌控之中。每片树叶和而不同的秩序性，来源于枝杈的牵扯，来自树干、根和土地，这个闪动的能量则来自太阳，来自风，来自天空。不是秩序产生的美，而是秩序、旋律、节奏、能量一起产生的美。每一片树叶在每一个不同的时刻，都在各自翻转变换姿态，形成了无数的组合，每一刻的这棵树都是不同却又是相同的。骑着车看着，一边胡思乱想，这会不会就是中国古人所说的易与不易？

蜂蝶放弃了花朵，花朵抛弃了干燥的枝杈，蜘蛛撒下的网正在得意地闪光颤抖，它已经可以轻易地摇撼直至击落枯干的叶片。这最美的暖色季节也是凄凉凋零的开始，荣枯聚散的因，在冬季潜藏，到了次年春风拂过，叶片抽新，景色却似乎与现在没有丝毫不同，却又完全不同。这"因"成为种子，被植物最丰美的部分包裹，包裹过去、现在和未来，人类的世代繁衍也如此理，这会不会就是佛家所说的，不增不减，不生不灭，附着于上的，是不是心中蕴含无始以来前七识所造业种的阿赖耶识？即使是这有情与非有情之间的植物，往与生，也都像印度教里那两条蛇，互相拉扯，以达到总体的平衡，所以才有生老病死和世代交替，此消，然后彼长。出现的总会消失，消失的不会永远消失，即使一时偏颇，也有一种能力可以调整，这力量是不是古人说的中庸、中道，或者中观？

在这个前灭后生的过程中，木奉献给火，火奉献给土，土奉献给金，金奉献给水，水再奉献给木，通过不断的奉献，最终得到了自己的再生和重生。木止于金，金止于火，火止于水，水止于土，土止于木，一切有所节制，不超越规律，维持系统的稳定。一切新事物，都只是旧事物的再现，没有什么可以创造和被创造，因为一切都只是变化和转换，根本没有开始也没有结束，只是在依靠事物对自己和他物的奉献，让一切延续。再依靠制约和秩序，让一切稳定地延续。

看着眼前这秋天的面目，总会联想到初来北京时的春天。那是另一番光景了，同样是类似的黄与青夹杂的闪动，沿街沿河树木星星点点露出的粉绿被漫天黄沙一卷，像隔了一层磨砂玻璃，变得朦胧。骑车的人们，女人系着各色的透明纱巾，眯着眼，紧闭双唇，但牙缝、眼缝和衣服的褶皱里，还是会被挤进细小的沙粒，上下牙床一错，吱吱嘎嘎。风沙大时，男人们顾不上形象，也把女式纱巾一裹，反正都睁不开眼，被熟人碰到也看不清是谁。

嘴唇被吹干了，并住两片唇往嘴里一嘬，用唾液润上一润，殊不知这嘴唇上分泌的薄薄的润肤的油脂也被拭去，被风再次吹过，竟然产生了无数细小的裂纹，像被刀割或是失去了唇肤一样，辣得生疼。进到屋里用手一揩，竟然有血迹。原来，这北方冬天的风，刺骨；春天的风，剥皮。

黄沙的时节刚一过去，就是漫天旋转浮沉飘忽着的"鹅毛"，像冬天的雪片一样壮观。什刹海一圈河沿的林荫道上，靠水的一边全是柳树，另一边都是杨树。杨树柳树把自己的种子外面挂上白色绒毛，呈蓬松的絮状，增加在空气中的浮力，像蒲公英一样任由风吹到远处，遇到一个合适的地方就安家，如果没有碰到阻碍，它们就可以开始生发繁衍。

再回到秋天，继续走。前面路口往东拐，就可以穿过羊肉胡同，走到最爱的柳荫街。柳树是北京的魂，而柳荫街的魂是人。街道、建筑、花草树木，只是城市的衣服和装饰，没有人的存在，城市就是空洞的。这柳荫街的恭王府中就曾经有过很多有意思的人，还有过松风草堂集会、海棠雅集。

一九三三年的一天，这大院子里的寒玉堂，有过一位四川美食家和一位北京美食家两个有趣灵魂的饭局。一个北调一个南腔，一个贵族一个布衣，圈内好事者把本不搭界的两人凑在一起，取了个"南张北溥"的组合名，也成了二人交往的理由。两人结识八年却已有七年未见，饭前为了缓解生疏的尴尬，二人开始闷声比试内功。每个人随手取册页，局部写画后，都甩给对方补景题诗，由对方接招补全，一来二去进入了状态，二人才思运笔飞快，让观者叫绝。围观人群中，二十一岁的少年启功受到震撼，几十年后也成了这个领域有趣的灵魂之一。不过由于他对笔会过于兴奋，忘了记录随后举行的宴席的盛况。

溥心畬和张大千二人都是大胃王，如果吃起饭来也像比拼内功，势必可观。张大千既是四川人，自然是爱吃爱琢磨，四川爷觉得不过瘾的时候，还要亲自下厨搞点发明创造。这张大千继苏东坡的东坡肘子之后，也为川菜谱贡献过大千干烧鱼。溥心畲是典型北京爷的思维，爱吃，做就交给别人，但必须提要求，必要时莅临指导一二，为烹饪行业的发展指明方向。只消看看溥心畲写给馆子的订餐菜单，特别是括号里的注释，就知道他有多"事儿"了：

> 鱼翅（排翅）；鸡粥（加火腿）；拌猪脑（酱瓜、蒜）；糟煨笋尖；烹虾（小块，多加葱、蒜）；酱焖鸡丁；炸丸子（要大，不要芡粉）；芙蓉鸡片；糟蒸鸭肝；炸山药（拔丝）；烤鸭（三吃），汽水（冰）。心畲订。

路过恭王府对面原辅仁大学校区的侧门，门口正在拍新电影。一个络腮胡导演在指挥，一群青年男女演员穿着绿色军便服，正在进行最后的排练。每个人手里攥着条本该系在衣腰外面的武装带，往旁边的柳树干上猛力抽打，像放麻雷子一样，啪啪乱响。看样子，排练完就准备要动手群殴了，一个过往时代的记忆即将虚拟地重演，让正在过往的路人感觉心惊肉跳。

领头排练的年轻人是经常在电视里的收录机广告中唱"燕舞燕舞，一片歌来一片情"的小伙子。导演身边围着一个中年女士和两个中年男士，一个是电视剧里被人称作葛玲的女编辑，一个是造成全国万人空巷的电视剧《渴望》里的大成，还有一个是十多年后天天在广告里说"手机寻呼机商务通，一个都不能少"的商务男人。场记站在人群前面，斜提着电影开机板，我歪着脑袋看，见上面写着"Blue Kite"。我停下车，一边等好戏开始，一边想：有的人生像一场电影,而有的电影却是一世尘梦。可这场梦还在不紧不慢地酝酿,终究我还是没能等到它的上演,虽不甘心却又担心上学迟到,只好继续往前。

路过了这中国美术史民国部分的某一章和中国电影史上的某一节后,再往前,沿前海西街出到大街上,往东走,左手是什刹海前海河沿的荷花市场口,右手是北海公园的北门。荷花市场是早年间就有后来又没了的,九十年代初还暂时没有恢复。这口上,总有一个戴眼镜的文化人,不管春夏秋冬都坐在路边,在身旁的自行车把上用个小装置架着一个棕色方镜框,玻璃后面的宣纸上稀疏地按照经纬排列,钤着几十方鲜红的篆刻印稿,天头上用毛笔题着四个黑色缪篆大字"来山治印"。

有一天,我终于从兜里掏出团得皱皱巴巴的几元人民币,求一枚自己的名章。只见来山师傅掏出一本翻得脱了页、页边像毛边书一样无法对齐、绿色封皮上写着"说文解字"的竖排繁体字册子,翻查出了"霍"和"培"两字的小篆写法。这辆自行车就是他的工作室、店铺或者摊位,他坐在后车架上,以脑袋大的车座为桌,取出一根粉红色笔头的小蟹爪毛笔,轻蘸墨汁,再在用二百目砂纸打磨好的光滑泛白的哑光印面上,画上平分的格框,左"霍"右"培",写上两个反字。拿出一把刀头角微微被磨圆的黑色精钢刻刀,冲刀法和切刀法交替,先挖掉黑字中所有的横画,再挖掉所有的竖画,又用一段段曲线把横竖贯通。用湿布擦干净,蘸上印泥在宣纸上一印,就出来一个朱红的正方形——一个躺日形格子,两个白色的小字就慵懒地卧在里面了。

这枚印章成了我的玉玺，拿回家把所有自己的纸质物件，能盖的都盖上。再拿着它慢慢端详，只见这块冰冷坚硬的巴林冻石上，镌着的两个婉转小篆开始扭动枝条，就像横平竖直的北京街道上婉转的柳条一样。以后的日子，我对这东西入了迷，连走路手里都捧着邓散木的《篆刻学》。

往东到恭俭胡同，穿过去就是景山西街，有时候，就会和住在这里的马特会合，一起往学校走。马特是我的小学同窗，我俩住在不同的两条街上，但我的后窗户外面就是他家院子，算是个邻居；我的大姨和马特的父亲是同班同学，所以再兼个世交；我们曾在这条街上的北海公园里一棵柏树下跪地为盟，还是结义兄弟。小学毕业，一起考到了同一所中学，又成了不同班的中学同学，马特也搬到了离中学更近的这个景山西街的新家。

我唯一一次被人打劫，就是在马特的新家门口。三个高年级学生拦住我问，身上有钱吗？劫钱，是每个校门口或者去往学校必经之路上，隔三岔五都要上演的戏。演戏的主角深谙反刑侦技术和游击战术，熟习地形、路线、人流习惯，对目标人群锁定精准，总能实施有效蹲点。虽然学校支部书记经常在例会上声嘶力竭地用请家长、处分，甚至送到工读学校来作为警告和威胁，但就像成人世界的犯罪一样，绝不会因为有法律就完全杜绝。总有一些人情商超群，想得到比普通人更多的资源以掌控别人，争取增值服务，毕竟贫富冲突是社会发展的动力之一。

我停下这些胡思乱想，还是想想自己裤兜里正揣着的三哥刚寄来的两张百元大钞，对小孩来说，这是笔巨款。我正准备拿这些钱，周末去新街口新华书店买下那本垂涎已久的香港版《中国书法大字典》，或者去护城河边上北京工艺美术进出口公司白孔雀艺术世界，买下那对有"吉祥如意长年乐未央，富贵寿考多福宜子孙"篆刻图案的纯铜镇尺，剩下的钱还可以去琉璃厂买几张绵连、一刀迁安宣，几根金不换的黄山松烟墨条，西泠印社生产的美丽型朱砂印泥，到官园的花鸟鱼虫市场买几块篆刻用的寿山石——这市场的石头比琉璃厂便宜，顺便在邻摊点一份用牙签插着吃的蒜泥灌肠。到德外国营商场买林子祥的新专辑《这次你是真的伤了我的心》，饲喂一下自己腰间那张着大嘴、永远饥饿的随身听。出门在隔壁国营理发店来个洗剪吹，再走到关厢澡堂子泡个澡，把头上颈上背上的头发茬儿冲干净，拿两张白色大浴巾，裹一张铺一张，在铺上夹上耳机躺一小时。这两张一百大钞能填补这么多物质和精神的真空，怎么能轻易地拱手于人呢。只得硬着头皮大声说："没有。"

对面的"绿林好汉"一愣，眼睛发直，又说："搜出来怎么办？"实力的悬殊，让我觉得身上有点不大自在，把衣服角往下拽了拽，像是整理一下仪表，又好像要遮挡一下塞钱的那只裤兜的开口。下嘴唇往外一探，往上呼了口气儿，头发帘被吹得一飘一飘的，借机喘息，为自己的多舛命运嗟叹一下。顺便又觉得，这天气怎么有点热呢？身上有点发汗，口干舌燥，咽了一口唾沫，就要张嘴说话。这时，马特正好出门碰见，一看就明戏①了，大拇指往身后指了指，朝拦路恶煞客气地喊道："我有五块钱，上我家来拿

---

① 明戏，北京话，从字面来说可以理解为"看懂了剧情"的意思。

吧。"眼神冲着我说，你丫快走。我略一迟疑，又想，五元和二百元之间，两害相权取其轻，必须当机立断，于是用眼神说，中午见。

食堂的饭菜寡淡，于是等到了中午，我又跟马特一起到他家蹭饭。马特半抬家门口一个花盆，摸出一只磨得发光的钥匙，插进一把比他巴掌还大的乌黑的将军下马锁，咣当一声推开院子大铁门，直奔厨房。

灶上坐着一口铝蒸锅，下面一层蒸屉的盘子里拼了两个菜，有时候是三个，上面一层是米饭或者馒头。马特的理念符合北京人主流思维"差不多就行了"，能凑合就凑合。如果是在夏天，加热就免了，把他爹地妈咪用锅内布局给他规划好的"焖热再吃"的完美计划直接取消，端出来吃凉的。马特把饭菜平分出一半，推到我面前。一看老爷子老太太不在，都是哥们儿，也就不用不好意思了，再说，谁让老爷子做饭好吃呢。

有时候吃饭会碰上老爷子在家。老爷子和三哥一样也是饮食公司的，懂烹饪，做饭惊艳，典型北方人口味，酱色酱味都重，最主要的是内容都是硬货，喜欢煎鱼炖肉，正合了在长身体的小伙子的那无比空虚的胃口。老爷子是典型的北京爷，身材壮实，声如钟磬，喊一声，墙皮抖三抖，不掉也得脆。他是场面上的人，完全符合局气、厚道、牛逼、有面儿的民间版北京精神。对儿子也特别严格，一有调皮，上来就尅，决不允许孩子因缺乏管教而给自己丢掉体面。他对儿子的小伙伴很照顾，菜得多做几个，吃不完才行，但凡我夹起一个有煳嘎巴儿的馅饼，老爷子准抢过去塞给儿子吃。不吃，还得挨尅。

话说回来，还是回到平常的早晨。我俩从马特家门口骑车往学校走，不远就到了西板桥，右手是北海东门，左手是景山西门。

如果从高处俯瞰，整个老北京城是在树木掩映中的，胡同、四合院、大杂院都隐匿不见，这右手北海公园里琼岛上的藏式白塔，高高耸出树荫，亮出白色锋芒，是个突出的存在。站在白塔北面，背靠着密密麻麻写满了"×××到此一游"的塔基，可以远远地看到德胜门箭楼，正是我每天上学的起点。我把这园子和岛都转了上百遍，一草一木摸得清清楚楚，唯独有一个没能踏足的神秘所在，名叫仿膳。

仿膳最初是几个失业的清宫御厨开的饭庄，做的自然是大清宫廷风味，是个奢侈的所在。烩全鹿、红烧犀牛肉、扒驼掌、整鸭脱骨的八宝鸭这些满汉全席的大菜自不必说，单说这北京人都熟悉的从民间流入宫廷的小窝头。窝头一般是玉米粗面为主的杂粮面食，因为原料太瓷实，不容易蒸透蒸熟，所以要在底部挤出一个深窝，以让它身体变薄，并增大它的受热面积。宫里也吃窝头，但吃得讲究，用玉米细面、黄豆面、白糖、糖桂花、小苏打，揉成面泥，加塑成扳指儿大小的窝头形状蒸熟，吃起来有栗子的口感味道。窝头尚且繁复精细，其他珍馐就可想而知了。

出北海东门，就可以走向和它相对的景山西门。景山地处紫禁城的玄武门外，是当时帝都的至高点，也是紫禁城的靠山。山上五座凉亭高矮对称排列，走上中心最高的万春亭，向这座拥有九千多间屋宇的城池俯览，就看见一片赤墙黄瓦正引来左前远方朝阳投来的光，包裹每一颗笼罩在城上的雾水露珠的剔透颗粒的同时，也被它们阻碍，向四方散射，蔓延开来，整座黄金之城诡秘矜重。

　　景山的一部分被切割出来作为北京市少年宫，我因为写了篇关于环境保护的作文获奖，被选到了少年宫学习植物。老师是名校出来的高才生，眼镜框由于过于宽大，显得和身上的衣服一样松松垮垮，虽然年轻，但很有一心做学问的学究气，上课讲完，还要带着学生们到景山看植物。园子里国槐、圆柏、侧柏、银杏、连翘、小叶黄杨最多，还有巨大的核桃树和一片芍药园。光从这些植物的叶子的形状来看，叶序有互生、对生、轮生、簇生，叶基有盾形、楔形、戟形、箭形、心形、截形、耳垂形，叶尖有卷须、芒尖、尾状、骤凸、锐尖、钝形，叶缘有深波浅波、皱波、钝齿、锯齿、牙齿，整叶有矩圆、椭圆、菱形、扇形、匙形，以及针形，当然还远远不止这些。松树是针形叶片，针形还分三针一束、两针一束。知识就像是一个高清放大镜，原来，之前来景山看到的都是被压缩到模糊的画面，这一下全都看清了，细到了毫芒。甚至后来在野外烧烤，都会习惯性地看看正在被点燃的柏树枝是圆柏还是侧柏，有了细节，大自然就变得让人着迷。

　　景山的芍药园后面有个小套院，被困在院里的观德正殿却不小，黄琉璃筒瓦、硬山顶大脊，硕大的房顶压下来，像低扣帽檐藏住了眼神的侠客。这是我每周五都要来"朝圣"的地方，是首都图书馆的分馆。殿内轩昂，略显阴森，进门是被书架隔出来的横条门厅。首先要在厅内两边像中药铺的药柜一样的成片的抽屉里翻卡片。每一本书都有一张身份证，写着书名和它被"关押"位置的经纬坐标。把坐标编号抄下来，递给柜台后面那两个从来没变过面孔的图书管理员后，就一边羡慕他们的工作，一边期待我选中的书从"牢房"里被释放出来，我是来解救他们的，尽管一次只能解救两本，每次最多只能解救一个月。

把书往书包里一塞，这周的精神食粮就算有着落了，就可以心满意足地登上景山之巅，举起那只高清放大镜，俯瞰那片已经散去了迷蒙云雾的宫殿。

凌晨，大臣上朝先要在南头千步廊的廊房等待，时辰一到，在穿过漫长的步廊、大清门、天安门后，身困体乏，突然来到午门城阙前，三面高墙压迫下，人更觉得自己的渺小，建筑昭示着森严的等级。大臣徒步几公里，到达斗拱宏大、广檐翼出、高达三十五点五米的单体建筑金銮宝殿，甚至要按皇上要求走到更远的乾清宫觐见时，人已经被一路磨平，这个感受无论如何也称不上美。

然而，实现这一程序所依托的建筑，却呈现了一种秩序的美。这种长幼尊卑、主次分明的建筑秩序，并不是无源之水，它的根源来自和帝制等级制度相伴产生的营造法式、工程做法则例和周髀算经，来自天圆地方理论的方五斜七的中式黄金比例。

如果你是个顶尖的轻功高手，从这对折线的一头飞檐走壁到另一头，你就会发现这座城的韵律节奏像是一场摇滚乐，中间那条中轴线是吉他奏出的主音旋律，一路向北的推进中，忽急忽缓，上天入地。一个个横亘的屋顶则是鼓点，汉白玉石阶高台像低沉的贝斯底色，旁边的配殿廊庑跳跃像键盘。闭上眼睛仔细听，就会发现它背景细节中彰显的空旷与宏大。在三万多平方米的庭院之中，突然从地面拔起的太和殿，把这个主旋律在博大虚空的衬托中推到了最高潮。高潮过后，滑到后宫，音符像化作了花朵，洒落到御花园，红的叫鲜血，黄的叫盛世。盛极终衰，曲调慢慢平静，千钧之重的沉郁小调切换成了舒展飘忽的大调，最终隐入作为背景的景山的幽绿之中。

如果你在只有零下七度的冬至那天的正午来到太和殿，穿过两旁的蟠龙金柱，在金龙藻井之下、雕龙宝座之上，就会看到流动的阳光汇聚成了一条光索，光索的一端击中了"建极绥猷"匾额，似是它的能量之源。两只仙鹤被刺痛双眼，冷冻的香炉冒出火焰，方砖接住迸溅的火花，滑向一亿多公里外的那个火球。太阳的锁骨扫动琴弦，光化作漂浮的旋律。你会突然明白，这座城根本就是为太阳而建的。

故宫的美和大自然一致，也是秩序、旋律、节奏、能量产生的美。宫墙不断地右转，才发现，这整座城池，竟然只有一个男人，那就是皇帝。除了皇帝，就只有女人和不是男人的男人。这是一座极致阴性的禁城。这里的院子都博大宽广，房间的形态高大威猛，线条硬朗，棱角分明，用以和它里面住的人一起，达到一种阴阳的平衡。

有一个建筑单体却属婉约派，就是故宫的至高点——角楼。我每天要路过的是宫墙西北角的角楼，它和更西北位置的北海白塔遥相对视，一个是繁复重叠的尖锐棱角反而带来的柔婉，配合它脚下筒子河的倒影，这种柔婉还要加倍；一个则是简单明了的柔顺曲线中，竖起一根刺向天空的尖硬针杵的阳刚。

不过我更喜欢角楼以前的样子。那时候，角楼脚下的筒子河岸边还是一片低矮杂乱的平房，一些树和灌木挤在缝隙之间喘息，人们穿的确良衬衣或是白边蓝底的跨栏背心，手上挥舞着蒲扇，搬来马扎和木桌，下着象棋，或者只是在墙根下游走，让人觉得故宫并没故去。

我有个同学住在这片平房里，他父母在故宫工作，这里是内部工作人员的宿舍区。夏天，就和同学一起走到故宫门口，手里拿着一张内部参观券，递给检票员，装成大人的口气，说："同志，我的票。"

逛完出来到了筒子河边上一待，打消了刚刚想找块石片打水漂的想法，安静地用双臂和下巴趴在筒子河边的护栏矮墙上，看宿舍区的居民大哥大爷们网鱼。筒子河虽然只是紫禁城的城池附属品，却也有五十多米的宽度，一条带形的渔网横在两岸间的水中，个把小时的工夫收回网来，宿舍区人家的桌上就能有二十多斤中等身材的鱼儿做晚餐。说一套做一套的帝王们没有料到，自己身后留下的宫殿的一块墙角，在多年后才真正实现了与民同乐，尽管非常短暂。

筒子河晚上最美。天黑后，沿筒子河走到中轴线上那片广场，眼前就出现一座环抱式的大山，山在黑夜中凝重模糊，有点像野营时半夜钻出帐篷站在了轮廓不清的山前，突然发现它骇人的壮硕和神秘时的那种震撼。不过奇怪的是，它又给人一种依赖，让人依赖这种权威带来的安全感，竟然可以享受自己的渺小。几百年前那些皇帝，应该也有过同样的感受，否则他们为什么需要这样的建筑让臣民自觉渺小与恐惧，来隐藏他自己的自卑无知和不堪一击呢。

山上横着一匾——午门，宣称皇权的如日中天。山前的空地上，无数怀着理想或野心的人在这里送命，至今仍悬空立着相互对峙的四个大字——死谏、刚愎。穿过午门广场，到另一边的筒子河边，坐在角楼下，自由呼吸。在这个对折的城市，一切都有着相反的镜像。虽然还没有躲开午门的东雁翅楼，但被压迫的气息已经可以彻底地释放。筒子河的水清澈，却不可见底，袒护着自己的秘密，河边的柳树像长发一样，正向水里生长。

十三、严肃先生

和马特继续骑车往学校走，我问他："你丫听什么呢？"马特腰上也挎一个随身听，被耳机一塞，成了聋子，大声回问："啊？"他摘下一只耳机，我又重复一遍，他说："谭咏麟的新歌，粤语的。""丫还会越南语？""什么越南语，粤语是广东话。"一边掏出里面的录音带："你丫听听。"一边接过我递过去的赵传的《我终于失去了你》。

粤语歌的好处，不仅在于因为难以听懂而变得更加耐听，而且它还把所有好听的歌的数量都翻了一倍。听腻了齐秦的《大约在冬季》，就可以听张国荣的《别话》，听腻了王杰的《惦记这一些》，就可以听陈百强的《一生何求》，因为它们除了歌词的内容和语言发音换了一套，根本就是同一首歌。

过了西华门的路口，路西是个国营饭馆，早上如果没吃饭，时间也还早的话，就可以进去点上一碗"两样儿"，再来一个炸糕或者油饼。"两样儿"是北京话说法，就是双拼。成都人则把这种方式叫鸳鸯，比如荞面和红苕粉，它们用的汤料一样，就可以混煮，做成拼碗，荞面本身干硬不入味，而红苕粉润嫩吸汤，可以互补。但鸳鸯火锅的鸳鸯则相反，是相同的食材在不同的味道底汤里浸煮。

把正方形的豆腐片对角斜切成两个三角形，油炸定型到金黄，这是第一样。宽粉剁碎，加绿豆面、黄豆面、香料粉、胡椒面和匀，攒成丸子，也油炸定型到金黄，这是豆面丸子，是第二样。这两个炸货在有大料、姜片的水里煮出汤色，盛一碗，加点类似涮羊肉的蘸料，撒几颗香菜，就是北京味道的"两样儿"了。

再往前，离自己的学校北京市第六中学不远了。不自觉地开始往外撇开膝盖，撇得比车把的宽度还宽，只用脚后跟踩着脚蹬子，显得悠闲散漫，这应该叫"北京骑"。这种形象用北京话叫"痞"，根据字的表面理解，是一种应该被否定的病，却也不全是，它是一种气质，配合因手臂直撑车把而高耸的肩膀和前伸的下巴，整体透着北京人的神气、潇洒、自信。

唯一跟"痞"有点不搭调的是脚底下那双单薄无力的北京布鞋，北京话叫"片儿鞋"，因为鞋底子就是个薄得只有几毫米的塑料片。这么不讲究的鞋巴儿①，却也有鄙视链，便宜一点的是白色，贵一点的是深土红色，其实二者质量没多大区别，可北方人喜欢厚重，觉得土红色感觉没那么廉价。穿起来走，要像穿趿拉板儿，"痞阿——痞阿——"作响。

校服分正装和运动装，正装是深蓝色日式立领学生装，和西装正装不同，不是两颗扣子只系上面一颗，而是反其道而行之。这中山装的五颗扣子，得松开上面四颗，只系上最下面的一颗，上面的对襟要裂开一条V形的缝子，时开时闭，里面的白衬衫领子时隐时现。如果配一顶时下流行的正中嵌了一颗银色五角星的黑呢日式八角帽，就更有痞的味道。

红白撞色设计的运动装像一只没打足气的气球裹在身上，上衣正面的白色色块，像京剧丑角脸上扑的粉，不够神气。不过有办法，外面罩一层前门大街店铺门口挂着的那种刚刚开始流行的防雨绸风衣，多色拼接，拉锁拉到肚子，敞开一半，自行车蹬起来，风往风衣里直钻，挤在身后出不去，后背膨胀，鼓成了一朵降落伞。下身也得痞，把右腿裤管多余出来的部分，从腿正面拉出来并成一片，往右后的小腿肚一裹，裤管的右半拉就包住了小腿的右半拉，再从下面往上挽裤腿，就成了束腿裤，不再晃晃荡荡拖拖沓沓。双手插进裤兜，屁股部分的裤子紧绷，整体就利落了。

还可以两套混搭。上身笔挺的正装，下面健美的运动束腿装，再下面，像Michael Jackson一样，露出一截白袜，再猛然过渡到黑色

---

① 鞋巴儿，北京话，就是鞋。

灯芯绒布面的、不那么符合人体工程学原理的硬底儿片儿鞋，虽然混搭，但精神气质是一以贯之的，就是一个"痞"。衣服虽然被迫统一都穿一个样，但叛逆之个性，独立之精神，自由之思想，绝不能苟且。时尚不在于装备，在于风格和气质。

右拐就进了大宴乐胡同，胡宅躺在路口左手，高墙变成了爬虎①，正往上蔓延。灰色的两扇铁唇一开一合，正按照例行频率吞进吞出绿色的、黑色的小车，门外的哨兵足跟大声并拢，开始换岗。掠过去，往前走到头，就进了六中校园。

深暗色聚集的古槐、桧柏正在和风摩擦燃烧，树上的麻雀和树下的孩子们都在火焰中跳着笑。呼吸上一口树和周围草木被太阳炙烤时散出的潮湿气味，就听见操场地面的黑灰色炭渣正被几双运动鞋踩着嚓嚓地飞溅。单双杠和篮球架的铁管正在长锈，一个足球正飞出墙头。旁边绿色半透明塑料棚下的几列歪斜交股的单车，后车架镀铬的白光亮成一条直线。

天高云淡的北京蓝之中永远震荡着一群鸽哨的啸鸣，树后几间硬山式仿古屋顶的办公室，正敞开着几扇玻璃刚刚被报纸团擦得透亮的木栅格窗。窗外一颗乒乓球正努力击打两个球拍，屋里几个老师在备课，白墙的泥皮在卷裂，红色立柱的油漆在剥落。书本、卷子和拓蓝纸在桌上翻动自己的衬衣，一支长着橡皮脑袋的中华牌红蓝铅笔打着滚，准备落下桌沿，桌面玻璃板后面嵌着班级或者会议的合照、几张粮票和一张课程表。办公室外镀锌水龙头在哗哗地冲

---

① 爬虎，即爬山虎，北京话作简称。

洗，屋檐下藏着的黑冷色的铁铃就响了，所有的孩子、书包都和时间一起，开始往教室呈扇形队列起伏奔跑。几分钟后，教室里面一个孩子在罚站，门外两个孩子在喊报告。

北京六中邻长安街，院内南北甬道入口上悬一匾——"升平故苑"，六中和隔壁北京市第二十八中学共同占用的这个中式古典庭院，原是清朝宫廷的升平署——专门负责组织办理皇家看戏的一切业务。门口的校名、校训都由启功先生题写，院子挂着"鹤园""瀛海书院""博观"之类的古色木匾，以证明它往日的古雅。

上午第二节课间在操场上做操时，队伍之外的空场上总有一个从民国时代穿越而来的风雅先生。他双手插进裤兜，衣服开襟被两条胳膊分向身体两边，整个人的展示面变得宽广，似乎占用了三个人的位置。他时不时爆出浑厚的笑声、咳嗽声，旁边围簇的几个老师，身体自然缩小，被动地沦为了他的拥趸。他眼睛硕大而外凸，稀疏的头发抹着发油，亮闪闪的向后被着。国字形宽脸盘，典型的山东河南交界处的脸型，如果眼角上扬，会更偏河南，而他的眼角微向下垂，更偏山东地界特征。他面色棕黑，因为他总是习惯性用右手拇指和食指不断地一根一根地揪扯自己的胡子，所以胡茬稀疏，所剩无几。

他穿着一身浅土红色的西式套装，上下身同色，上装里面还套着一件同质同色的西装马甲，最里面露出的衬衫自然是亮白有型。上衣挺括，裤线笔直，脚上的黑皮鞋亮得可以看见天上的飞机划过。这身套装的颜色和他头上的发油等，都似乎不应该存在于这个时代，显得突兀耀眼。外套左胸的兜上，竟然还悬着一条金色链条，他时不时会从里面掏出一只怀表，弹开表盖看一看时间，更是格外浮夸。

他就是每天脚步声比闹钟还准、出现在我家门口的"严肃先生"。他不是校长或支书，也不是教导主任，只是一个普通的语文老师，唯一高贵一点的身份是班主任。他是邓老师，来自山东一个名字里带耳刀旁的地方，是北京中学里为数不多的外地籍老师。

他姓名里的三个字，也都是耳刀旁，有同学悄悄称他"三只耳"，他猛地双眼圆睁，板擦破空，吓唬一下就算过去了。他自持身份，不愿和人过不去。他带着一个大学校长身份般的气场，站在了中学的讲台上，讲解着初中的稚拙文章，依然大声说话和咳嗽，大肺活量地谈笑风生，依然不自觉地偷偷揪扯自己的胡茬。我一直好奇，却也终究没有探明过他过往的故事。他应该有很多的故事，不然这般气场从何修炼而来？不管怎么说，每天早上坚持准时自律地上门提拉（dī le）自己的一个学生的人，都可以算是一个英雄。

学校生活平平无奇，最能激发热情的就两件事，打饭和打乒乓球。中午下课铃一响，每个人焦急地等着老师嘴里一句"下课"，指令一发出，打饭大军就冲出自己的教室，疾跑如飞，像是春天刚到，涌出巢，扑向鲜花的一窝窝蜜蜂。一路上金属闷声敲击，哗哗直响，原来每个人手掌夹着的铝制或不锈钢制的饭盒里，都有一把勺子，勺子正在随机运动，与盒壁碰撞。古人是击鼓而进，鸣金收兵，今人却是鸣金而进。中国文化讲究刚柔阴阳大小的反差和配合，如果右手攥金属饭盒的话，左手就要捏一张比邮票大不了多少的，不光花钱还要花粮票才能换来的饭票。没有钱和粮票背书撑腰的饭票，再硬气的饭盒饭勺也打不来饭。大军往学校的中轴线上会师，再冲出"赢海书院"院门转而向西，挤进一条狭窄的通道，通道的尽头是学校食堂。

厨房中心的案子上，一盆盆大锅菜已经盛满；蒸架上，一张张蒸格像抽屉一样被拉出来，躺在里面的米饭被切割成了豆腐一样的方块。一切准备就绪，几个白衣白帽已经手持武器一般的长勺，站在小得只能伸进一个脑袋的窗口里严阵以待，等着兼具饕餮和貔貅功能的金属饭盒递进去。低头一看饭票颜色，判断来人要求的分量，勺子一抢，一扠一装，机械而熟练。当然，落入饭盒之际，勺子还要抖上一抖，勺内边沿的几根肉丝魔法般地有了又没有了。这种食堂的存在是国营商业退出历史舞台时留下的一条尾巴，但也不存在服务态度不好、脸色难看的问题，因为根本没有竞争，没有评价系统，所以并不需要服务，也不需要脸色，双方不是供需关系，只是分别在单纯履行各自的义务。

中国美食讲究色、香、味、形，接过窗口里推出来的饭盒，自然要先欣赏一番，主要是看看这扁豆炒肉或肉末芹菜里面的肉有多少，这可是赤裸裸的能量，顺便把很像肉的渣渣拨到边上，先吃饭菜，最后再吃它，便于长久回味。尽管油轻于水，浮在表面，仍然掩盖不住大锅菜是水汤多过油星的事实，让嗷嗷待哺的菜鸟们食量都超过按体型比例可以估算的极限，不管高矮胖瘦，男生一律选择最高配置的四两，虽饿不着却也吃不撑。

男生们端着密度不算太高的一盒能量，一路跑回院子里的几个乒乓球桌旁，等着刨完饭就上场挥两拍，不惜消耗掉四两能量中的二两半。跑着去打饭不是为了抢饭，而是为了吃了饭赶紧来排乒乓球的队。球桌的"桌"，虽是木字旁，但学校的球桌实际是个砖砌水泥面的台子，上面用一列红砖相连，代替球网。这一块红砖的标准长度是二十四厘米，一个标准球桌的宽度是一百五十点二五厘米，则可知桌面的球网需要六又三分之一块红砖。取不了整数，所以总有一块带着尖锐缺角的小半拉砖头混在其中，球一碰上它的缺角就怪异地变换路线，特别锻炼民间小选手们随机应变的能力，不知道这是不是作为中国乒乓球称冠全球的群众基础所具备的条件之一。

食堂的饭虽然不是美味，却也不至于吃不下去，但胡同口的小卖部一到中午仍会被穿校服的孩子们包围，挤进去一看都觉得好笑，竟然是在抢着买一包白色袋子的方便食品，袋子上有红黄蓝绿四色曲线彩条，旁边用黑色写着和袋里的内容一样干巴易碎的三个大字——"干吃面"。

这是一种最新的科技食品——干脆面的前身，不用开水泡，不用等五分钟，只需要打开料包，把干调料撒在像是摘掉了外套的弹簧床垫的面条饼上，掰开了揉碎了，抖一抖晃一晃，卷发一般的干燥面条表面就沾满了盐、白糖、胡椒面、味精、香料粉，一口下去，嘎吱嘎吱地脆响，旁边的人都会觉得自己的嗓子眼也在冒烟。是有点干，不过没关系，吃完到自来水龙头对嘴一嗍①，它们到肚子里就成了一碗完整的传统泡面。

小卖部旁边的煎饼摊不能围着抢，只能排队。一个木框嵌玻

---

① 嗍，此处指嗍嘴喝水的动作。

璃、正面带窗口的宝龙柜，中心安着个煤炉，炉上顶着一张铸铁烙盘，一对中年姐妹老板正围着焦人的铁板打转。窗口伸出一只亮晃晃的食品夹，夹进去一张钞票，再夹出来两三张面额小一点的钞票。铁板一热，铁板后的人影就拿起一个小铁筒，用里面露出的一小截棉丝蘸上油在烙盘上转着圈一擦，滋啦一声。再从身旁一个装着事先调好面糊的塑料桶里，用勺子一扢，把比成都那摊春卷的鼻涕面还稀的糊糊倒在烙盘中央，用像竹蜻蜓似的木制拐子，顺着烙盘形状转着圈刮上几刮，刮平了，就手①再用拐子敲开一颗生鸡蛋，连清带黄倒在上面，再一刮，又平了。正宗的煎饼是用绿豆面加杂面糊糊，韧性不够，不易成片，这鸡蛋正可以起到粘连修补以及增香增质的作用。

趁鸡蛋没熟，在表面镶嵌上葱花和黑芝麻，用薄铁皮刮子在饼边沿下一刮，掀起一角翻个面，就开始填充内容。首先用甜面酱、酱豆腐打底，再蹭点北京人不怎么受用的辣酱意思意思，里面可以塞一根油条，老话叫馃子——狭义的馃子指油炸面食，广义的馃子指一切点心零食。糖果铺其实是糖馃铺，包括糖和点心。薄薄的面饼里面也可以换成一片炸得起泡的薄面片儿，北京人叫"薄脆"，天津人叫"馃箅儿"。之所以还要提一句天津，那是因为吃水不忘挖井人，这煎饼本身是天津的特产，文化的传承得知道出处。北京人说馃子吃饱，薄脆吃味儿。可为了让顾客别吃太饱，很少有放油条的了，吃不饱就还惦记，惦记着，明天就还来。

---

① 就手，北京话，将就用手，也就是顺手的意思。

学校不赞成学生们不在食堂吃饭，可这帮小崽子就是不听话。可能因为食堂的饭菜每周五道轮回，令人生腻。再有，被计划多年，让人反感，叛逆和自由选择是人的本能，都想给自己做个主。为了更加深入地践行自己的自由理念，还可以骑车出去远一点找饭辙①，比如府右街北口延吉餐厅的朝鲜冷面。

　　从学校过去得绕半个中南海，差不多两公里半，可为了这口美味，值得。到门口一看，准是密密麻麻停满了一溜自行车，很多自行车的后车架前都站着个人，左手端碗，右手举筷。

　　屋里人更多，挤进去买上一张冷面票，再挤到出面的小窗口前，递过去喊一声"三两的"。只见师傅从一片碗塔中，抽出最上面的一只，夹上一筷子面，在一个巨大的像饭馆里啤酒储存罐一样的金属罐身伸出来的水龙头下面接上一碗汤，这汤也像啤酒一样，冰凉。再飞上两片苹果、三片牛肉、半颗煮鸡蛋、一小团辣圆白菜和辣酱，碗就飘出了窗口。

　　端起来一看，屋里还是无从落脚，只能再原路倒退着挤出来，把碗放在自己自行车后面镀铬的架子上，和旁边的一排人一起，吸溜。这后车架用途很多，可以载人，也可以打开弹簧夹，夹书包、夹蔬菜，在这种情况下，则可以临时充当一下小饭桌。镀铬的车架闪亮发光，后来很多中国生产的汽车，车尾也要额外加一条闪亮发光的镀铬条，不知道是不是从自行车后车架培养出来的一种独特

---

① 饭辙，辙是方法、办法之意，"有饭辙吗？"意思是"找好吃饭的地儿了吗？""有人管饭吗？""有钱吃饭吗？""有营生手段（工作）了吗？"等，此处含义为"吃饭的地儿"。

的怀旧审美情结。

朝鲜冷面虽也是荞麦面，面条却是用二比三比例的荞麦和土豆淀粉，加盐水，再掺开水和成烫面，做成略有透明感的粉条状，口感比起四川荞面提升了不少。汤汁也和四川荞面浇炖牛肉汤的思路不同，它是把香料和酱油卤制好酱牛肉的汤去油过滤，让汤汁清凉透彻，放冷，加小苏打，加水稀释，加白醋白糖调出酸甜味，面条入碗后，摆上切薄的配料，撒点芝麻。最重要的是扛上一勺用苹果、梨、大蒜和粗辣椒面调成的辣酱。中国话说吃香的喝辣的，本是指吃花生米喝白酒，可这辣酱往汤里一和，就是朝鲜版吃香喝辣。吃完冷面喝完汤，把两片冰凉的苹果片填进嘴里充分咀嚼，清理完口腔，才把几片珍贵柔软的酱牛肉放进嘴里，慢慢悠悠细嚼着，慢慢悠悠撇腿蹬着自行车回学校。

下午，我拿着几根白色和彩色的粉笔，到学校操场旁边的黑板跟前写板报，严肃先生邓老师和美术老师一起走了过来。最近学校正组织一个学生美术作品展，我业余鼓捣出来的书印作品存货多，就抱了一捆去投稿。美术老师说，你的稿我们看了，学校商量了一下，把展览改成你的个人习作展，我筛了一部分好的出来，你回去再补充几十件，要求两周内交稿。

到了周日，我一早就出门去选创作材料。从五十五路汽车德胜门站上车，到西什库教堂下车再上车，无缝切换十四路，顺着昔日皇家园林的红墙一直往南，纵贯整个北京内城，就到了南城的琉璃厂。这地方因元代时烧制琉璃瓦而得名，明清时因赶考举人聚集而成为书市，很多知名文人在周边聚居，乾隆年间甚至成了四库全书编辑部的第二办公区，成了传统文化用具扎堆的地方。

下车是大千画廊，照例进去看驻场的北京书协老先生写两笔。出来，到隔壁一得阁二楼买瓶墨汁，过马路到东琉璃厂把角儿①的海王村市场逛一圈。这门口牌匾上的"村"字，写的却不是"村"，而是"邨"。"邨"是"村"的古字，包含了它原有的音旁，至今这"村"字在东北和广东五邑地区都是读它的古音"tún"。北京话还保留了一些类似的古音，比如双泉堡读"双泉铺"，影壁读"影背"，不搭界读"不搭嘎"，当然也有往俗音发展的，比如尾巴读"椅巴"。

进市场逛一圈，鼻尖贴着柜台玻璃，欣赏下鼻烟壶内画、线装善本、鸡血石。出来，再进到隔壁安徽文房四宝堂就不想走了。原来和四宝堂连通在一起的中国书店里，柜台后面的墙上悬了一幅新来的颜真卿《裴将军诗》的拓片，作品篇幅并不大，文字由三种字体混搭而成，楷书厚重、行书雄奇、草书圆柔，笔力未尽之处，还夸张地拖着长长的飞白"椅巴"，看似各"不搭嘎"，但由于字里行间的气势实在过于恢宏，已经超越线条形式，强行完成了对画面整体感的协调统一。和谐，不一定是自发达成的，强制也可以做到。拓片一角别着的一张小价签，同样很有气势，它上面的数字大于等于换取北京六中五百张饭票所需人民币的金额。

下午进荣宝斋二楼看名家作品展，照例是启功先生居主位，依次是沙孟海、刘炳森等，格调高低不在首选，都是按职位的显赫排

---

① 把角儿，北京话，占据了路口拐角的地方。

序。目光顺着这些笔画轨迹行进，慢慢就产生了幻觉，被引入一片湿地，线条延伸到湿地上化作细流，朝向同一个方向，开始像脉搏一样奔流。①

滥觞细流，汇成大河，在我脑中，这条河是书学发展脉络的投影映射。大河总难免因泥沙堆积或洪水涌入而发生泛滥。小的泛滥会很快消退，但如果泛滥得足够长久，就会被河道接受而成为河道的一部分。如果足够久的同时力量也足够大，就可能另辟支流。但如果支流一旦与主流断开，就会因失去源头而枯竭消失。当然，如果河道沉淤过多不能自清，还有可能改道。即使发生了改道，新的河道也会慢慢变成旧的，重新担当正统主流的角色。

这些"泛滥"的名字叫作"自由"或"创新"，大河的名字则叫作"法度"，法度也叫"传统"，归根结底，就是所有前人对自然规律的探索、掌握与遵循。而"泛滥"中，能够成功挑战法度并生存下来同流天地的，恰恰是其中最了解、掌握并遵循法度的人物。他们顺应了规律，于是在被法度吸纳的同时，也获得了能够驾驭它的力量，而这种力量，是前人积累的总和。

这河曾有过一次最极致的爆发，发生在历史上的魏晋南北朝时期②，是书学史的轴心时代。到这里，它像突然遭遇了一个碛口，然间河道变窄、落差变大，后面不断推搡过来的水流厚积薄发，喷

---

① 脉搏奔流，借用自陈百强同名歌曲。
② 魏晋南北朝时期，指公元四二〇年前后，对后世影响最大的二王、瘗鹤铭，以及北碑，均诞于此间。其中，王羲之、王献之父子是帖学顶峰，北碑是碑学圭臬，瘗鹤铭则横亘帖碑两界之间。

涌咆哮。所有前人的累积在此极致绽放，这巨兽随即像是得到了释放，从此一马平川，走上坦途，最新也是最终版本的法度形成了，没有了阻碍，也再没有了狂波巨澜。

我盯着四面墙板上万兽狂奔般的墨线，胡思乱想着法度和自由的关系。想到在路上见到的那只海东青，它虽是自由的，却不是绝对的自由，它不能入海，也不能进入太空，就像人必须睡觉一样，没办法对抗自身局限和自然的规律。了解了自由的内涵和法度的边界后，就可以得到真正的不再夹杂迷惘的自由。又想到严肃先生邓老师身上的现实扭曲力场，这力场实际是自由的外框，自由被框在里面，并没有消失。邓老师虽然象征着规矩、纪律、约束、节制、审慎等一切有限制性含义的词汇，但实际上他内里却是气定神闲，这种气定神闲来自不逾矩，不逾矩就不与周边发生冲突，从而得到自在。

于是，我又继续开始每天早上跟邓老师一起去学校，就像是临摹古人的法书，能够有一个在保持思想自由的同时，帮助克服行动上的惰性和越界的权威模板是件幸事。初中快毕业的一个周六中午，放学后，我跟着邓老师去了他在德外冰窖口的家里，聊到了今后的理想，我说，我觉得自己最大的能力是激励别人，而且希望有机会做学问，想考师范学校，以后当个老师。

邓老师到得家里，脱掉那身裤线硬直、挺括合身的套装和里面白得耀眼的硬领，换上一件黑色的夹克衫和运动裤，身体深陷在沙发里，难得一见的柔软松弛。这时候却突然弹起来，坐到了沙发的前沿，左手接过本来右手握着的茶杯，先用手掌心覆盖了杯盖，超出杯盖沿边的几根手指尖弯折过来，钳住了杯身的上半截，顺手把杯子放到了自己左侧的小茶几上，不知是因为烫还是心情波动，杯身一晃，水从盖子下沿冒出来，顺杯身往下流。

邓老师把腾出来的大手在空中一挥，呼的一股风声，后面跟着洪亮的金属质感的一串语音："不要当老师。我当了一辈子老师，"他停顿了一个逗号那么长的时间，把另一只手弯曲成问号形状的食指往前伸，轻轻抵到了我的胸口，用叹号的语气继续说："你，一定不要走我这条路！"（第一部终）

后 记

　　我还在北京的时候，有段时间每天一早都要穿一条长八十米、名叫水章的小胡同，到什刹海西海的岸边，取停在这里的车出门。往西走，胡同尽头的画面就被逐渐放大，画面左侧的黄金分割点位置，有一棵壮硕的垂柳作为前景，它的枝叶簇成一团，像桂林的独秀峰，背景则是一面沉静又光色幻化的湖水。

　　不同的早晨，这个画面呈现不同的面目，晴空阴霾、云蒸红霞、斜雨漫雪，或是昏黄风沙。我傍晚回来时，停好车离开，走着走着不自觉回头一看，把画面留在眼里，用来和第二天一早衔接。

　　这画面就像这胡同的名字，水的乐章。每次走过去的一两分钟都很享受，这样的展开过程，这样的一个局部，甚至比静观全景更美。而所有的变化，都因为这一树枝叶在风的唇舌间钟摆式拂动，以及那一面水光在太阳的陀螺下脉搏闪跳而有意义。

那时候的手机不具备拍摄功能，每次走进这条胡同，都遗憾自己没带相机，很想记录它每一个变化，哪怕只留下春夏秋冬四个时间点的切片作为标本也好。但又偷懒，没有转身去拿，想着反正天天都能见到。

直到有一天，我走进胡同，心里突然咯噔一下，才意识到我的"独秀峰"不见了，空留一池自顾收集落叶和尘埃的湖水。

我呆坐车里，像失去了方向。我的车前一天下午就停在这棵树下。一夜之间"独秀峰"不知所终，取而代之的是一棵新品种的树。这树碗口粗，黑冷的铁质，笔直挺立，树上没有一根枝条，也没有一枚叶片，仅仅在树干上端垂着一个硕大的长着大眼睛的金属果实，像是"孩儿一般"的"人参果"。"独秀峰"的消失成全了它，令四周开阔，便于它好奇地扫视这个世界，人们把这棵通电后才有灵性的树叫作"监控"。它可以记录关于这个位置一切的信息，只是它不懂，或者并不在乎自己记录的画面是美还是不美。没有人依恋装备不够完善的物质世界，也没有人在乎未来是不是和过去一样不可重来。

我想要像孙行者，拿出金击子一敲，让"那果子遇金而落，扑的落将下来，寂然不见，四下里草中找寻，更无踪迹"，以证明自己的无能为力。当然，因缘和合无须执着，但也并不代表我不能因此而耿耿。

人总是耿耿于对过往的记录和搜索。安德烈·塔可夫斯基说：

"丧失记忆，人就会成为幻象的囚徒。跌落到时间之外，将无法把握与外在世界的联系。也就是说，他注定要发疯。"而对于中国人来说，丧失了时间和一个包含了人际关系和名声信息的身份，人就难以把握与外在世界的联系。

中国式的人情关系是缺乏保障的社会环境下的一种生存手段。纵观历史，普通人甚至不是宏大叙事的背景，而是风云人物脚下的尘土。传统里的中国人生存主要靠自保，而个人的力量又极单薄，需要一个可靠的亲友圈作为命运共同体，向它付出，接受约束，并索取陪伴、帮助、庇护、担保以及透支。这个共同体是个体的边界，个体因它而感受到自己的存在、意义和价值。它是一个八卦、信用和保险体系，可以快速完成对不熟悉的成员可靠性的了解、评估和判断，为人际交往和经济往来提供"背书"。人和人、人和社会之间都密不可分，了解其中的个体，就可以了解他们背后的群体和社会，反之亦然。

一沙一世界，一叶而知秋。本书试着描述一些普通的个体，因为不管地域有多大差异，人性并没什么不同，总是相通的。想了解世界，可能通过观察自己周遭就可以做到，甚至想了解人性，只需要把自己袒露给自己，即所谓推己及人。人性不是简单的善恶，是一种选择，因不同的资源条件而变化；是一种平衡，控制着个体行为方式在自然属性和社会属性间的切换调节。而在差不多的资源条件下，人们之间存在的，则主要是地理环境隔阂造成的习惯差异，以及衍生出来的思想差异。

文化也是相通的。如果我们把桌子定义为一个平面加四条腿，那少了两条腿的桌子算不算桌子？所以，并不存在中国文化、美国文化、日本文化，那只是我们为了方便理解或讨论而赋予它的一个概念，这也是"名可名，非常名""见山还是山"的含义。实际上，只有起源于某地的文化，因为文化并没有界限，也无法限制，它是人类共享的。非遗的存在不是为了独占，而只是为了保护传承那些因时代变迁而缺少了依存的文化。版权专利也有时间限制，因为它的终极目的是保护创新的动力。

文化差异造成人的隔阂，但差异间的碰撞冲击却总是刺激文化的发展和进步，所谓"两精相交谓之神"。一开始的过程往往痛苦，让人无所适从，为自己的地域文化被冲击甚至没落而恐慌和伤感。除非是因被征服和专制而被强制全盘接受的文化具有其毁灭性，否则在正常交流发展下，文化总会在被锤炼后变得更有光彩。

人会有这样的矛盾，一方面恐惧和抗拒外来的冲击，一方面又以得到外部认可为荣。人也总是容易忽视自己本来有的东西，成都的宽窄巷子、锦里，北京的什刹海、三里屯、五道口、簋街，都肇始于外来人的热衷与聚集。外来者带来的不一定是冲击，也有促进，不允许外来者的融入，不吸收别的文化，才更容易导致衰落。成都被外来的火锅占领后，战略性放低姿态，融合改造，再文化输出，以退为进地实现了迂回上升，整个过程充满自信和包容的智慧，这是川菜文化真正应该带来的启示。

历史总是以统治阶层的大历史为主，人们关心大历史甚于普通人自己的历史，是因为个人的驾驶技术再好，在路况混乱时也无法前行，甚至有性命之忧，统治阶层的理念决定了路况。而大历史总是不断被颠覆，皇帝轮做，百姓照过；普通人的历史和生活文化相对稳定而能够一脉相承，了解这部分历史就是了解我们自己。满汉全席可以听闻想象，可以如数家珍，但能吃到的机会并不多；炸酱面与盖碗茶才是普通人的生活。

幸福的童年可以治愈一生，不幸的童年需要一生治愈，其实这两件事是兼而有之的。如果有不幸，可能算是童年遭遇的那些说教和斗争，而有一些东西确实有疗愈作用，那就是所有与爱和家庭有关的画面。矛盾和碰撞是推动世界发展的动力，但化解矛盾一定是靠包容和爱，而不是对抗和仇恨。爱的基础，则是对不同于自己的人的了解和理解，了解和理解最好的方式则是把自己代入别人的处境，这也应该是对文化进行对比的主要动机之一。

如上所述，本书试图通过一个时代边缘上普通人生活图景的一角，来记录个体在时间和人群中寻找自己定位的故事，挖掘个体反映出的时代、人性，以及文化的信息，发现这些地域差异、冲撞以及它带来的活力，寻找动态变迁的文化中不变和相通的东西。

本书的付梓，有赖于李卫平和何雨珈两位女士的推动。本书写作于二〇二一年，当时我的责编李卫平女士只看过初稿的几个片段，就帮我申请通过了选题。之后，因写作时间跨度和内容越写越庞大，加上自己一直在怀疑写它的意义，虽然其间也还在断续写一点，但实际上已经暂时放弃了把它出版的想法。李卫平女士一直坚持慢节奏间歇性的催促，应付了好几次之后，我终于下定决心继续，在去年九月份用了整整一个月的时间整理修订，并拿掉了一九九四年以后的所有内容，只留下一小半的章节，先改出了这个"第一部"。

改好后，这种自我怀疑仍没有消除，于是把第一版完整草稿首先发给了何雨珈女士征求意见。她翻译过《再会，老北京》《鱼翅与花椒》这两本分别写川菜文化和北京市井生活的非虚构类畅销书。几天之后，她兴奋地回复："非常有意思，特别喜欢也很难得，这种个人记录和观察特别有意义，我们特别需要这种个人史的叙事。"这才终于把它交了稿。

本书不是自传、游记或家族史，除了记忆模糊的部分用自己的想象来补全，并在书中明确表示过以外，内容大体属非虚构。书中没有小说的故事化情节，于是我用动物画眉和植物悬铃木作为成都的意象，用鹰和柳树作为北京的意象，以期表现它们因地理条件的不同而呈现的更具象的不同的性格特点。当然，这是一种单纯化的描述，而实际情况要复杂丰富得多。而有些东西，比如茶馆、糖画、夹夹车、豌豆颠儿，曾经是两个城市共同的记忆，只是时间上有错位，它们在成都兴盛的时候，却已在北京完全消失，在这个方面，两个城市似又是异时空的伴随者。

为了全文的连贯，有的地方做了时间上的嫁接。比如文殊院街的场景描写是当时的真实还原，但它发生的年代是一九九三年左右。长顺街那家豆花馆的故事，实际发生在一九九九年。贺老师关于国际问题见解的那一部分，其实出于我的一位中学老师。文中老姜的原型是我一个小学同学的父亲。林德曼是我另一位小伙伴而不是乔治的朋友。云南瑞丽和乐至县两部分删掉了一两万字，为了写清这两部分的细节，曾在构思期间赴两地进行了寻访，甚至找到了祖母的族人和家谱，但最终由于这些内容在整体中略显跳出画面而没有予以保留。书中尽量弱化人物塑造，侧重营造生活场景，有一些重点描写人物的章节、后续经历及相应的时代变迁故事都将放到续集中，如果还有机会出版续集的话。

物质的丰满并不会造成精神的骨感，而是关乎限制与治乱，松弛稳定时会整体向好，严苛混乱时会导致两极化且极致化发展。文学的内容总是关乎自我、人性和生活，而其使命则是哲学思考、批判精神和悲天悯人，亦即文以载道。但道可道，非常道，一旦道成了具体可遵循的，诸如茶道、剑道、花道、柔道，那它实际已经不再是道，而是茶术、剑术、花术、柔术，所以文学之道不是单摆浮搁，而是附着或隐匿于行文之间。书中通过不同的篇章，试着探讨诸如宽容（第一章）、热爱生活（第六章）、承袭传统（第二、四、八章）、家庭责任（第五章）、奋斗（第三、五、十、十一章）、尊严（第七章）、时代精神（第九章）、自由的边界（最后两章）等主题。试着揭示生活的外衣下，隐藏着的人性欲望的追求及其社会含义，例如书中描写的小人物邝太婆，其实是在写美食之于四川的意义，不仅在于它是生存的必需，是一种生活方式，同时甚至是维护人性尊严的一个武器。

写作完全是一种思想随性游走的过程，我永远都不知道下一句自己写出的是什么，即使整理出来也缺少章法，达不到我曾经的语文老师们提出的，所有内容必须紧扣题目的要求。作为业余写作的处女作，本书一定有不少错漏和遗憾，请读者包涵并指点。

二〇二四年十二月